son Mink
이노쿠사비 1

아이노쿠사비

1

/

글 요시하라 리에코
그림 나가토 사이치

MM NOVEL

번역 김진영 **표지** 조은아 **편집** 정다움 **교정** 김경선 **마케팅** 김정훈 **주간** 김선림

목 차

1장

주위가 온통 어둠이었다.

하지만 불안에 사로잡혀 견딜 수 없을 만큼 절대적인 암흑은 아니다. 사물의 윤곽을 분간할 수 있을 정도로 절제된 어둠이다.

고요했다.

사시사철 쾌적하게 지낼 수 있도록 프로그램 된 에어컨디셔너는 작동하지 않았다.

그런데 실내의 공기가 일렁일렁 흔들리고 있었다. 균일하지 않은 어둠의 농담(濃淡)을 알려주듯이.

그것은 가늘게 피어오르는 아지랑이 같기도 했고, 어둠에 잠긴 얼음 덩어리에 맺힌 탁한 물기 같기도 했다.

그때 문득 방 한가운데에 놓인 침대에서 희미하게 시트 스치는 소리가 들렸다.

침묵의 늪에서 미열의 잔물결이 이는 것처럼 그림자가 잘게 흔들렸다.

오른쪽으로, 또 왼쪽으로 움찔움찔 꿈틀거렸다가 느닷없이 경련하듯 굳어버리기도 한다.

도무지 잠이 오지 않아서 짜증스러운 마음에 몇 번씩 몸을 뒤척이고 있는 것일까.

아니면 악몽에 시달리고 있는 걸까.

아니, 그런 게 아니다.

그는 누워있는 것이 아니라 '일어날 수 없는 것이다'.

그의 양 손목은 하나로 묶여 머리 위에 단단히 고정되어 있다.

한껏 치켜든 팔은 작게 떨리고 있었다. 자유롭게 움직일 수 없는 답답함에 이를 악물고 있는지, 주먹은 힘껏 움켜쥔 상태였다.

그러나 무슨 일이 있어도 '자유를 되찾고 말 거야!' 하는 기개를 담아 무턱대고 발버둥을 치는 것처럼 보이지는 않았다.

포기한 걸까 아니면 몸부림치다 지쳐버린 걸까.

표정만으로는 알 수 없다.

다만 때때로 그 입술에서 더 이상 못 견디겠다는 듯 낮은 신음소리가 흘러나왔다.

"…우… 우우우…."

자유롭게 움직일 수 없는 몸을 뒤틀며 몸 안에서 치밀어 오르는, 저항하기 힘든 무언가를 필사적으로 이를 악물고 견디고 있는 듯이… 비통한 신음이었다.

그러나 그 신음 밑바닥에는 듣는 자의 귀에 달콤한 숨결을 불어넣듯 지독히 음란한 색향 또한 배어 있었다.

'제… 기… 랄…, 빌… 어먹을, 누… 가….'

거칠고 격렬한 고동이 목을 태웠다. 떨리는 숨결에 입술을 부들부들 떨며 그는 입안에서 몇 번이나 욕설을 삼켰다.

그렇게 반복한 저주가 곪다 못해 흐물흐물 녹아서 자신을 괴롭히는 극약이 될 줄 알면서도 그는 욕설을 멈추지 않았다.

'…흐윽! 제… 기… 랄….'

너덜너덜해진 의지며 자존심도 모두 팽개치고 수치심과 체면마저 버린 채 울음을 터뜨리기 직전인 또 하나의 자신을 질타하며, 그는 피가 배어날 정도로 입술을 힘껏 깨물었다.

아무리 큰 소리로 욕을 퍼부어도 들어주는 이는 없다.

설령 한껏 목청을 높여 애원해도 아무도 들어주지 않으리라.

그가 묶여있는 방은 호화로운 실내장식에 둘러싸여 있는데도 왠지 살풍경한 죄수의 감옥 같았다.

쾌감을 자극하는 주사를 맞은 지 대체… 얼마나 시간이 지난 걸까.

그에게는 시간관념마저 남아있지 않았다.

불과 10분 전의 일처럼 느껴지기도 했고, 그로부터 1시간은 지난 것처럼 느껴지기도 했다.

머릿속마저 욱신욱신 아팠다.

허벅지 안쪽 근육이 아플 정도로 팽팽하게 긴장했고, 때때로 발끝마저 움찔움찔 경련을 일으켰다.

흐트러진 숨소리는 잔뜩 쉬어서 끊임없이 갈증을 유도한다.

게다가 허리가 둔탁하게 마비될 만큼 뜨겁게 달아오른 분신은 혈관을 물어뜯을 기세로 미친 듯이 날뛰고 있었다.

배출하고 싶어!

참을 수 없어!

몸을 뒤틀고 허벅지를 비비며 그는 정신없이 몸부림쳤다.

쌓이고 쌓인 욕망을 모조리 토해내고 싶어서 시야마저 새빨갛게 물들었다.

이러다가는… 미쳐버릴지도 몰라.

척추가 삐걱거릴 듯한 쾌감이 끊임없이, 끊임없이 발작처럼 덮쳐왔다.

그런데도 남자의 근원을 조이는 링에 가로막혀 단 한 번도 사정할 수 없었다.

'젠… 장….'

부들부들 떨리는 입술을 깨물며 그는 내뱉듯이 중얼거렸다.

반쯤 무의식적으로, 몇 번이나.

'젠장…, 젠… 장….'

똑같은 말만이 되풀이해서 흘러나왔다.

그 외에는 숨결조차 타들어 갈 정도로 고통스러운 쾌감에서 도망칠 방법을 알지 못했다.

그때 문이 오른쪽에서 왼쪽으로 가볍게 미끄러지며 열렸다.

그러나 그는 온몸을 태우는 광기에 사로잡혀 남자가 들어왔다는 사실조차 눈치채지 못했다.

남자가 느긋한 걸음걸이로 다가왔다.

털이 긴 융단이 남자의 기척 자체를 흡수해버린 듯, 우아하고 유연한 동작이었다.

남자는 말없이 침대 옆의 스위치를 가볍게 눌렀다.

그러자 곧 방 안이 부드러운 빛으로 가득 찼다.

그러나 어둠의 우리에 갇혀 있던 그의 눈에는 충분히 눈부신 빛이었다. 그는 재빨리 눈을 가늘게 찌푸렸다. 실내의 불빛에 익숙해질 때까지 시간이 필요했다.

이윽고 그곳에서 유약한 달콤함 따위는 전혀 느껴지지 않으면서도 숨이 막히도록 수려한 남자의 미모를 알아챈 그는 저도 모르게 눈물을 글썽거렸다.

남자의 얼굴을 본 순간 한계까지 팽팽하게 긴장되어 있던 의지와 인내가 불시에 풀어져 버린 것만 같았다.

"어때? 조금은 괴로운가?"

냉랭한 남자의 미모를 한층 돋보이게 하는 차가운 목소리였다. 듣는 자에게 위압감을 주는 독특한 목소리는 명령을 내리는 데에 익숙해서 냉혹함마저 느껴졌다.

"그… 만, 용서, 해… 줘…."

그는 몸을 뒤틀고 눈물을 흘리며 애원했다.

그러나 남자는 눈썹 하나 꿈쩍하지 않았다.

"다른 녀석들과도 잘 지내라고 했지, 암컷의 엉덩이에 올라타라고 하지는 않았다."

담담한 어조와는 반대로 남자는 뼛속까지 얼어붙을 것 같은 눈빛을 하고 있었다.

"미메아와 짝지을 수컷이 정해져 있다는 사실쯤은 알고 있었을 텐데? 네가 전부 망쳐버렸다고 라울이 화를 내더군. 이 정도는 당연한 벌 아닌가."

언성을 높이지도 않고 내뱉듯이 던진 냉혹한 말에 그는 움찔하여 숨을 삼켰다.

"너도 설마 진심으로 미메아를 네 것으로 만들 수 있다는 주제넘은 생각을 한 건 아니겠지? 그렇다면 아무리 불장난이어도 최소한의 규칙은 지켰어야 한다. 그렇지 않나?"

그 순간 남자의 등 뒤에서 생각지도 못한 여자의 날카로운 목소리가 울려 퍼졌다.

"불장난이 아니야!"

그 목소리에 깜짝 놀란 듯이 그가 움찔… 몸을 움츠렸다.

그리고 그곳에서 사람들의 시선을 피해 밀회를 거듭하던 미메아의 얼굴을 발견하고 멍하니 눈을 크게 떴다.

"너와 만나게 해달라면서 통 말을 듣지 않더군. '사랑은 맹목'…이라더니 과연. 너희들에게 선택할 권리가 없다는 사실을 모르는 모양이지? 그러니까—네 입으로 확실하게 말해줘라."

무엇을?

말없이 되묻는 그의 두 눈은 불안으로 떨리고 있었다.

어쩌면 뒤이어 흘러나올 남자의 말을 막연하게나마 이미 예상했는지도 모른다.

"진심이 아니었다…. 상대는 굳이 미메아가 아니라도 상관없었다. 흥미가 있었던 건 '암컷'의 몸뿐이었다…."

그 순간 오싹한 무언가가 그의 등줄기를 타고 올랐다.

그것은… 곪고 짓무른 쾌락의 떨림이 아니라 좀 더, 훨씬 어두운 절망과도 같았다.

"달아오른 수컷의 욕망을 가라앉혀줄 수만 있다면 누구든지 상관없었다. 그렇지 않나?"

결코 '아니야!' 라고 말하게 놔두지 않겠다. 협박하듯 낮은 음성에 짓눌려 뺨이 딱딱하게 굳었다. 그는 머뭇거리며 얼어붙은 숨을 삼켰다.

그러나 그가 경련하는 입술을 더욱 세차게 떨기 전에.

"전부 거짓말이야. 다들 한통속이 되어서 나와 널 갈라놓으려고 하는 거야."

사랑에 빠진 소녀는 힘주어 말하며 증오에 찬 눈빛으로 남자를 노려보았다.

미메아에게 있어 남자는 권력의 상징이라기보다 오히려 사랑하는 그를 마음대로 구속할 수 있는 유일한 연적이었다.

"라울 님이 내 상대로 누굴 선택했는지… 알아? 제나야. 혈통이 좋다는 이유만으로…."

희미하게 떨리는 말꼬리가 절박한 격정을 불러일으켰다.

"난 싫어! 얼굴밖에 볼 데 없는 섹스 마니아 따위는. 그 녀석에게 안겨서 아이를 낳아야 하다니 생각만 해도 구역질이 나!"

여자의 긍지가 용납하지 않는다—고 말하고 싶은 듯했다.

그리고 똑같은 어조로 애원했다.

"넌 다른 사람과는 다르지? 네가 좋아하는 건 나뿐이지?"

애절한 사랑을 담아서.

그러나 그런 미메아의 말은 절반도 그의 귀에 들어오지 않았다.

끊임없이 치밀어 오르는 흥분을 들키지 않도록 몸을 뒤틀며 신음을 억누르는 것만으로도 벅찼기 때문이다.

미메아는 자신과의 밀회가 발각되어 그가 혹독한 벌을 받고 있다는 말밖에 듣지 못했다.

그와의 밀회가 발각됐을 때 동료들은 모두 비웃으며 입을 모아 비난했다.

『분수도 모르고 아카데미산(産)에게 손을 댄 그 녀석 잘못이지.』

미메아에게도 노골적인 험담이 쏟아지고 있었다.

『그런 쓰레기한테 넘어가다니 남자를 보는 눈이 형편없군.』

모두가 부러워하는 '아카데미' 출신인 자신과 출생도 살아온 환경도 최악인 그.

그러나 미메아는 알고 있다.

끊임없는 비웃음 뒤에서, 공공연한 모멸 아래에서 그리고 노골적인 악의의 시선 너머로.

모두가 그의 특이한 존재감을 뼈저리게 느끼고 있다는 사실을.

출신의 우열이며 외모의 미추, 지위도 신분도 상관없다.

그는 보기 드문 존재감으로 타인을 매료시킨다. 좋은 의미로든 나쁜 의미로든. 변하지 않을 거라고 굳게 믿었던 자신의 아이덴티티를 가차 없이 무너뜨릴 만큼.

그와 만난 후 미메아는 처음으로 알았다.

격리된 일상의 기만과 절대적인 영역의 허식 그리고 내면에 봉인된 영혼의 빛이 무엇인지를.

동료 중에서 '아름다운' 것은 오직 그뿐이었다.

노골적인 험담에도, 시커먼 질투에도, 음습한 행위에도 그는 결코 물들지 않았다.

그의 말과 행동은 지극히 거칠고 난폭했지만.

몰려다니기를 싫어하는 성격에 협조성이라고는 털끝만큼도 없었지만.

그래도 그만이 유일하게 '순결'했다.

그래서—미메아는 어떻게든 그를 손에 넣고 싶었다.

같은 새장 속의 새라도 그와 하나가 되면 뭔가 새롭게 시작될지 몰라.

그렇게 생각했기 때문이다.

그래서 자신이 먼저 유혹했다.

키스를 조르고, 포옹을 재촉하고, 몸을 겹쳐 하나가 되기를 간절히 바랐다.

그러면 그가 자신만의 것이 될 수 있다며 달콤하고 안일한 꿈을 꾸었다.

그러나 불과 며칠 전까지 무뚝뚝하지만 누구보다 부드러운 눈빛으로 미메아를 바라보던 그가 지금은 고개를 돌린 채 아무런 변명도 하려 들지 않는다. 미메아는 그것이 무엇보다도 견디기 어려웠다.

그의 침묵은 이루 말할 수 없는 불안으로 다가왔다.

"왜 아무 말도 하지 않는 거야?"

그리고 새삼스럽게 보고 싶지 않은 현실이 그녀의 눈앞에 다가온다. 투명한 사슬에 묶인 자신의 존재가치가 어디에서 비롯되는지. 아무리 부정하고 싶어도….

갈기갈기 찢어지는 마음에 가슴이 아팠다. 미메아는 더 이상 견디지 못하고 신경질적으로 외쳤다.

"왜 나를 쳐다보지 않는 거야! 뭐라고… 말 좀 해 봐!"

그래도 그가 결코 자신을 쳐다보려 하지 않는다는 사실을 깨달은 그녀는 눈썹을 치뜨며 붉은 입술을 힘껏 깨물었다.

남자의 말에 변명조차 하려 들지 않는 그의 뒷모습에서 별안간 생각지도 못했던 배신의 추악함을 보게 된 기분이었다.

분노한 나머지 아무 말도 할 수 없다는—눈빛이었다.

'끝이로군.'

남자가 마음속으로 그렇게 중얼거린 순간이었다.

"비겁한 자식!"

절규에 가까운 욕설이 미메아의 입에서 터져 나왔다.

그 순간 그는 징이 박힌 채찍으로 등을 가차 없이 찢어발기는 듯한 기분에 한층 굳게 입술을 깨물었다.

치열을 가르고 흘러나오는 씁쓸한 액체.

그것은 따끔따끔 목구멍을 찌르는 가시가 되어 맹독처럼 그의 가슴을 태웠다.

팔다리를 딱딱하게 긴장시킨 채 필사적으로 억누르고 있는 것은 신음소리일까, 오열일까.

아마 그 자신도 알지 못하리라.

그런 그의 등 너머에서 미메아는 입술을 파르르 떨며 빙글 몸을 돌렸다.

"이제 너도 넌더리가 났겠지?"

미메아가 문 너머로 사라지는 모습을 지켜본 후 남자는 천천히 침대 가장자리에 걸터앉았다.

"하긴 처음부터 뻔한 결말이었지만…."

남자는 태연하게 속삭이며 모포를 젖혔다.

수컷이라고 부르기에는 아직 풋내나는 그의 나체가 드러났다. 그러나 거칠면서도 균형 잡힌 몸은 부드러운 탄력이 흘러넘쳤고, 가혹한 쾌감에 몸부림치는 모습은 묘하게 남자의 가학심을 자극했다.

남자의 시선이 그의 몸을 천천히 더듬었다.

시리고 예리한 두 눈에는 흥분도 고통의 흐트러짐도 없었다. 다만 남자의 냉혹한 시선이 다리 사이에 닿은 순간에만 살짝 어두워졌을 뿐이었다.

잔뜩 흥분한 그의 사나운 '페니스'가 머리를 꼿꼿이 치켜든 채 절규하고 있었다.

배출하고 싶어, 사정하게 해 줘! 라고.

"사정하고 싶나?"

남자가 유혹하듯 속삭였다.

파르르 떨리는 입술로 거친 숨을 쥐어짜고, 촉촉한 눈동자로 애원하듯 바라보며 그는 어색하게, 그러나 몇 번이나 세차게 고개를 끄덕였다.

남자의 손이 아무렇게나 그의 무릎을 벌렸다.

그는 커다랗게 숨을 들이마셨다. 이제 겨우 미칠 듯한 고문에서 해방될 수 있으리라고 생각했다.

그러나 남자는 그의 짧은 생각을 비웃는 것처럼 터질 듯이 부풀어 오른 페니스에는 눈길조차 주지 않고 왼쪽 다리를 들어 올린 후 엉덩이 사이의 골짜기를 손가락으로 천천히 더듬었다.

그는… 반사적으로 눈을 부릅떴다.

“내 눈을 속이고 미메아와 놀아났겠다. 설마 이대로 쉽게 끝나리라 생각한 건… 아니겠지?”

그의 눈에 처음으로 뚜렷한 공포가 떠올랐다.

남자는 언제나 지나치게 냉담할 만큼 조용한 지배자였다.

그러나 무슨 일이 있어도 언성을 높인 적 없는 남자가 가면 아래 얼마나 뜨거운 격정을 숨기고 있는지, 그는 누구보다도 잘 알고 있었다. 그런데.

‘어째서?’

이제 와서 후회하진 않는다.

남자에게 미메아와의 관계를 들켰을 때, 오히려 그는 당당하게 굴었었다.

주인의 눈을 피해 정사를 즐기는 일이 흔하기 때문만은 아니었다.

그는 미메아를 좋아했다.

화려한 외모도, 순수 배양된 교만함도, 주어진 영역에서 한 발자국도 밖으로 나가본 적이 없어 세상 물정이라곤 모르는 무지함도, 보드라운 살갗도.

미메아의 모든 것이 정말로 좋았다.

그녀는 다른 녀석들처럼 그를 싫어하지 않는 유일한 ‘동료’였다.

하나부터 끝까지 모든 것이 이질적인 자신을 있는 그대로 받아들여 준 유일한 '인간'이었다.

그러나 그는 알고 있었다. 미메아와 단둘이 밀월을 즐길 때마다 한편으로는 남자를 배신하는 스릴에 은밀한 쾌감을 느끼고 있었음을.

스스로 원한 적 없는 성역.

가진 것은 오직 자신에 대한 긍지뿐, 누구에게도 꼬리를 흔들 줄 모르는 야성적인 기질의 그는 폐쇄된 공간에서 질식하기 일보 직전이었다.

이대로는 망가지고 말 거야.

몸 안쪽부터 썩어들어 가고 말 거야.

그런 초조함만을 유난히 뚜렷하게 느꼈다.

너덜너덜해진 자존심을 팽개치고 남자에게 꼬리를 흔들 바에야 차라리 모든 것을 부숴 버리고 싶었다.

그래서 들킬 테면 들키라지 하는 마음으로 우습게 생각하고 있었다.

죄책감은 남자에게… 보다는 오히려 미메아에게 더욱 강하게 느끼고 있었다.

그러나 지금 그는 진심으로 두려웠다.

"미메아하고는…, 한 번… 밖에 안 했어…."

섣부른 변명이 통할 상대가 아니라는 걸 알면서도 그렇게 변명해야 할 만큼 두려웠다.

"내게는 한 번이든 백 번이든… 마찬가지다. 너는 미메아를 안았다. 그것만으로 충분해."

남자는 손가락으로 간지럽히듯 애널을 희롱했다.

"읏—!"

과도한 쾌감에 한껏 달아올라 있던 것은 그의 페니스뿐이 아니었다. 평소 같으면 집요하게 애무를 해야만 겨우 풀리는 깊고 은밀한 입구조차 이미 탐욕스럽게 달아올라 흐물흐물 녹아내리고 있었다.

음란한 상태를 그에게 알려주려는 듯 남자는 손가락 끝으로 몇 번이나 입구를 가볍게 더듬었다.

"너는 여기를 이렇게 해주는 걸… 제일 좋아하지."

'아니야!'

그러나 목 안에서 짓눌린 그 말을 누구보다도 먼저 배신한 것은 바로 그 자신이었다.

어찌할 수 없는 자각에 그는 더욱 두려움을 느꼈다. 날카로운 쾌감이 살갗에 내려앉을 때마다 소름이 돋았다.

천천히, 그러나 음탕하게 꿈틀거리는 남자의 손가락이 몸 안을 파고드는 감촉에 그는 더 이상 견디지 못하고 허리를 뒤틀며 신음했다.

"크윽… 우우읏…."

"왜 그러지. 이제 와서 허세를 부려봤자 소용없다. 솔직하게 우는 게 어때?"

남자의 목소리는 한기가 느껴질 만큼 부드러웠다. 평소의 냉철함에서는 상상조차 할 수 없을 정도였다.

그래서 그는 솜털이 곤두서는 기분으로 목소리를 죽였다.

남자의 손가락이 음란하게 꿈틀거릴 때마다 습관처럼 움신거림이 단숨에 수축했다 역류하며 한층 강렬한 쾌감을 낳았다.

"…우… 아… 아앗…."

그는 반쯤 무의식적으로 애널을 조였다. 몸 안의 이물질을 거부하긴커녕 더욱 깊은 쾌락을 얻으려는 양 남자의 손가락을 힘껏 조이고 잦게 허리를 흔들었다.

천박하면서도 요염한 교태.

그러나 남자는 아직 부족하다는 듯이 그의 귓불을 핥으며 속삭였다.

"그래, 착하군…."

바로 그 순간.

"흐… 윽!"

그는 작은 비명을 지르며 움찔… 몸을 젖혔다.

척추에 들러붙어 있던 저릿한 쾌감의 소용돌이가 느닷없이 이를 드러내며 머리를 관통했다. 한껏 치켜든 팔이, 팽팽하게 긴장된 하반신이 움찔움찔 경련을 일으켰다.

깊숙이 파고든 손가락이 그곳을 거칠게 희롱할 때마다 눈꺼풀 안쪽에서 섬광이 일었다.

온몸의 혈관이 팽창하는 느낌에 숨이 막혔다.

사납게 부풀어 오른 페니스뿐만 아니라 양쪽 젖꼭지도 단단해진 상태로 꼿꼿하게 곤두서 있었다.

견딜 수 없는 격통이라면 차라리 정신을 잃어버리면 끝이다. 그러나 남자는 음란하고 거친 신음만 흘러나오게 만들 뿐 사정을 허락하지 않았다.

남자의 손으로 충분히 개발된 애널의 성감대는 그를 음란하게 옭아매기 위한 낙인이기도 했다. 그곳을 한껏 희롱당할 때마다 떨리는 입술에서 거친 숨이 흘러나왔다.

"…으응…, 아아앗… 으응… 아…, 우웃…."

그는 목을 경련하듯 떨며 세차게 허리를 뒤틀었다. 한 번도 해방되지 못한 성기 끄트머리에서 미끌거리는 쿠퍼액이 실처럼 흘러내렸다.

"…아…, 크으으윽…!"

반쯤 비명에 가까운 오열이 흘러나올 때마다 선단의 요도구마저 타는 듯이 아팠다.

남자의 능숙한 애무에는 그렇게 위협적인 힘이 있었다.

단단해진 젖꼭지를 가차 없이 비트는 손길에 비명이 터져 나왔다. 욱신거리는 요도구를 손톱으로 자극하듯 긁어내린 순간 오열이 터졌다.

남자의 손가락을 머금고 있는 애널을 벌리며 두 번째 손가락이 몸 안으로 파고들었을 때.

"흐윽…, 아아아!"

그는 눈물을 흘리며 끊어질 듯한 목소리로 애원했다.

"이제… 안 그럴… 테니까…, 아… 아아…, 흐읏… 다시는… 안 그럴… 테니까… 으응… 흐윽…, 아아아!"

그러니까 제발 용서해 줘.

몇 번이고, 몇 번이고….

이제, 안 그럴게. 다시는 안 그럴게! 그러니까 용서해 줘!

마비되어 잘 움직이지 않는 입술로 열에 들뜬 것처럼 그 말만을 한없이 되풀이했다.

그런 그의 귓가에 남자는 또다시 속삭였다.

"사정하게 해 주지. 몇 번이든…. 미메아를 안은 것을 뼈저리게 후회할 때까지."

더할 나위 없이 냉담하게.

"너는 나의 펫이다. 그 사실을 뼛속까지 새겨 주마."

남자는 선고했다. 광기 어린 어둠을 담아.

완벽한 미모 때문에 모두가 경외심마저 느끼며 바라보는 남자의 푸른 눈동자가 그 순간—뜨겁게 얼어붙었다.

자존심이 상처받은 분노의 폭발일까.

아니면 억누를 수 없는 집착의 발로일까.

어쨌든 흉흉한 분노 밑바닥에는 미메아에 대한 굴절된 질투가 검게 소용돌이치고 있음을 남자는 뚜렷하게 자각하고 있었다.

2장

환락의 도시 'MIDAS(미다스)'.

그곳은 마치… 밤의 침묵과 한적한 시간의 흐름을 비웃는 '폭군'과도 같았다.

아니, 악랄한 제왕보다 더욱 질이 나쁜 '메피스토'라고 하는 편이 적절하리라.

그도 아니면 겹겹이 두른 화려한 네온의 옷자락을 빙자해 걷어 올리고 요염한 자태로 사람들의 마음을 유혹하며 입가에 농밀한 미소를 짓는 'SHANGRILA(샹그릴라)'라고 할 수도 있다.

어찌 되었든 썩어버린 지성과 감정과 의지가 여기저기에 고여 거리낌 없이 어둠 속에 군림하고 있다.

때문에 이렇게 불리기도 한다.

불야성의 'MIDAS'.

이 거리는 통칭 'JUPITRE(유피테르)'라고 불리는 거대 컴퓨터 'Λ(람다)-3000'에 의해 통제되는 중앙도시 'TANAGURA(타나그라)'의 위성도시로 이름이 높다. 또한 카지노, 바, 사창가부터 각종 쇼 비즈니스에 이르기까지 끝없는 인간의 욕망을 구현하기 위해 온갖 오락거리가 마련된 전뇌도시이기도 하다.

미다스에는 윤리도 없고 금기도 없다.

그저 음란하고 관능적이고 오만한 화려함만이 밤을 뒤덮은 채 현란하며 자극적인 시간을 탐닉할 뿐이다.

눈부시게 화려한 외관과는 정반대로 미다스에게는 구역질이 나오는 또 하나의 얼굴이 있다. 고삐 풀린 본능과 노골적인 욕망이 뒤엉켜 끝없는 쾌락을 게걸스레 먹어치우고 비대해진, 그로테스크한 미다스의 민낯이….

어둠 속에 떠오른 불빛은 한없이 음란하고 관능적이다.

이 거대한 벌레잡이 등으로 몰려드는 사람들로 인해 바람은 언제나 축축하고 미지근했다.

나른하게 사지에 엉겨 붙어 떨어지지 않는 미다스의 숨결은 마치… 미약 그 자체와도 같았다. 이성을 마비시키고 사람의 마음을 송두리째 녹여버린다.

그러나 그 끈적끈적한 감촉 역시 미다스의 중추 '더블 링' 에어리어-1 'LHASSA(라싸)'와 에어리어-2 'FLARE(플레어)'에서부터 거리를 하나씩 벗어날 때마다 차츰 흐려진다.

이윽고 밤의 냉기에 완전히 녹아들 무렵에는 거리의 양상마저 완전히 변해 버린다.

미다스 교외 특별자치구 에어리어-9 'CERES(케레스)'.

환락가의 주민들이 혐오로 눈살을 찌푸리고 '미다스의 치부' 즉 '슬럼'이라고 경멸하며 접근조차 하려 들지 않는 구역이다.

그렇다고 인접한 각 에어리어와의 경계에 견고한 벽이 세워져 있거나, 불법침입을 막기 위해 특수한 레이저가 설치되어 있지도 않다.

그래도 도로 하나를 사이에 둔 '이쪽'과 '저쪽'의 풍경은 확연하게 달랐다. 누가 봐도 알 수 있을 만큼 뚜렷하게.

잡동사니와 쓰레기가 사방에 널려 있는 거리에 모여 있는 사람은커녕 그림자도 찾아볼 수 없다.

미다스의 밤을 물들이는 화려한 네온의 홍수와는 아무 인연도 없다는 듯이 무너져가는 건물 벽 곳곳에서 헐레이션(피사체에 강한 빛이 비치는 경우 광채가 나고 반짝이며 그 주위에 달무리 등이 생기는 현상)을 일으키고 있었다.

마치 담담하게 흘러가기만 하던 시간이 문득 굴절하여 과거와 미래를 생각지도 못한 방향으로 일그러뜨린 듯, 실로 기묘하고 난잡한 모습이었다.

불야성이 내뿜는 뜨거운 열기도, 교태롭게 흘러나오는 교성도 이 스산한 구역에는 미치지 않는다. 그저 혼란스럽고 음산한 색채에 힘없이 몸을 맡기고 있을 뿐….

케레스에 존재하는 것은 시대에 뒤처진 오물뿐.

쌓이고 쌓인 '오물'을 쓸어낼 기력은 자취를 감춘 지 오래다. 이 거리가 활성화되기 위한 자정 능력 역시 오래전에 사라졌다.

그저 시간에 떠밀려 흘러가는 한탄과 나태한 한숨이 들려올 뿐이다.

그것이 밤낮없이 부패하는 악취를 퍼뜨리고 있다.

사람도, 거리도—썩어빠진 토양에서는 아무것도 태어나지 못한다. 멸시에 익숙해진 '슬럼'에는 더 이상 쪼아 먹을 꿈조차 없다.

케레스의 주민들에게 모든 것이 질서정연하고 시간의 끝자락마저 관리되는 중앙도시 타나그라는 아득히 멀다. 상상조차 할 수 없는 별세계다.

그들은 오만한 밤의 독재자로 전락한 미다스의 옷자락을 들추는 일조차 허락받지 못한다.

이곳에는 허물어진 과거의 환상과 현실만이 존재한다. 친구와 이야기를 나눌 미래 따윈 어디에도 약속되어 있지 않다.

그날.

무겁고 흐린 구름의 움직임이 예상외로 빨랐다.

아침에는 그럭저럭 맑았던 날씨가 정오를 지나자 곧 흐려졌다. 느닷없이 쏟아지기 시작한 비는 채 10분도 지나지 않아 세찬 폭우로 변했다.

비가 쏴아아 소리를 울리며 가차 없이 지면을 때렸다. 마치 슬럼의 존재를 증오하는 것처럼 격렬하게.

쓰레기가 널려 있는 도로 배수구는 곧 막혀서 역류하며 흘러넘쳤다. 갈 곳을 잃어버린 물웅덩이는 즉석에서 작은 강을 이루어 모든 것을 흘려보냈다.

그리고 밤이 되었다.

종횡무진 날뛰던 폭우가 그친 후 밤하늘에는 별이 가득했다.

평소의 탁하고 생기 없는 어둠도 오늘 밤은 묘하게 시원하고 상쾌했다.

물론 시원한 것은 밤공기뿐, 낮 동안 세차게 쏟아지는 비 때문에 방 안에 틀어박혀 있었던 슬럼의 젊은이들은 주체할 수 없는 열을 발산하느라 분주했다.

정해진 절차라도 되는 양 동료들과 술을 마시고, 약을 즐기고, 섹스를 한다.

결코 넓지 않은 영역을 둘러싼 그룹 간의 싸움과 말썽은 일상다반사일 뿐 딱히 드문 일도 아니었다.

에어리어-9의 세력분포도는 해마다 변한다.

하지만 그렇게 큰 변화는 아니다. 제초제를 뿌려봤자 결국 비가 내린 후 돋아나는 잡초의 종류가 바뀌는 거나 마찬가지다.

빈말로도 군웅할거 시대라고 할 수는 없을뿐더러 그룹 내의 하극상이 세간에서 화제가 될 정도로 화려하지도 않았다.

한마디로 힘이 센 녀석이나 거칠게 날뛰는 녀석은 썩어 넘칠 만큼 많지만 그들을 휘어잡고 구역을 이끌 '카리스마'가 없는 셈이었다.

그래도 서로 반목하는 그룹 간의 항쟁이 분명히 존재했으며 끊임없이 되풀이되는 폭력 사태는 슬럼의 치안을 악화시키는 원흉 중 하나이기도 했다.

지금 현재 에어리어-9의 패권을 다투고 있는 이들은 슬럼의 신인류라 불리는 '지크스'와 구세력의 반격을 노리는 광견 '머독'. 이 대립구도가 그들의 싸움을 신구교체 항쟁이라고 부르는 원인이기도 하지만 그 뒤에서 호시탐탐 어부지리를 노리는 제3세력 또한 우습게 볼 수 없다.

원하는 바가 있으면 자신의 몸을 던져 쟁취하는 자들보다 어부지리를 노리고 서로의 동향을 견제하는 야비한 근성이 만연하기 시작한 시기는 약 4년 전부터였다.

당시 에어리어-9의 크레이지 존이라 불리는 '핫 크랙'을 장악했던 '바이슨'이 갑자기 절정기에 그룹을 해산했다. 실로 어처구니없는 짓이었다. 그리고 여전히 그 후임이 정해지지 않았다.

'지크스'와 '머독'은 "이제 남은 건 최후의 일격을 휘두를 타이밍뿐이야"라며 큰소리를 치고 있지만 그러기 위해서는 결정적으로 부족한 요소가 하나 있다.

존재 자체만으로도 사람들을 매료시키고 개개인의 힘을 몇 배로 증폭시켜 줄 '카리스마'가….

과거 슬럼에는 불세출이라 불리던 한 사람의 '카리스마'가 있었다. 13세가 되어 양육센터 'GUARDIAN(가디언)'을 갓 나온 그 소년은 다른 누구의 추대도 없이, 극히 짧은 기간에 슬럼에서 이름을 떨치게 되었다.

놀랄 만큼 뛰어난 외모 때문… 은 아니었다.

의미 없이 아첨하지 않는다.

쉽게 무릎을 꿇지 않는다.

안일하게 타인을 믿지 않는다.

그런 그의 특출한 개성이 13세라는 나이를 능가했기 때문이었다.

당시의 그를 아는 자들은 입을 모아 이렇게 말한다.

『녀석은 그 누구도 길들일 수 없는 '바쥬라' 같은 녀석이었지.』

한결같이 그에 대해 그렇게 말하곤 했다.

'바쥬라'란 미다스에 살고 있는 자라면 누구나 아는 신화 속의 환수(幻獸)를 말한다.

죽음의 나라의 '마수', 혹은 영혼을 사냥하는 '신수'라고도 불리는 희귀한 짐승.

어둠처럼 짙은 광택을 발하는 맹수는 어떤 괴물도 한입에 뼈를 부술 수 있는 강철 같은 턱과 날카로운 이빨을 지녔다. 등에 돋은 두 쌍의 날개로 하늘을 질주하는 고고한 키메라다.

그가 '바쥬라'에 비유되는 이유는 스스로를 '잡종'이라고 멸시하는 슬럼에서 기이하리만치 희귀한 칠흑의 머리카락과 검은 눈동자를 지녔기 때문일까…?

물론 그런 이유도 있지만 무엇보다도 늘씬하고 유연한 겉모습만 봐서는 상상조차 할 수 없는 사나움과 용의주도함. 그리고 그 이명에 걸맞게 금욕적인 성질 덕에 슬럼에서 그의 존재가 더욱 두드러졌기 때문이다.

약육강식이 야수의 법칙이라면 약자가 강자에게 무의식적으로 보호받기 바라며 몰려드는 것은 인간 특유의 습성 아닐까.

그러나 그는 의미 없이 친근하게 접근해 오는 자들에겐 눈길조차 주지 않았다.

마찬가지로 잠시 인연을 맺더라도 딱히 그에 대한 보답을 바라지 않았다.

왜냐하면 그의 곁에는 늘 그의 반신(半身)이라고도 할 수 있는 페어링 파트너가 있었으며, 그 반신의 눈은 노골적… 이라고 해도 과언이 아닐 만큼 소년만을 바라보았기 때문이다.

인간이란 나이를 먹을수록 경험이 쌓여 성숙해지는 법이다.

그러나 특출한 개성이 연령이나 성별을 뛰어넘는 경우가 있다.

그의 일거수일투족에는 항상 많은 관심과 노골적인 흥미의 시선이 쏠렸다. 그러나 그는 그것들을 모조리 묵살해 버렸다.

게다가 누군가가 싸움을 걸어올 경우에는 그야말로 인정사정없었다.

그래도 타인을 매료시키는 '카리스마' 밑에는 많은 사람들이 몰려들기 마련이다.

그런 그가 이끄는 '바이슨'의 급격한 성장은 당연한 이치였다.

그러나 어느 날 갑자기 '바이슨'은 공중분해 되고 말았다.

충격에 할 말을 잃은 슬럼 사람들의 경악을 무시하고, 그야말로 너무나 쉽게 사라졌다.

다름 아닌 그가 '바이슨'을 떠나겠다고 선언했기 때문이다.

왜? 어째서?

어마어마한 충격이 슬럼을 관통했다. 노골적인 중상과 온갖 억측으로 잔뜩 부풀려진 소문과 함께.

사실 어째서 '바이슨'이 해산되었는가 하는 진상은 지금도 수수께끼에 싸여있다.

그라는 '카리스마'가 있었기에 '바이슨'이 존재할 수 있었다.

그 아닌 다른 누구도 '바이슨'의 우두머리가 될 수는 없다.

해산의 진상이 무엇이든, 강렬한 구심력을 잃어버린 '바이슨'은 이미 '바이슨'이 아니었다.

그 때문에 화려한 전설만을 남기고 '바이슨'은 실질적으로 자연 소멸해버린 것이었다.

그로부터 약 4년.

훌륭하게… 라고는 할 수 없으나 그런대로 착실하게 갱생해 온 과거 멤버들 주변이 최근 뭔가 뒤숭숭했다.

요 4년 동안 그들을 자신의 그룹으로 끌어들이려고 접근한 자들이 셀 수 없이 많았다.

해산하긴 했으나 '바이슨'의 존재감은 너무나도 강렬했고, 그 이름이 지닌 후광을 등에 업기 위해 기를 쓰며 속이 뻔히 보이는 유혹을 하며 접근하는 신흥 세력도 있었다.

그러나 '바이슨'의 말단이었던 녀석들은 별개로, 공사 모두 그의 파트너였던 자들이나 고참 멤버들은 감언이설로 아무리 부추겨도 무거운 엉덩이를 떼지 않았다.

이미 '그'와 어깨를 나란히 하고 달리는 고양감을 맛보았는데 뭘 이제 와서… 하는 생각 때문이었다.

물이 고이면 썩듯이 시간이 흐르면 항쟁의 양상도 변하기 마련이다. 시대의 흐름을 이겨내지 못한 자들은 결국 뒤처져서 남의 뒤꽁무니만 쳐다보게 된다.

그런 의미에서 전 '바이슨' 멤버들의 선택은 확실히 현명했는지도 모른다. 과거의 화려한 영광을 모조리 탕진하고 보잘것없는 잡종견으로 추락하는 굴욕만은 면했으니 말이다.

그러나 최근 그들의 존재 자체를 성가시게 여기는 자들이 나타나기 시작했다.

그 대표적인 집단이 '지크스'와 '머독'이었다.

하이퍼 키즈 '지크스'와 광견 '머독'이 슬럼에서 아무리 세력을 확장해도 다른 그룹이 그들을 보는 눈은 지극히 냉담했다.

『그래도 '바이슨' 수준은 아니야.』

『…'바이슨'은 당해낼 수 없지.』

콕 집어서 비교하는 말은 언제나 속이 뒤집힐 만큼 똑같은 패턴이었다.

바이슨, 바이슨, 바이슨!

실질적으로 슬럼의 양대 세력으로 꼽히는 그들 입장에서는 이제 그 이름을 듣는 것조차 지긋지긋할 정도였다.

이미 사라져버린 전설의 '허상'을 상대로는 오기도 자존심도 부릴 수가 없었다.

그렇다면 그 이름까지 통째로, 썩어버린 '바이슨'의 잔해를 뿌리째 철저하게 짓뭉개주마!

그들의 생각은 그렇게 변해갔다.

그날 밤.

천공을 선명하게 물들이며 빛나는 두 개의 달은 더할 나위 없이 아름다웠다.

헉, 헉, 헉….

인적 없는 뒷골목에서 무너져가는 벽에 얼굴을 비비며 키리에는 거친 숨을 몰아쉬었다.

늘 모이는 아지트에서 동료들과 신나게 놀 생각으로 집을 나왔는데 어째서? …왜 이렇게 되어버린 걸까.

'…제기랄. 그 녀석들…. 더러운 수작을… 부리다니….'

기습이었다.

첫 일격을 간신히 피하고… 추격자를 따돌리기 위해 필사적으로 엉망진창 뛰어다녔다.

그리고 지금 키리에는 자신이 어디에 있는지조차 알 수 없었다.

"젠장…."

가슴이 세차게 쿵쾅쿵쾅 뛰고 땀이 주르륵… 흘러내렸다. 힘껏 악다문 입술에서 띄엄띄엄 흘러나오는 소리라곤 분노의 욕설뿐이었다.

'젠장, 젠장, 젠장!'

실컷 욕설을 내뱉은 후 키리에는 이마에 흐르는 땀을 닦았다.

그때 주위를 슬쩍 살펴보기 위해 시선을 돌린 순간.

불현듯 화르륵… 어둠 속에 빨간 불빛이 피어올랐다.

"……!"

한순간 키리에는 흠칫 목을 움츠리며 그 불빛을 자세히 살펴보았다.

그러자 벽 너머… 무너진 빌딩의 잔해 위에 누군가가 앉아있는 모습이 어렴풋이 보였다.

황폐하고 썩어빠진 뒷골목에 어둠의 음영을 자아내는 것은 어쩐지 불안해 보이는 두 개의 창백한 달빛뿐.

아무래도 빨간 불빛은 담뱃불 같았다.

'저런 곳에서… 뭘 하는 거지, 저 녀석….'

그런 의문에 문득 한쪽 눈썹을 치뜬 순간.

우르르 다가오는 한 무더기의 발소리에 뒷골목의 어둠이 단숨에 술렁거렸다.

"찾았냐?"

"…아니. 도망친 것 같아."

"…젠장. 그러게 빨리 처치했어야지."

"…말이야 쉽지. 그 자식, 튀는 거 하나는 진짜 빠르더라."

아직 상당히 젊은 목소리….

개중에는 변성기도 아직인지 하이톤이 섞여 있었다. 그림자들이 짜증스럽게 고함을 쳤다.

"어쩔 거야? 얼굴까지 들켰는데."

그들을 에워싼 대기는 불안하게 흔들리고 있었다.

혼자서 저 많은 숫자를 당해낼 수는 없는 법….

여기서 놈들에게 발각되면 몸 성히 살아남을 확률은 10퍼센트도 되지 않으리라.

그렇게 생각하며 키리에는 어둠 속에 깊이 몸을 숨긴 채 새삼 숨을 죽였다.

"알게 뭐야. 그래서 놈들이 위기감을 느끼기라도 하면 그걸로 된 거 아니야? 그럼 이번에야말로 인정사정없이 요란하게 박살을 내줄 텐데."

위협하는 듯한 강경한 말투에 키리에는 저도 모르게 주먹을 움켜쥐었다.

'…저 애송이들이….'

그래 봤자 으드득 이를 가는 키리에 자신도 아직 콜로니 생활 3년차의 애송이이긴 했지만.

그러나 소문에 의하면 '지크스'의 멤버는 모두 15세 미만의 로우틴이라고 한다.

다시 말해 양육센터와 슬럼의 갭에 겨우 적응하기 시작해서 무서운 걸 모르는 녀석들이다.

물론 그렇게 따지자면 당시 '바이슨'은 '지크스'보다 더 조숙하고 과격했다고 할 수 있다.

뭐니 뭐니 해도 13세가 되면 좋든 싫든 '가디언'에서 나가야 하는 시스템 탓에 양육센터를 나와 우왕좌왕하는 애송이들을 눈 깜짝할 사이에 통합해 버렸으니 말이다.

그 점 하나만 봐도 언제나 '바이슨'의 아류라는 험담에 시달리는 '지크스' 입장에서는 아직도 남아 있는 '바이슨'의 과거 멤버들 자체가 눈엣가시나 다름없었다.

그들이 슬럼에 존재하는 한, 무엇을 해도 계속 비교당해야 하는 '우상'이기 때문이다.

그것도 추락한 우상이 아니라 한 번도 패배하지 않고 승리한 채로 사라져버린—복잡한 사연이 있는 '유령'이다.

…그렇지만.

그런 옛날 일과는 상관없이 지금 현재 그들과 어울려 다닌다는 이유만으로 어둠을 틈타 습격을 하다니.

키리에는 분노를 억누를 수 없었다.

그러나 이런 상황에서 섣불리 변명을 해봤자 쓸데없는 노력일 뿐, '지크스'의 애송이들은 아무래도 '바이슨'과 관련된 이들을 뿌리째 뽑아내어 섬멸해야만 직성이 풀릴 모양이다.

그때 살기등등한 '지크스'의 멤버들은 겨우 무너진 건물의 잔해 위에서 느긋하게 담배를 피우는 인물을 발견했다.

"야, 너. 거기서 뭐 하는 거냐?"

순수한 호기심이라기보다는 노리던 사냥감을 놓쳐버린 분풀이를 하고 싶은지 굉장히 거칠고 무례한 말투였다.

"어린 것들이 이 시간까지 돌아다니면 안 되지. 빨리 돌아가서 쉬하고 자라."

뜻밖에 힘 있는 목소리로 되돌아온 남자의 대답은 느긋한 말투와는 달리, 무서운 것을 모르는 애송이들은 상대도 되지 않을 만큼 신랄했다.

키리에는 저도 모르게 뱃속으로 신음했다.

'웬 바보냐, 저 녀석은…'

눈앞의 애송이들이 '지크스'라는 사실을 알고 싸움을 거는 거라면 놀랍도록 자신감 넘치는 인간이고, 그렇지 않다면 '엄청난'이라는 수식어가 붙을 만큼 주제를 모르는 멍청이다.

아니나 다를까.

"흐응, 형씨. 우리가 누군지 알고 그따위 건방진 소릴 지껄이는 거야?"

'지크스'의 자존심에 상처를 입은 애송이들은 치근덕거리며 시비를 걸기 시작했다.

"모르면 가르쳐주지. 그쪽이야말로 소변 지리지 마."

알려진 바에 의하면 지크스의 신조는 "당하면 배로 갚아 준다"라고 한다.

"울면서 엎드려 빌어도 이미 늦었어."

주체할 수 없이 불완전연소 된 열기를 어딘가에 발산하기 위해서는 이 남자가 안성맞춤의 먹잇감으로 보였는지 모른다.

"그래. 우리는 '지크스'니까."

"지크스? 모르겠는걸. 이렇게 젖비린내 나는 그룹은…."

그렇지만 남자는 맥이 빠질 만큼 태연하게 말했다.

빈정거림이나 질 나쁜 농담이 아닌 듯한 말투에 키리에는 멍하니 한숨을 쉬었다.

'정말… 바보인가 보군.'

"모른다고? 우리 '지크스'를? 너… 바보 아니냐?"

"잘됐네. 모른다면 가르쳐주지…."

"…그래. 아주 똑똑히 그 몸에 새겨주마."

애송이들은 이미 남자를 손봐 줄 마음이 충만해 보였다.

"여전히 슬럼은 슬럼이군. …아니, 오히려 많이 변했나."

그런데도 남자는 어디까지나 담담한 마이페이스였다.

"내려 와, 형씨. 그 건방진 입을 찢어 줄 테니까."

"그래, 그래. 같이 놀자. 시간은 어차피 남아도니까."

그리고 남자가 그들의 도발대로 잔해더미에서 내려온 순간 느닷없이 레이저 나이프가 어둠을 갈랐다.

그러나 남자는 당황하며 비틀거리기는커녕 오히려 재빨리 자세를 바꿔서 공격해온 애송이의 팔을 단단히 움켜잡고 주먹을 날렸다. 그 충격에 반사적으로 휘청거리는 애송이를 더욱 가차 없이 걷어찼다.

순간 기이한 침묵이 내려앉았다.

설마, 하는 경악.

말도 안 된다는 혼동.

단순한 체격 차이뿐만이 아니다. 정확하기 그지없고 뛰어난 실력에 모두가 굳어버린 채로 두 눈을 부릅떴다.

다 함께 포위망을 좁혀 '사냥감'을 막다른 곳에 몰아서 약해지면 갖고 놀다가 쓰러뜨린다.

일대일은 선호하지 않는다. 체격의 핸디캡은 숫자로 보완해 철저하게 밟아 버린다.

그것이 '지크스'의 방식이었다.

꼴사납게 울부짖으며 추하게 엎드려 애원하는 쪽은 언제나 '사냥감'이었다.

그러나… 익숙했던 일상은 단 한 명의 남자로 인해 맥없이 뒤집히고 말았다.

'굉… 장하다….'

키리에는 어둠 속에서 그저 목소리만 삼켰다.

남자가 말했다.

"눈에는 눈. 덤으로 뼈와 살까지…. 그게 슬럼의 법칙이지."

마치 어둠 속에서 느긋하게 빠져나오듯이 어슴푸레한 가로등 불빛 아래 그의 모습이 드러났다.

"아무래도 상관없지만. 도망치려면 지금 도망쳐라."

남자는 입술 끝을 살짝 올렸다.

"아니면 피를 토할 때까지 싸워볼까?"

그리고 엷게 웃었다.

금요일 밤.

깊게 침전한 어둠 속에 보기 드물게 달무리가 걸려 있었다.

폐허가 다 된 빌딩의 방 하나를 아지트 삼아 지금은 전설이 되어 버린 '바이슨'의 옛 멤버들이 무료하게 시간을 죽이고 있었다.

과격하게 슬럼을 휘저으며 이름을 떨쳤던 거친 애송이들도 이제는 온순해져서 착실하고 건실하게 살아가고 있었다. 적어도 표면상으로는… 말이다.

그룹 항쟁에 몸을 던진 젊은이들의 취업률은 매우 열악하다. 따라서 슬럼은 언제나 만성적인 인력 부족에 시달리고 있다.

일의 질만 따지지 않는다면 웬만큼 먹고 살기는 충분하다.

물론 그 '웬만큼'의 기준이 무엇인지는 알 수 없지만.

인간이란 꿈도 희망도 없어 막막함에 발버둥을 치는 동안에도 배가 고파지기 마련이다.

식욕은 생물의 본능이다.

슬럼에서 호화로운 디너 따윈 바랄 수 없지만 굶주려서 비참한 죽음을 맞이하고 싶다는 사람은 아무도 없다.

식량은 평등하게 배급되지 않는다. 착실한 노동으로 손에 넣어야 한다.

그렇지만 체념과 함께 그 사실을 분명하게 자각하게 되는 시기는 주체할 수 없는 젊음이 기력과 함께 급속도로 시들어버리는 20대 후반….

그들에게는 그 전환점이 예상외로 일찍 찾아왔을 뿐일지도 모른다.

"들었어? 미스트랄에서 마켓이 열린다던데."

어슴푸레한 불빛 아래에서 스타우트라고 부르는 환각주를 병째로 돌려 마시던 손을 멈추며 키리에가 문득 생각났다는 듯이 말했다.

"마켓? 설마 펫 경매인가?"

시드가 사나운 눈매를 치뜨며 되묻자 키리에는 퉁명스럽게 고개를 끄덕였다.

"이번에는 아카데미산 펫이 나온다고 해서 칸과 리지나의 벼락부자들까지 눈에 불을 켜고 있어. 아마 평소의 10배 이상 가격이 오를 거라고들 하던데."

그런 소문은 대체 어디서 주워듣는 걸까. 이제는 나름 착실하게 살아가는 그들 사이에서 키리에는 가장 소식이 빠른 정보통이었다.

"혈통서가 딸린 순혈종이라…."

가이가 혼잣말을 중얼거렸다.

"어차피 우리하곤 상관없잖아…."

루크는 내뱉듯이 말했다.

"물론 아카데미산 펫과는 비교도 안 되겠지만 우리도 돈과 시간을 듬뿍 들여서 다듬으면 그렇게 나쁘진 않을걸. 좀 불량스럽긴 하지만. 안 그래, 리키?"

키리에는 회색과 푸른색의 오드 아이로 리키를 바라보며 웃었다.

하지만 리키는 그런 일에 전혀 관심이 없다는 듯 말없이 스타우트를 머금었다.

노골적인 리키의 태도에 키리에는 발끈하며 미간을 찌푸렸다.

화가 난 이유는 동의를 얻지 못해서가 아니라 사람들 앞에서 아무렇지도 않게 무시를 당했기 때문이었다.

지금까지 키리에는 끈적끈적하게 달라붙는 타인의 시선을 떨쳐낸 적은 있어도 반대로 면전에서 가볍게 무시당한 적은 한 번도 없었다.

그렇기 때문에 지금 리키의 태도는 키리에의 뺨을 통렬하게 날리는 거나 다름없었다.

'이 자식….'

키리에는 으드득 이를 갈다가 문득 떠올렸다.

늘 모이던 아지트에 가이가 느닷없이 데려온 남자를 보고 다들 한순간 넋을 잃은 채 아무 말도 못 하다가 다음 순간 흥분하여 괴성을 지르며 그의 이름을 연호했던 날의 밤을.

『리키!』

리키…?

'리키라고? 정말?'

그리하여 키리에는 알게 되었다. 눈앞의 이 남자—마치 아카데미산처럼 제법 혈통 있어 보이는 검은 머리, 검은 눈동자의 남자가 과거 슬럼의 '카리스마'였다는 사실을.

키리에는 그 순간 느꼈던 뭐라 말할 수 없는 도취감을 아직도 기억하고 있다.

왜냐하면 사흘 전 밤 우연인지, 필연인지… 뜻하지 않게 키리에의 눈에 뚜렷하게 각인된 탓이다. '바이슨'의 리더였던 남자가 그들을 없애려고 기를 쓰던 '지크스'의 애송이들을 냉정하게 때려눕히던 모습이….

놀라운 아이러니. 아니, 놀라운 요행이었다.

두 번 다시 볼 수 없을 거라고 생각했던 '전설'의 편린은 '바이슨'의 멤버들과는 또 다른 의미로 키리에를 마음속 깊이 흥분시켰다.

그러나 어째서인지 리키는 유독 키리에에게만 냉담했다.

키리에가 그날 밤 일을 멤버들 앞에서 대놓고 폭로한 것도 아닌데 말이다.

멤버 중에서 유일하게 얼굴도 모르는 신참인데다 처음 만나자마자 친한 척 반말을 해서 불쾌했을지도 모른다. 그 점은 충분히 반성하고 있다. 그러나 그 후에도 리키의 태도는 전혀 변하지 않았다.

그래서 키리에도 오기가 생겨서 아직까지 반말을 쓰고 있다.

어째서인지는 모른다.

어쩌면 리키가 키리에 자신을 싫어하는 게 아닐까….

전부터 그런 예감은 있었다.

딱히 다른 사람의 입을 통해서 넌지시 언질을 받거나 대놓고 불쾌한 말을 들은 적은 없다.

그러나 무심하게 던지는 싸늘한 시선에는 분명 가시가 있었다.

차라리 비꼬는 소리나 불쾌한 말을 듣는 편이 오히려 나을지도 모른다. 그러면 되받아칠 수 있을 테니까. 그러나 리키는 키리에가 발붙일 여지조차 주지 않았다.

그뿐이 아니다. 상대도 해주지 않는다.

그 사실을 새삼 실감한 키리에는 더욱 사납게 눈을 치떴다.

하지만 그런 사실 따윈 안중에도 없는지, 리키는 먼 곳을 바라보며 살짝 내리뜬 시선을 올리려고도 하지 않았다.

그의 태도에 조바심이 난 키리에는 독설이라도 한마디 내뱉으려고 입술을 일그러뜨렸다.

그때 마치 타이밍을 노리고 있었던 것처럼 가이가 부드럽게 말했다.

"뭐야, 키리에. 네 이름이 박힌 링이라도 갖고 싶냐?"

순간 기회를 놓쳤다는 생각에 키리에는 가볍게 혀를 찼다.

그래도 마음을 다잡고 한번 호흡을 고른 후 시치미를 떼며 미소를 지었다.

"당연하잖아? 주인이 더블린급 환각주를 마시게 해 줄 사람이라면 난 발바닥이라도 핥을 수 있어…."

그 말이 리키의 무엇을, 어디를 자극한 걸까.

조금 전까지의 무관심한 태도가 마치 거짓말이었던 양 느닷없이 찌를 듯 싸늘한 시선이 날아왔다. 키리에는 당황하기보다 먼저 반사적으로 주먹을 움켜쥐었다.

이유도 없이 키리에를 불쾌하게 만드는, 신경에 거슬리는 차가운 눈빛… 그 눈빛을 정면으로 마주한 순간 그동안 쌓였던 울분과 분노가 불기둥처럼 치솟았다.

'뭐야!'

그러나 숨이 막히는 분노도 무언의 차가운 눈빛에 움츠러들어 아무 말도 할 수 없었다.

그때 키리에의 오른쪽에서 루크가 엷은 미소로 입가를 일그러뜨리며 말했다.

"무슨 헛소리야. 슬럼의 잡종을 펫으로 삼겠다는 특이한 인간이 어디 있겠냐."

아무도 웃지 않았다. 그 말은 농담이나 비꼬는 것이 아니라, 틀림없는 현실이기 때문이다.

어색한 분위기를 떨쳐버리려는 듯 노리스가 지긋지긋하다는 기색으로 입을 열었다.

"그보다 지금 중요한 건 '지크스'의 애송이들이야."

"맞아, 맞아. 이유는 모르겠지만 요즘 유난히 집요하게 사람 뒤꽁무니를 쫓아다니더라고."

"그런데 그 녀석들, 얼마 전 어떤 녀석 손에 반죽음을 당해서 벌벌 떨고 있다는 소문이던데?"

별일 아닌 듯이 말하며 키리에는 흘낏 리키를 바라보았다.

리키는 안색 하나 변하지 않았다.

"호오, 그거 잘됐군. 기왕이면 손봐 주는 김에 놈들의 리더까지 밟아 줬으면 좋았을 텐데. 그랬으면 슬럼도 조금은 조용해지지 않았을까."

듣고 있는 걸까, 듣고 있지 않은 걸까. 리키는 살짝 시선을 떨군 채 병을 탈탈 털듯이 얼마 남지 않은 스타우트를 마셨다.

스타우트를 입에 머금으면 혀를 찌르는 듯이 독특한 쓴맛이 퍼진다.

그러나 리키는 이 까칠까칠한 느낌이 평소와 미묘하게 다르다고 느꼈다. 스타우트 특유의 쓴맛이라기보다는 오히려 뭐라 형용할 수 없이 끈적끈적하고 어둡고 묵직한 느낌… 이랄까.

'기분 탓… 일까.'

그 생각을 애써 떨쳐버리며 리키는 일부러 천천히 스타우트를 삼켰다.

주머니 사정만 좋다면 좀 더 멀쩡하고 맛 좋은 술을 마시고 기분 좋게 취할 수 있겠지만… 여기서는 어려운 일이다.

그룹 항쟁을 틈타 스릴과 실익을 겸하여 환락가를 휩쓸고 다니는 과격한 악동에서 조금 삐딱하지만 착실하게 돈을 버는 노동 청년으로 변했기 때문만은 아니었다.

에어리어-9 '케레스'에는 해마다 젊은 '피'가 끊임없이 수혈되지만 그 핵심을 이루는 '슬럼'이라는 동맥은 이미 썩을 대로 썩어있다. 더 이상 손쓸 방도가 없을 만큼.

그렇다고 스스로 배를 갈라 고름투성이 장기를 끄집어낼 근성도, 기력도 없다—는 것이 꾸밈없는 슬럼의 현실이었다.

호탕하게 돈을 대 줄 물주도 없고, 돈을 조를 상대도 없다. 가진 것은 젊음밖에 없는 무리들에게 고가의 기호품으로 불리는 환각주는 꿈같은 존재다.

지금 마시고 있는 스타우트도 3일 전 루크가 어디선가 가져온 귀중한 물건이었다.

그러나 그 고마움을 음미하고자 찔끔찔끔 돌아가며 마시고 있는 것은 아니다.

스타우트에는 '토프라'라는 인가받지 못한 신경자극제가 들어있다. 말하자면 밀주(密酒)인 셈이다.

음료수처럼 단숨에 들이켰다가는 큰일이 벌어진다. 배드 트립(마약에 의한 무서운 환각 체험)에 빠지거나 운이 나쁘면 끔찍한 고통 끝에 그대로 질식사할 수도 있다.

스타우트가 알칼로이드 계열의 환각주 중에서 가장 질이 나쁘다고 일컬어지는 원인은 바로 그 때문이다.

바닥 중의 바닥이란 점이 슬럼에는 제일 잘 어울릴지도 모르지만….

그래도 술이란 일단 취기가 돌고 나면 싸구려든 고급이든 상관없다. 흘러나오는 숨결은 딱딱하게 굳어버리고 입을 열면 깨져버릴 것처럼 여리디여린, 신기루 같은 도취만이 존재할 뿐이다.

슬럼의 젊은이들은 모두 아무 데도 발산할 수 없는 분노를 짊어지고 있다. 입 밖으로 내뱉어도 채워지지 않는 영혼의 갈증이 존재한다. 언제나 "할 수 없지"라는 한마디로 모든 걸 삼켜버릴 수밖에 없는 울분이기도 하다.

비록 한순간이긴 해도 스타우트는 그 모든 것들로부터 그들을 해방시켜준다. 허가받지 못한 밀주 따윈 "위험하니까 그만둬"라는 말은 아무도 하지 않는다.

이윽고 대화가 끊긴 후 고요한 침묵이 그들 사이를 끈적끈적하게 떠돌기 시작했다.

그때 무슨 생각을 떠올린 것일까, 문득 루크가 몸을 앞으로 내밀며 흐리멍덩한 눈으로 리키를 바라보았다.

"그런데 말이야, 리키. 또 이렇게 모여서 싸구려 환각주나 마시며 해롱거리고 있다니, 진짜 한심하지 않냐."

의미심장한 루크의 탁한 시선이 핥듯이 리키의 몸 위를 기어 다녔다.

"그렇다고 옛 추억이나 되새김질할 정도로 영감이 된 건 아니지만 말이야."

여느 때 같으면 혐오감에 눈썹을 찌푸렸을 노골적인 말투와 눈빛도 스타우트의 술기운이 돌기 시작했는지 그다지 신경 쓰이지 않았다.

느릿느릿 뛰던 심장의 고동이 차츰 빨라지다가 이윽고 특이한 리듬과 함께 팔다리로 뻗어 나간다.

소파에 느긋하게 등을 기대고 팔다리를 뻗으며 리키는 깊이 숨을 들이마셨다.

그리고 조용히 눈을 감았다.

아무것도 보이지 않는다.

아무것도… 들리지 않는다.

느껴지는 것은 아주 미세한, 졸음과도 같은 진동….

황홀한 감촉에 이끌려 숨을 내쉬면 몸도 마음도 부유하듯 현실에서 벗어나게 된다.

그 순간 눈 안쪽의 어둠이 술렁거리다가 갑자기 극채색의 스팽글이 튀어 올랐다.

이 무렵 리키는 이미… 마비될 듯한 쾌감의 절정을 맛보는 것 말고는 무엇에도 흥미를 느낄 수 없었다.

그리고 가이는 어깨너머 보이는 흐릿한 미소를 머금은 리키의 옆얼굴에서 3년간의 공백을 본 듯한 기분이 들어 눈을 감았다.

3장

『슬럼은 젊음과 정신을 먹어치우는 '괴물'이다.』

대체 누가 한 말일까.

에어리어-9의 주민이라면 그 말이 거짓 없는 진실임을 누구나 경험을 통해 알고 있다.

그럼에도 불구하고 슬럼을 떠나려는 자들에게 향하는 것은 모든 선망을 웃도는, 뿌리 깊은 조소의 시선이었다.

썩을 대로 썩어서 늙어갈 뿐인 낙오자들의 둥지에는 주워 먹을 꿈조차 없다.

좋지도 않고 나쁘지도 않다….

그런 현실을 답습하기만 하는 나날은 모래를 씹는 행위보다 무미건조하다.

그렇기 때문에 딜레마는 현실을 깨부수려는 자를 깎아내리고 멸시하며, 그 반동으로 가차 없이 자아를 침식한다.

희망이 없으면 인간은 날 수 없다. 그리고 날 수 없다는 것은 추락하는 두려움을 알지 못한다는 것이니 아무런 진보도 바랄 수 없다.

모두가 그 사실을 알면서도 각자 자신의 마음의 날개를 잘라버린다. 마치 그렇게 하지 않으면 살아갈 수 없다는 양.

슬럼이라는 현실의 '벽'은 그 정도로 무겁고 어두캄캄한 '암흑'이었다.

때문에 그들은 튕겨 나갈 줄 알면서도 굳이 그 '벽'에 도전하는 자를 가리켜 야유를 담아 '용사'라고 부른다.

그러는 한편으로는 용사의 발밑에도 미치지 못하는 자신들을 가엾게 여기듯 흥청망청 술을 퍼마신다.

그런 가운데 과거 리키는 입버릇처럼 되풀이하곤 했다. 자신의 반신이라고 할 수 있는 페어링 파트너 가이에게만은 진심을 토로하듯이.

『언젠가 슬럼을 떠나고 말 거야.』

지금까지 똑같은 말을 내뱉으며 슬럼을 떠났던 자들이 초라하게 어깨를 떨구고 겨우 한 달도 지나지 않아 돌아오곤 했지만, 조금도 겁내지 않고 앞을 바라보며 힘주어 말하곤 했다.

『언젠가 꼭….』

4년 전 갑자기 '바이슨'이 공중분해 되고 3개월 정도 지났을 무렵의 일이다.

그날 밤늦게 비틀거리는 발걸음으로 리키가 가이의 집을 찾아왔다.

"야아… 잘 지냈어?"

문을 열자마자 느닷없이 코를 찌르는 술 냄새가 풍겼다. 가이는 참지 못하고 고개를 돌렸다. 술을 마시기는 해도 이렇게 엉망이 된 적은 없었는데, 알코올로 샤워라도 한 건 아닐까… 하는 생각이 들 정도였다.

그런 리키의 모습에 가이는 이유 없는 불안감을 느끼며 집 안으로 들이기 전에 물었다.

"리키… 왜 그래? 무슨 일이야?"

가이는 무심코 눈썹을 찡그렸다.

그러나 리키는 그러건 말건 상관없다는 듯이 흐느적흐느적 몸을 앞으로 내밀며 입술 끝을 씨익 올렸다.

"선물…."

그렇게 말하며 어딘가 위태로운 손짓으로 가이의 가슴에 떠안긴 물건은 스타우트보다 훨씬 엄청난 고가의 환각주였다. 소문으로만 들었을 뿐 실물은커녕 라벨조차 본 적 없는 술이다.

가이는 한순간 꿀꺽 숨을 삼켰다.

"어디서 난 거야, 이거…."

반쯤 갈라진 목소리로 묻자 리키가 의미심장하게 쿡쿡… 웃었다.

어지간히 좋은 일이라도 있었던 걸까. 아니면 술을 퍼마시고 취해서 기분이 좋아진 걸까. 흐물흐물 무너진 입가를 통해 가슴속까지 들여다볼 수는 없었다.

그래서 가이는 불안의 싹을 잘라버리기 위해 넌지시 떠보았다.

"기분이 굉장히 좋아 보이네. 좋은 일이라도 있었어?"

그러자 리키는 이 공간에서 유일하게 자유로이 뒹굴거릴 수 있는 침대를 제 것인 양 점령한 채로 멍하고 촉촉한 눈을 들며 코웃음을 쳤다.

"응, 그냥."

"그건 그렇고 로제 리나의 '바르탕'이라, 굉장하군."

"뭐야, 비꼬는 거냐?"

"무슨 소리야? 웬만하면 라벨도 구경하기 힘든 선물을 받았으니 고맙다는 인사를 하고 싶었던 것뿐이야. 설마 어디서 슬쩍해왔나… 하고 생각하지는 않아."

순간 리키는 몸을 뒤틀며 큰 소리로 웃음을 터뜨렸다.

그 웃음이… 술기운에 터져 나오는 웃음인지, 아니면 싸늘하고 일그러진 자조인지는 알 수 없었다. 그 탓에 가이는 마음이 불안해졌다.

가이의 기억이 정확하다면 리키의 상태가 눈에 띄게 변한 것은 미다스의 밤거리를 달리며 오랜만에 제법 짭짤한 돈을 손에 넣었을 무렵부터였다.

가이는 각종 선불카드로 불룩해진 주머니에 손을 쑤셔 넣으며 말했다.

『이제 충분하잖아? 재수 없게 걸리기 전에 그만 털고 가자.』

리키는 그런 가이의 엉덩이를 가볍게 걷어찼다.

『우리는 오늘 밤 '행운의 여신'에게 사랑받고 있어. 이럴 땐 해먹을 수 있을 만큼 해먹는 게 예의 아니겠어? 넌 먼저 돌아가, 가이. 나는 마지막으로 한탕 더 뛰고 갈 테니까.』

그렇게 말하고 대담하게 웃으며 인파 속으로 사라진 리키는 그날 가이 곁으로 돌아오지 않았다.

리키의 그런 행동이 별로 드문 일이 아니었기 때문에 당시 가이는 딱히 걱정하지 않았다.

하는 짓은 제법 대담한 주제에 묘한 곳에서 이상하리만치 신경질적이고 감이 좋은 리키만큼은 어설픈 실수를 하지 않을 거라고 생각했다. 분명 어디선가 아침까지 기분 좋게 술을 마시고 있겠거니… 했다.

그러나 지금 생각해 보면 그날 밤이 뭔가의 시작이었는지도 모른다.

그날 정말로 무슨 일이 있었는지 리키는 결코 말하려고 하지 않았다.

『가이, 나 바이슨을 나가겠어.』

그런 폭탄선언을 하기 한 달 전의 일이었다.

당시 슬럼에서 톱으로 군림하던 '바이슨'도 본래는 콜로니에 아무런 비호도 연줄도 없는 신참들이 산전수전 다 겪어 교활해진 능구렁이들에게 몸과 마음을 뜯어 먹히지 않도록 스스로를 지키기 위해 만든 집단이었다.

강한 자가 약한 자를 잡아먹고 자신의 존재를 과시한다. 지극히 단순명쾌하게 슬럼을 지배하는 '힘'의 논리였다.

강한 자가 이기는 것이 아니다. 생존경쟁에서 살아남은 자만이 소리 높여 자신의 정의를 주장할 권리를 갖게 된다.

어리광도, 우는 소리도 통하지 않는다.

아무도 의지할 수 없다.

좋든 싫든 자기 자신을 확립하지 못하는 자는 골수까지 빨아 먹힌다. 타인에게 착취당하고 싶지 않으면 강해질 수밖에 없다.

그것이 유일무이한 슬럼의 룰이었다.

한 사람 한 사람은 미약해도 하나로 뭉치면 생각지도 못한 힘을 발휘한다. 혼자서는 들어 올릴 수 없었던 물건도 지혜를 모으고 힘을 합치면 가볍게 치워버릴 수 있다. 다만 그러기 위해 꼭 필요한 '중추'가 바로 리키라는 존재였다.

"묵묵히 기다리기만 해서는 아무것도 달라지지 않아."

양육센터 '가디언' 시절부터 리키의 철칙은 한결같았다.

"난 아무 상관없는 남의 뒤치다꺼리까지 할 생각은 없어."

필요에 의해 실질적인 '바이슨'의 리더를 맡게 된 것만 빼면 딱히 욕심도 집착도 없었다.

정말로 참을 수 없는 것은 자신의 의지를 무시하고 이루어지는 폭력이나 다름없는 강요, 감언이설로 위장한 쓸데없는 참견, 다른 이의 힘을 빌리기 위한 비굴한 아첨이었다.

리키에게 매료된 자들의 시선은 타는 듯이 뜨거웠으나 리키의 검은 눈동자가 똑같이 뜨겁게 그들을 바라본 적은 단 한 번도 없었다.

단 한 사람, 가이를 제외하고….

그럼에도 리키에게는 타인을 매료시키는 힘이 있었다. 그저 존재하기만 해도 고양감을 자극한다.

그래서 가이는.

그렇기에 시드는.

그리하여 루크는.

그 때문에 노리스는.

그들이 앉혀놓은 '카리스마'의 왕좌에 리키를 묶어두기 위해 스스로 그를 지탱하는 기둥이 되기를 주저하지 않았다.

욕심이 없었던 것은 아니다. 꿈도 있었다. 슬럼의 톱에 군림하고자 하는 야심도 있었다.

그러나 리키가 그 왕좌를 깨끗이 던져 버렸을 때 어째서인지 누구 한 사람 뒤를 이어 왕좌에 앉으려 하지 않았다.

그렇게 '바이슨'은 와해되었다. 주위 사람들이 어리둥절해 할 정도로 너무나 쉽게 말이다.

그리고 현재.

『그 녀석, 위험한 일에 발을 들인 거 아니야?』

리키에 관해 그런 소문이 나돌 정도로 유난히 주머니 사정이 좋았다.

소문이 난 이유가 단순히 리키를 향한 시기며 질투 때문만은 아니었다.

한동안 얼굴이 안 보인다 싶으면 갑자기 슬럼에서는 감히 말도 꺼내지 못할 만큼 값비싼 술을 들고 나타나곤 했다.

그러나 리키는 다른 사람들의 동요에 활짝 웃기는 해도 선망과 질투가 뒤섞인 눈길에 취하지는 않았다.

그뿐인가, 리키의 검은 눈동자는 가이와 다른 동료들이 알지 못하는 뭔가를 물끄러미 응시하는 것만 같았다. 마치 채워지지 않는 굶주림에 허덕이는 것처럼….

가이와 동료들뿐만 아니라 슬럼의 모두가 돈의 출처를 알고 싶어 했다.

『여어, 리키. 설마 벼락부자 애인이라도 문 건 아니겠지?』

『멍청아. 리키처럼 사나운 야생마를 길들일 수 있는 녀석이 있을 것 같냐? 안 그래?』

『그래서? 진짜로 어떻게 된 거야?』

약간의 빈정거림을 담아 농담처럼 물어도 리키는 애매하게 말을 돌릴 뿐 제대로 대답해주지 않았다.

그래도 동료들이 그 이상 리키를 추궁하지 않고 필요 이상의 질투나 반감을 품지도 않은 이유는 예전처럼 종일 어울려 다니지는 않아도 리키가 변함없는 '리키'였기 때문이었다.

아니, 변했다.

슬럼이라는 쓰레기장에는 어울리지 않을 만큼 도드라지는 칠흑의 머리카락도, 흑요석 같은 눈동자도, 그리고 늘씬한 사지에 봉인된 선명하고 강렬한 아우라도 예전보다 한층 짙게 사람을 매혹시켰다.

어쩌면 '바이슨'이라는 '족쇄'에서 풀려난 리키는 리키 본연의 빛을 되찾은 게 아닐까—하는 생각이 들 만큼.

아무도 말하지 않았지만 그들은 그곳에서 확실한 비전을 느꼈다. 리키와 자신들을 가로막는 시차(視差)를.

뚜렷하게….

그렇기 때문에 그들은 반쯤 무의식적으로 스스로를 경계했다. 쓸데없는 질투심으로 그 시차가 일그러지지 않도록. 리키와 자신들을 이어주는 인연의 끈이 끊어지지 않도록.

그래서 가이는 진심으로 걱정해야만 했다. '바이슨'의 멤버로서가 아니라 늘 리키의 곁을 지켜온 페어링 파트너로서.

"리키. 너 진짜로 위험한 일에 발을 들여놓은 건 아니겠지."

"뭐야, 갑자기…. 야, 노려보지 마."

"얼버무리지 말고 똑바로 대답해."

가이는 불안했다. 리키의 정신적인 안식처가 바로 자신이었으면 했다.

그렇게 바랐고 내내 그렇게 지내왔건만 이 기묘한 초조함은 대체 무엇일까. 리키와 자신을 이어주는 인연의 끈이 조금씩 일그러져가는 듯한 느낌이 들었다.

그런 가이의 동요를 아는지 모르는지 리키는 후우… 하고 커다랗게 한숨을 내쉬며 작게 중얼거렸다.

"이봐, 가이. 기회란 아무 데나 굴러다니는 게 아니야. 특히 우리 같은 잡종이 햇볕을 볼 기회는 더더욱 없지."

리키는 취기로 촉촉하게 젖은 눈동자를 살짝 가늘게 떴다.

"몰래 훔쳐온 스타우트나 홀짝거리면서 싸구려 환각에 취하는 일 따윈 질렸어."

그리고 쌓이고 쌓인 감정을 조용히 토로했다.

"어차피 똑같은 꿈을 꿀 바에는 좀 더 확… 화려하게 터뜨리고 싶어. 탐난다는 얼굴로 손가락이나 빨며 기다리기만 해서야 언제까지고 쓰레기일 뿐이야. 나도 너도 그런 놈들을 산더미처럼 알고 있잖아? 안 그래?"

질문의 의미가 무엇인지 안다.

"가이… 나는 싫어. 이대로 계속 여기 있으면 몸속까지 썩어버릴 것 같아서… 소름이 끼쳐."

현실의 무게 또한 알고 있다.

"나는 이곳에서 기어올라 가고 말 거야."

알기에 더더욱 리키는 가이를 상대로 흔들리지 않는 강한 의지를 보여주는 듯했다.

무엇이 이렇게까지 리키를 몰아세우는 걸까….

가이는 알 수 없었다.

아마도 리키는 발견하고 만 것이리라. 자신이라는 존재의 의미가 어디에 있는지를.

그러나 가이는 캐묻지 못했다. 만약 그 말을 입에 담으면 리키의 마음속에서 무언가가 깨져버릴 것만 같아서… 두려웠는지도 모른다.

그래서 가이는 말없이 고개를 끄덕였다.

"그렇, 구나…."

따끔따끔 목을 찌르는 뭐라 형용할 수 없는 가시에 살짝 입술을 일그러뜨리며.

미다스 에어리어-9 '케레스'.

과거는 있으나 미래는 보이지 않는 지저분한 거리.

적어도 물리적으로 케레스와 미다스를 가로막는 장애물은 아무 것도 없다.

그러나 미다스와 같은 대지를, 하늘을, 언어를 공유하면서도 미다스 시민의 ID카드를 갖지 못한 '잡종', 그 차이 하나로 슬럼은 케레스에 속해 있으면서도 미다스가 아니게 되었다.

부랑자와 범죄자가 모여서 '슬럼'이라는 쓰레기장이 만들어진 게 아니다. '에어리어-9'라는 구역만이 주민들과 함께 미다스 지도와 등록 카드에서 영구히 말살된 것이다.

지도에 없는 장애물은 그로 인해 당연히 눈에는 보이지 않는 확집을 낳았다.

게다가 그것은 어떤 의미에서 미다스 시민들을 옭아매기 위해 새겨진 각인처럼 그들의 시야 끄트머리에서 끊임없이 고동치고 있었다.

환락가의 주민으로서 몸도 정신도 속박당하는 그곳의 생활은 결코 쾌적하다고 할 수 없다.

무엇보다도 '제인'이라고 불리는 신분제도의 세습이 시민들의 족쇄가 되었다.

계급의 차이 탓에 직업 선택의 자유도 없거니와 자유로운 연애조차 허락되지 않는다.

그래도 체제를 비판하거나 문제를 일으켜서 ID카드를 잃기보다는 입을 다물고 순순히 규칙을 따르는 편이 훨씬 현명하다고, 누구나 그렇게 생각하고 있었다.

그들의 눈앞에는 스스로를 '잡종'이라고 경멸하는 케레스가 있다. 끝이 보이지 않는 수렁에서 신음하는 슬럼이 있다.

자신들보다 못한 존재를 늘 시야 끄트머리에서 확인하며 느끼는 우월감과 혐오감.

미다스 시민들에게 최대의 굴욕이자 최악의 공포는 말과 행동의 자유를 일일이 구속당하는 것도, 인권을 무시한 부당한 행위에 분노하는 것도 아니다.

모든 걸 잃고 케레스에 떨어지는 것이다.

슬럼=인간 실격.

그 각인은 그들의 뇌수까지 철저하게 침투해 있다.

두 번 다시 똑같은 실수를 되풀이하지 않겠다는 미다스 자신의, 두려움을 내포한 경계의 표출처럼 보이기도 했다.

과거 미다스에서는 기반을 뿌리째 뒤엎는 반란이 일어난 적이 있다.

컴퓨터의 지배와 예속의 사슬을 끊고 인간다운 자유와 존엄을 찾아 새로운 도시를 건설하고자 했던 사람들이 에어리어-9를 점거하고 독립을 주장한 것이다.

『반란이 아닌 혁신이다.』

그들은 그렇게 말했다.

『기계에 복종하고 봉사하는 시대는 갔다.』

그러기 위한 자금과 물자. 그리고 미다스—아니, 타나그라를 상대로 정면승부를 걸 정도의 정보 지식까지.

언제, 어디서, 어떻게 조달한 것일까.

에어리어-9에는 한동안 농성이 가능할 정도의 인재와 물자가 갖춰져 있었다.

누구에게도 강요받지 않고, 신분의 차이 없이 모든 사람이 평등하게 '한 사람의 인간'으로서 존재하기를.

케레스는 그런 그들의 이상향이 될 터였다.

『아무런 속박이 없는 진정한 자유를!』

그런 표어를 내걸고 인권의 부활을 추구하며 한발도 물러서지 않는 그들의 파워와 정열은 눈이 휘둥그레질 정도였다.

뜨거운 파도는 에어리어-9에서 각 에어리어로 불꽃이 튀듯 옮겨붙고 발화하여 수면 아래 끓고 있던 감정을 단숨에 폭발시켰다.

마치 지금까지 쌓이고 쌓였던 울분을 터뜨리듯 곳곳에서 사보타주(고의적인 사유재산 파괴나 태업 등을 통한 노동자의 쟁의행위)가 일어났고 공공연히 체제를 비판하는 목소리가 터져 나왔다.

처음에는 "기껏해야 열흘도 버티지 못한다"며 우습게 보던 미다스의 정무관들도 그 여파로 인해 고객의 발길이 끊기자 겨우 사태의 중대성을 인식하지 않을 수 없었다.

그러나 체제에 반기를 든 반란조직 주모자들의 등 뒤에 어른거리는 연방의 그림자를 의식해서일까, 설령 마음속에는 분노와 저주의 폭풍이 휘몰아친다 해도 표면상 힘으로 그들을 굴복시키려 하지는 않았다.

그 결과 미다스는 에어리어-9에서 그들을 몰아내는 강행조치 대신 그들의 시민 등록 말소만을 통보했다.

그날 환희의 함성이 케레스를 뒤흔들었다.

『해냈다!』

『이겼다!』

의외라기보다 맥이 빠질 만큼 관대한 미다스의 통보에 의심의 눈초리를 던진 자가 물론 없지는 않았다.

그러나 그런 의심도 승리의 함성을 지르며 흥분에 취해 동료들과 어깨를 두드리는 동안 조용히 자취를 감췄다.

단 한 사람의 희생도 없이, 누구 하나 탈락하지 않고 자유와 독립의 권리를 쟁취했다.

그것이 그들의 긍지였다.

그러나.

『과연 진정한 승리였을까?』

『미다스는 어째서 그렇게 선뜻 케레스의 독립을 인정했을까?』

승리의 흥분이 가시고 시간이 흐른 후에야 그들은 그렇게 반추하기 시작했다.

케레스가 미다스의 지배에서 벗어나 자립해나가는 과정에서 허울 좋은 이상이 아닌 현실의 혹독함을 깨닫기 시작한 것이다.

『오는 자는 막지 않는다.』

그것이 케레스의 신조였다.

이번에는 착취당한 자들끼리, 뜻을 같이하는 자들끼리 다 함께 케레스의 미래를 만들어 나가면 된다.

그들은 그렇게 안일한 생각을 품고 있었다. 독립을 위해 은밀하게 원조한 연방 정부를 의존하는 마음이 완전히 사라지지 않았던 탓일지도 모른다.

물론 그들은 인권 옹호의 깃발을 내건 연방의 무상 행위를 고맙게 여겼다. 그래서 자신들이 '미다스'라는 배덕의 독을 품은 중앙 도시 '타나그라'의 아성을 무너뜨리기 위해 집념을 불태우는 연방의 감언과 선동에 놀아났다는 생각은 조금도 하지 않았다.

그런 이유로 이상(理想)이 '조직'적으로 확립되기 전에 케레스는 '자유'라는 말의 마력에 사로잡힌 사람들로 흘러넘치게 되었다.

그들 대다수는 아무런 신념 없이 케레스를 찾아왔다. 그저 케레스에 가면 분명 무언가가 변하리라고 막연하게 생각하면서.

그런 무리들을 정확하게 파악하고 통솔하기에 그들은 너무나 미숙했다.

아니, 그보다는 이상만 앞서서 발밑의 현실에 대한 인식이 부족했다.

무엇보다도 치명적이었던 점은 갈팡질팡하거나 정에 휩쓸리지 않고 단호하게 결단을 내릴 수 있는 리더의 부재였다.

그 현실이 케레스의 발걸음을 흐트러뜨렸다.

『약속이랑 다르잖아.』

『왜 나한테는 아무것도 해주지 않지?』

『그딴 일은 하기 싫어.』

또한 여러 불평불만이 속출했다.

그것은 이윽고 생각대로 되지 않는 초조함과 이럴 리 없다는 울분으로 변했다.

누구에게도 간섭받지 않고 아무런 속박도 받지 않는 '자유'란 제멋대로 행동하는 것이 아니다. 자유를 손에 넣으려면 최소한의 '규율'과 '협조'가 불가피하다. 그러지 않으면 아무리 목이 터지라고 자유를 외친들 '이상'은 공허하게 헛돌기만 할 뿐이다.

오합지졸들의 독립 따윈 아무런 의미도 없다.

싸워서 쟁취한 자유가 뿌리내리기 위해서는 나름대로 시간과 인내가 필요하다.

그들은 단순하지만 가장 중요한 사실을 뼈저리게 깨달았어야 했다.

그러면 사태는 나름대로 호전되었을지도 모른다.

그러나 그 방면의 프로라고 할 수 있는 연방의 활동가들이 필사적으로 수습하려 애썼지만 사태는 뜻대로 흘러가지 않았다.

폭풍이 가라앉고 급속도로 열기가 식어가는 케레스에서 그들은 어차피 이방인이었다.

미다스에서 독립하기는 했으나 당초의 뜻을 관철하기에는 너무나도 많은 문제가 발생했다.

결국 케레스는 아주 난감한 상태에 처하고 말았다.

한편 이쪽이 잘못되더라도 아직 돌아갈 고향은 남아있다. 그들의 마음속에는 그렇게 안일한 생각이 자리 잡고 있었다.

그렇게 어리석은 안일함에 사로잡혀 있다가 미다스에 통렬한 타격을 입고 나서야 비로소 그들은 '자유'의 대가와 무게를 깨닫게 되었다.

케레스에 정착을 희망했을 때는 쉽사리 허가를 내주던 미다스가 등록 말소를 방패 삼아 그들의 귀환을 거절한 것이다.

체제에 불만을 품은 자들을 또다시 받아들일 수 없다고 완고하게 빗장을 걸어 잠근 것이 아니다.

마음만 먹으면 미다스는 기억 조작 등의 세뇌조차 주저하지 않을 비정함을 지니고 있었다.

요컨대 위성도시 타나그라의 연방에 대한 자존심이 문제였다.

그리하여 미다스는 그들에게 보복 조치를 가했다. 에어리어-9를 고립시키기 위해 센서를 설치하고 케레스 쪽에서는 쥐새끼 한 마리 들어오지 못하도록 했다.

당연히 미다스 시민에 대한 경고와 본보기의 의미도 겸하고 있었다.

꿈이 무너진 후.

힘없이 어깨를 떨구고, 두텁게 가로막고 선 거부를 뛰어넘을 방법도 찾지 못한 채 그들은 후회와 절망으로 휘청거리는 다리를 질질 끌며 케레스에서 무기력하게 시간을 보냈다.

그들의 코앞에서 미다스는 매일 밤낮을 가리지 않고 화려한 네온을 몸에 두른 채 모습을 드러낸다. 요염하고 음란하게 그들의 마음을 애태우면서도 결코 그들을 자신의 아성으로 들여보내 주지 않았다.

시간만 흘려보내는 무기력함은 이윽고 정신의 황폐를 낳고 은밀하게 다가오는 병마처럼 야금야금 케레스를 좀먹었다.

이윽고 미다스를 둘러싼 센서가 사라지고 세대가 바뀌어도 멈출 기색을 보이지 않았다.

어느사이엔가 케레스는 끝없이 타락한 슬럼으로 전락하고 말았다.

그 사실을 충분히 알면서도 리키는 앞을 응시하며 걸어갔다.

『패배자가 되기 전에는 뒤를 돌아보지 않겠어.』

그렇게 맹세하며 가이의 곁을 떠나갔다.

그러나 리키가 슬럼에서, 아니, 가이 앞에서 홀연히 모습을 감춘 지 3년이 지난 어느 날 밤.

리키는 갑자기 슬럼으로 돌아왔다.

"……!"

가이는 깜짝 놀라 멍하니 눈을 크게 뜬 채 아무 말도 못 하고 우두커니 서 있었다.

"그동안 잘 지낸 것 같군."

그렇게 말하며 그리운 듯이 미소 짓는 리키는 키도 커지고 몰라볼 정도로 어른스러워져 있었다.

3년 전의 거친 격렬함은 멋지게 승화되어 있었고 호리호리한 몸매는 예전보다 더욱 늘씬하고 날렵했다. 그러나 어딘가 싸늘하게 식은 저 눈빛은….

"리키… 냐?"

저도 모르게 입 밖에 내서 확인하고 싶어질 정도였다.

리키의 귀환으로 옛 동료들은 좋든 싫든 활기를 되찾았다. 정도의 차이는 있을지언정 누구나 3년간의 공백을 엿보고 싶어 했기 때문이다.

동시에 슬럼의 모든 시선이 리키에게 집중포화를 퍼부었다는 뜻이기도 했다.

과거 슬럼의 상징이었던 '카리스마'가 비참한 패배자로 전락했다며 모두가 더러운 험담을 늘어놓았다.

『꼴좋다.』

『뻔뻔스럽게 잘도 돌아왔군.』

『창피한 줄도 모르나. 꼴사납게.』

그렇게 모두가 뒤에서 손가락질하며 그를 비웃었다.

'바이슨'이라는 이름이 일세를 풍미하던 시절, 리키는 단 한 사람의 파트너에게만 마음을 허락한 '벼랑 위에 핀 꽃'이었다.

그러나 비참하게 추락해도 역시 슬럼에 핀 '꽃'은 '꽃'.

그 꽃이 뜻밖에도 자신의 발밑에 떨어진 것이다.

그렇다면 주워서 아껴주기보다 "마음껏 걷어차고 엉망진창으로 짓밟고 싶다"는 일그러진 쾌감에 사로잡힌 자들이 셀 수 없이 많았다.

그러나 리키는 입을 다문 채 아무 말도 하지 않았다.

눈앞에서 아무리 욕설을 퍼붓고 노골적으로 도발해도 전부 마이동풍, 모조리 흘려 넘길 뿐이었다.

평정을 유지한 채 눈썹 하나 꿈적하지 않는 그의 태도에 초조함을 느끼며 뭔가 석연치 않은 불안감에 사로잡힌 것은 '바이슨'의 멤버들도 마찬가지였다.

산산이 조각난 꿈을 안고 슬럼으로 돌아온 자들은 모두 어떤 응어리를 품고 있었다.

그것은 견딜 수 없는 절망이기도 하고, 씁쓸한 자조의 일그러짐이기도 하며, 실의의 밑바닥에 웅크린 광기의 그림자이기도 하다.

한순간 꾸었던 꿈의 잔재를 탐하려는 듯이 술과 마약에 빠져서 과거의 환영으로부터 도피하여 껍질 속에 틀어박히는 것이 보통이었다.

그러나 리키는 어딘가 달랐다.

예전처럼 건드리면 화상을 입을 듯한 격렬함은 없다. 그뿐만 아니라 싸늘하게 식은 두 눈은 타인을 차갑게 내려다보는 것 같기도 했다.

그런데도 동료들 사이에서 음미하듯 술잔을 비우는 저 손짓의 느긋한 평온함은 대체 무엇일까.

굳게 입을 다물어 버린 리키의 마음속을 알아낼 방도가, 가이에게는 없었다.

그러나 이걸로 됐다고 가볍게 수긍해버리기에 리키의 변모에는 너무나도 강렬한 격차가 있었다.

4장

미다스 에어리어-3 'MISTRAL PARK(미스트랄 파크)'는 크고 작은 전시관이 늘어선 거대한 컨벤션 센터다.

카지노 거리를 메인으로 충실한 오락 시설을 갖춘 에어리어-1 'LHASSA(라싸)'나 방문객을 신용카드 등급별로 접대하는 호텔이 늘어선 에어리어-2 'FLARE(플레어)'와는 또 다른 의미로 환락가 미다스의 측면을 엿볼 수 있는 곳이다.

머지않아 경매가 열리는 날이다.

오후가 되자 한산한 원형 광장까지 활기찬 사람들의 목소리가 울려 퍼지기 시작하면서 미다스는 급속도로 열기를 띠기 시작했다.

키리에 말대로 이번에는 5년 만에 아카데미산 새 상품이 나오기 때문인지 경매와는 평생 인연이 없을 케레스의 술집에서조차 그 이야기가 끊임없이 흘러나왔다.

그리고 리키 패거리가 모여 있는 엘마의 아지트에서는….

"뭐 어때, 응? 가 보자."

시드의 무릎에 올라탈 기세로 몸을 바싹 붙이며 키리에가 열심히 그를 설득했다.

"어차피 구경은 공짜잖아. 마음껏 신나게 즐기는 것도 가끔은 괜찮지 않아? 운이 좋으면 술값 정도는 벌 수 있을지도 몰라."

자신을 콕 집어서 조르는 키리에의 태도가 아주 싫지는 않은 것일까, 아니면 귓가에 대고 키리에가 조르는 동안 점점 마음이 기울어진 것일까. 시드는 마치 허락을 구하듯 과거의 리더를 바라보았다.

"흠. 리키, 어떻게 할래?"

그러나 경매 따윈 별 흥미도 없고 굳이 보러가고 싶지도 않았기에 리키는 냉담하게 대답했다.

"가고 싶으면 마음대로 가. 너희들끼리…."

순간 시드는 가볍게 어깨를 으쓱했고 키리에는 노골적으로 발끈해서 눈썹을 찌푸렸다.

"뭐야. 자꾸 찬물 끼얹지 마. 당신도 어차피 시간은 남아돌 거 아냐?"

이러니저러니 해도 아직 리키의 뜻을 최우선으로 생각하는 멤버들의 한심함을 나무라듯 키리에가 투덜투덜 불만을 늘어놓았다.

"혹시 특별히 가고 싶지 않은 이유라도 있어?"

리키에게 화살을 돌린 키리에는 심통이 난 눈으로 입술을 삐죽 내밀며 시비를 걸었다.

"아니면 얼굴을 마주치면 큰일 날 사람이라도 있나?"

리키는 귀찮다는 심정으로 성의 없이 대답했다.

"…아니."

그러자 어딘가 비꼬는 어조로 말하며 키리에가 씨익 웃었다.

"그럼 결정이네. 가끔은 집단 데이트도 나쁘지 않지."

키리에의 얼굴을 흘낏 바라보며 리키는 남들에게 들리지 않을 만큼 낮은 목소리로 내뱉었다.

'이 녀석, 마음에 안 들어….'

아직 열일곱도 되지 않은 키리에의 묘하게 건방지고, 뭐든 다 아는 척하는 얼굴이 아니꼬운 것일까? 아니다.

세 살이나 어린 애송이가 건방지게 이래라저래라 하는 게 싫어서일까? 그런 게 아니다.

리키가 부정하고 싶었던 건 사사건건 귀찮게 달라붙는 키리에의 시선이 아니었다. 그의 등 뒤로 겹치는 3년 전 리키 자신의 모습이었다.

우물 안의 개구리라는 사실도 모르고 주체할 수 없는 격정을 처리할 방법조차 몰라 그저 밑바닥에서 신음하던 무렵의 환각.

처음에는 아무 생각도 없었다. 그저 양쪽 눈동자 색이 서로 다른 오드 아이가 신기했을 뿐 신경조차 쓰지 않았다.

그런데 언제부터였을까.

키리에의 말과 행동에서 애송이 시절, 풋내 나는 자신의 '그림자'가 겹쳐 보이게 된 것은….

예전의 자신이라면 분명히 저런 겉멋이 잔뜩 든 소리를 지껄였으리라. 5년 전이었다면 아마… 그랬을지 모른다.

일단 그 사실을 자각하고 나자 기억이 과거를 파헤치듯 줄줄이 끌려 나왔다. 3년간의 공백을 단숨에 응축해버릴 기세로.

…견딜 수 없었다.

존재할 리 없는 과거의 자신을 보는 듯한 착각은 리키로 하여금 자기도 모르게 입술을 깨물고 싶을 정도의 괴로움을 불러일으켰다.

"그러고 보니 그럴 때도 있었지"하는 여유로운 감회와는 전혀 달랐다.

리키가 슬럼으로 돌아온 이유는 이곳에서라면 타인의 시선을 의식하지 않고 심호흡할 수 있을 것 같았기 때문이었다.

바싹 마른 목을 축이고, 딱딱하게 굳은 사지를 느긋하게 편다. 원할 때 마음 내키는 대로 자유를 만끽할 수 있지 않을까—.

우습게도 '바이슨'을 빠지겠다고 선언했던 무렵에는 따분하고 아무 변화도 자극도 없는 하루하루가 신물이 날 만큼 싫었는데, 지금은 그 시간들이 견딜 수 없이 그리웠다.

한 번 버렸던 것에서 위안을 얻으려는 자신의 나약함을 비웃기보다, 비참한 패배자의 추태를 드러내는 것보다 리키에게는 좀 더, 그리고 훨씬 더 절박한 허기와 갈증이 있었다.

그렇다고 이제 와서 뭔가가 변하는 것도 아니다.

갈기갈기 찢어진 자존심, 썩을 대로 썩어버린 몸. 녹슬고 무뎌져 '바쥬라'의 감각은 아직도 돌아오지 않는다.

그래도 살벌하면서 숨이 막힐 만큼 미열을 품은 슬럼에 목까지 몸을 담그고 있으면 결코 사라지지 않을 과거도 차츰 흐려질 듯한 기분이 들었다.

그러나 키리에의 존재는 완벽한 오산이었다.

자신은 이토록 변했으면서 왜, 어째서 옛 동료들만은 변하지 않앉으리라고 굳게 믿었던 걸까.

그 사실에 리키는 자신의 자만과 오만함을 통감하고 새삼 후회를 곱씹었다.

키리에의 목소리를 듣기만 해도 이상하게 입속이 썼다. 억지로 씹어 삼키면 따끔따끔 옛 상처가 욱신거렸다.

본래 리키는 조용히 때를 기다리는 타입이 아니다. 3년이라는 세월 동안 인내를 배웠을 뿐이다.

아니, 자존심도 의지도 송두리째 빼앗긴 채 참고 순종하길 강요당했다는 쪽이 올바른 표현일지도 모른다.

슬럼에서의 중상모략도 비웃음도 그에 비하면 아무것도 아니다.

새삼 느낄 만한 수치심도 없다.

적어도 리키는 그렇게 생각했기에 슬럼으로 돌아온 것이다.

그러나 키리에는 존재 자체만으로도 과거를 자극한다.

한껏 건들거리며 허세를 부리던, 순진하고 오만했던 시절의 기억을 리키의 눈앞에서 선명하게 재현한다.

그래서 평정을 유지할 수 없었다.

리키의 두 눈이 씁쓸하게 가라앉았다. 자칫하면 무심함을 가장한 가면마저 벗겨질 것만 같았다.

미다스 표준시 9:20.

경매 당일이 되자 불야성 미다스는 지난밤의 흥분이 고스란히 남아있는 양 아침부터 들떠 있었다.

날씨가 맑았다. 떠들썩한 축제에 어울리게 푸른 하늘에 구름 한 점 없었다.

그런 가운데 리키는 가이와 나란히 미스트랄 파크로 걸음을 옮겼다.

"다들 꾸물대지 말고 빨리빨리 가자."

유난히 기분이 좋아 보이는 키리에의 재촉을 받으면서.

"키리에 녀석, 아주 신났군."

"어린애니까."

"어린애… 라."

"뭐야. 왜 의미심장하게 웃어?"

"아, 그냥 옛날 생각이 나서."

"뭐가?"

"우리가 콜로니에 왔던 해에도 아카데미산 펫이 경매에 나온다며 한바탕 난리가 났었잖아. 리키 넌 '굉장하다'를 연발하면서 제일 신이 났었지."

"……."

"그런 점이 닮았어. 너와 키리에. 왠지 모르게…."

"저런 건방진 애송이랑 똑같이 취급하지 마."

"아—. 그래. 네가 좀 더 어른스러웠지. 내가 길을 잃어버릴까 봐 걱정된다면서 끝까지 계—속 내 손을 잡고 놓아주지 않았… 아야."

"닥치고 걸어, 가이."

"뭐야, 갑자기 때리는 게 어디 있냐. 모처럼 추억에 잠겨 있는데…."

"됐으니까 그만하고 닥쳐."

"네, 네."

오픈까지 아직 시간이 남았는데도 경매 회장으로 이어지는 길은 이미 어느 곳이나 인파로 발 디딜 틈이 없었다. 그것만으로도 리키는 벌써 지긋지긋해졌다.

"굉장하다. 사람, 사람, 사람 퍼레이드야. 과연 경매로군. 열기가 장난 아니네."

꼭 빈정거림이라고만은 할 수 없는 감탄을 늘어놓으며 키리에가 눈을 크게 떴다.

그러자 루크가 코웃음을 치듯 입꼬리를 삐딱하게 올렸다.

"경매란 결국 섹스에 환장한 벼락부자들이 맞이 가서 집단으로 쳐대는 난리나 마찬가지니까. 우리가 스타우트에 취해서 해롱대는 것과 별 차이가 없지."

"그건 그렇고 재미있군. 별별 사람이 다 있어…. 하긴 아카데미산 펫은 좀처럼 볼 기회가 없으니까. 저렇게 줄기차게 전시용 쇼윈도에 몰려들어서 대체 무슨 생각을 하는 걸까, 저 인간들."

딱히 누군가를 콕 집어서 한 질문은 아니었다.

그래도 붐비는 인파를 바라보다가 동료들에게로 되돌아온 키리에의 시선은 반쯤 무의식적으로 리키의 검은 눈동자를 찾고 있었다.

"리키, 당신은 어떻게 생각해?"

여느 때 같으면 들은 척도 안 하고 고개를 돌렸을 리키가 웬일로 키리에의 오드 아이를 물끄러미 응시했다.

"처음엔 누구나 이렇게 생각하겠지. 이런 녀석과 매일 섹스할 수 있다면 얼마나 좋을까…. 그 다음엔 아마 경매 최저가가 눈에 들어올 거야. 그리고… 꿈에서 깨어나는 거지. 돈도 시간도 넘쳐나는 인간과 아무것도 없는 인간. 결국 원치 않아도 특권계급과의 차이를 깨닫고 무기력해지는 거야."

"흐응—. 평소에는 입을 꾹 다물고 있는 주제에 겨우 입을 열자마자 과격한 소릴 하는군."

반쯤 놀란 시선을 던지며 키리에가 재미있다는 듯이 웃었다.

가이와 다른 동료들은 그런 키리에를 흘낏 바라보았다.

'뭐야, 또 시작이냐.'

'틈만 나면 으르렁거리는군. 왜 저렇게 안 맞는 걸까.'

'멍청한 놈. 과격한 건 네놈 입이다.'

'키리에 녀석, 질리지도 않나. 리키를 상대로 건방진 소릴 하려면 100년쯤 더 있다 하든가.'

제각각의 생각에 무거운 한숨이 감돌았다.

"과격하다고 할 정도는 아니지 않나?"

"…그럼 나이를 먹은 만큼 늙은이가 된 건가?"

"언제까지고 풋내나는 어린애 같은 소리를 할 수는 없으니까."

"흥. 겨우 3살 차이면서 잘난 척하기는…. 한마디로 슬럼의 정점에 군림하던 '바이슨'의 리더도 지극히 평범한 남자가 됐다 이거네. 정말 실망이야. 설마 어떤 놈한테 뼛속까지 탈탈 털리는 바람에 그렇게 된 건 아니겠지?"

순간 노리스가 인정사정없이 키리에의 뒤통수를 갈겼다.

"…아파. 무슨 짓이야."

"바보 자식. 작작 좀 해."

"흥. 난 사실을 말했을 뿐이야. 그게 뭐 어때서?"

키리에의 태도는 의기양양했다.

"키리에, 그런 말은 혼자 앞가림을 할 수 있게 된 다음에나 지껄여라. 이 녀석들을 쉽고 만만하게 보고 까불다가는 언젠가 큰코다칠 거다."

그렇지만 리키의 어조는 냉랭하면서도 독기를 잔뜩 품은 데다 노골적이기까지 했다.

키리에는 울컥 화가 치밀었다.

'…바이슨이 흘린 부스러기나 주워 먹고 사는 애송이 주제에 건방진 소리 지껄이지 마.'

리키가 그렇게 비웃는 것처럼 들렸기 때문이었다.

문득 주위를 바라보자 시드도, 노리스도 한쪽 뺨에 쓴웃음이 달라붙어 있다. 노골적으로 입꼬리를 올리고 있는 루크는 말할 것도 없다. 평소에는 항상 중재에 나서는 가이마저 작게 한숨을 내쉴 따름이었다.

'뭐… 야.'

키리에는 저도 모르게 발끈 분노했다. 문득 혼자만 제자리를 잃어버린 듯한 착각에 머릿속이 욱신거렸다.

"나는 나 자신을 싸게 팔지 않는 것뿐이야!"

이해할 수 없는 상실감과 타는 듯한 분노를 담아 키리에가 내뱉었다.

그런 키리에의 뾰족하고 날카로운 시선을 리키가 가차 없이 코웃음으로 묵살했다.

"그럼 나불나불 시끄러운 입부터 다물어. 귀에 거슬린다."

리키와 키리에를 둘러싼 공간만이 잠시 주위의 소음에서 멀어졌다.

그것은 마치… 성질이 다른 열이나 결코 섞일 수 없는 색채가 서로 대립하는 듯한 침묵이었다. 키리에는 리키를 응시한 채 미동조차 하지 않았다.

아니, 그보다는….

언제나 무심하게 다른 곳을 바라보던 리키의 칠흑 같은 눈동자, 그것이 처음으로 자신을 잡아먹을 듯이 똑바로 응시한다는 충격에 눈을 깜빡일 수조차 없었다.

주륵….

키리에의 등에 식은땀이 흘러내렸다.

그리고 뭐라 형용할 수 없이 숨이 막히고 목이 바싹 말라서 견딜 수 없게 된 바로 그 순간.

"리키, 가자."

두 사람의 대립에 찬물을 끼얹는 것처럼 가이가 부드럽게 리키의 어깨를 움켜잡았다. 그것만으로도 사납게 빛나던 리키의 검은 눈동자가 부드러워졌다.

키리에는 겨우 리키의 주박에서 풀려난 안도감에 휴우… 하고 가슴을 쓸어내리며 반쯤 무의식적으로 혀를 내밀어 몇 번이나 입술을 축였다.

아직 온몸의 관절이 꼴사납게 굳어 있었다.

"어이, 키리에. 꾸물대지 말고 가자."

그래서 키리에는 시드가 그렇게 말하며 어깨를 쿡쿡 찌른 순간 그대로 고꾸라질 뻔했다.

"…쯧쯧. 애송이 주제에 리키한테 시비를 걸다니. 넌 아직 100년은 일러."

"맞아, 맞아. 오줌을 지리지 않은 것만 해도 그나마 다행이지."

"저 정도면 노려본 것도 아니지 않냐."

"어쨌든 가이한테 고마워해라, 키리에."

모두가 입을 모아 키리에를 놀려댔다. 새삼 지기 싫어하는 성격이 키리에의 마음속에서 고개를 치켜들었다.

"왜 내가 가이한테 고마워해야 되는데?"

키리에의 빠른 회복력은 어떤 의미에서 경이로웠다.

그러나 또다시 머리를 얻어맞자 키리에는 완전히 심통이 나고 말았다.

"그런 것도 모르니까 애송이인 거야."

'그놈의 애송이, 애송이…. 짜증 나. 겨우 3살 차이 주제에. 그러는 너희들은 꼭 인생을 포기한 늙은이들 같거든!'

언제나 '조숙'하다는 두 글자가 따라다니던 '바이슨'이었지만 그룹의 리더가 빠졌다는 이유만으로 인생을 던져버리기에는 지나치게 빠른 은퇴였다.

아니면 후회가 남지 않을 만큼 완전히 연소해버린 걸까.

그렇다면 어째서? 아직도 어울려 다니는 걸까? 그들이 몸담았던 '그릇'은 이미 소멸해 버렸는데….

"…젠장."

키리에는 앞에서 나란히 걸어가는 리키와 가이의 등을 노려보며 작게 내뱉었다.

'두고 봐. 기회만 있으면 나도….'

그러나 행운은 가만히 기다리기만 해서는 손에 넣을 수 없다. 그 사실을 지긋지긋할 정도로 알고 있다 해도 슬럼에서는 기회를 얻기조차 쉽지 않다.

리키가 '바이슨'을 탈퇴한 것은 미다스에서 뭔가 확실한 '기회'를 얻었기 때문이라는 소문을 들은 적이 있다. 그때 리키는 15세인가 16세였다.

그렇다면 리키가 할 수 있는데 자신이라고 못할 이유가 없다. 키리에는 그렇게 생각했다.

그건 그렇고….

키리에가 문득 눈썹을 찡그렸다.

키리에는 아직도 리키와 가이의 관계를 좀처럼 이해할 수 없었다. 평범하지 않은 사이라는 건 한눈에 알 수 있지만….

리키와 가이가 '가디언'에서 지낼 무렵부터 이미 육체관계를 가졌다는 것은 모두가 알고 있는 사실이다. 특히 가이를 향한 리키의 집착이 심상치 않았다고 한다.

그래서 시드의 소개로 처음 가이와 대면했을 때 키리에는 슬럼의 전설 '바이슨'의 넘버2가 지극히 평범하고 온화한 소년이라는 사실에 왠지 맥이 빠졌었다.

'뭐야. 너무 평범하잖아. 별로 강해 보이지도 않고. 저런 녀석이 넘버2라니 저 정도는 나도….'

그런 생각에 소문과 실상의 차이에 몹시 분개했었다.

그러나 리키가 슬럼으로 돌아온 후 키리에는 비로소 알았다. 가이가 '바이슨'의 넘버2라고 불렸던 이유를.

일일이 말하지 않아도 통한다는 든든함.

그리고 내키지 않아도 자각할 수밖에 없었다. '페어링 파트너'라는 말의 깊은 의미와 뭐라 말할 수 없는 질투와도 같은 감정의 발로를.

에어리어-9에서 아이들은 12세까지 모두 보육센터 '가디언'에서 일괄적으로 관리 및 보육된다.

그 이유 중 하나가 슬럼이라는 최악의 환경 속에서는 아이들의 생존율이 현저하게 낮다는 점이었다.

그러나 가장 근본적인 문제는 남자에 비해 여자의 출생률이 극단적으로 낮다는 점이었다.

아모이라는 행성의 풍토와 특질 때문인지, 아니면 달리 어떤 원인이 있는지는 모른다.

다만 미다스에서 유일하게 인구 관리나 유전자조작이 일절 시행되지 않는 케레스에서는 독립할 때 내세웠던 '인간의 존엄'을 고집스럽게 세습하듯 아이의 출생은 기본적으로 모체를 통한 자연 출산으로 이루어진다.

따라서 비율적으로 숫자가 매우 부족한 여자는 남자보다 훨씬 우대받으며 계속 아이를 낳을 의지만 있으면 격리되어 쾌적한 환경에서 지낼 수 있다.

즉, 여자로서 출산이 가능한 13세가 되면 강제적으로 '가디언'에서 나와 자립해야 하는 남자들과는 달리 악취가 풍기는 슬럼의 콜로니에서 살지 않아도 되는 것이다.

물론 슬럼 인구의 약 99퍼센트는 아이의 '씨'를 남길 수는 있어도 그밖에는 아무것도 낳을 수 없는 '수컷'뿐이다.

따라서 동성 간의 섹스가 기본인 슬럼에서는 '가족'이라는 혈연관계는 존재하지 않으며 '혼인'이라는 개념조차 없다.

에어리어-9 '케레스'는 그렇게 일그러진 폐쇄 사회였다.

물론 그런 케레스를 '슬럼'이라고 멸시하는 미다스 시민들 또한 환락가라는 거대한 새장 속에서 사육되는 노예나 다름없지만.

그래도 역시 인간이란 서로를 충족시키고 위로해줄 존재를 찾는 본능이 절실한 모양이다. 그런 의미에서 애정 외에는 아무 서약에도 묶이지 않지만 절대 떨어질 수 없는 '동거' 상대를 '페어링 파트너'라고 부른다.

기브 앤 테이크의 뒤끝 없는 섹스 프렌드는 부족하지 않다. 그러나 일생을 함께할 파트너를 선택하려면 섹스를 포함해서 잘 맞는 녀석을 신중하게 고르고 싶다.

자신에게 누가 가장 어울리는가….

그런 식으로 생각해서 이상의 허들만 높이는 녀석도 그야말로 썩어 넘칠 정도로 많다.

키리에가 시드의 권유로 '바이슨' 패거리와 어울리게 된 가장 큰 이유도 바로 그 점에 있었다. 이제는 흘러간 전설이 되어 버렸지만 슬럼에서는 여전히 지위의 상징으로서 '바이슨'이 그만한 가치가 있기 때문이었다.

사실 그들은 그럴 마음만 먹으면 날마다 '갈아치울 수 있을 만큼' 그쪽 상대는 부족함이 없었다. 그래서… 그래서일까. 키리에도 몇 번인가 그들과 관계를 가졌지만 억지로 강요당했던 적은 단 한 번도 없었다.

그러나 그럴 때조차 가이는 묘하게 금욕적이었다. 키리에가 유혹해도 부드럽게 흘려 넘길 뿐 제대로 상대해 주지 않았다.

멤버 중에서 단 한 사람, 자신에게 넘어오지 않는 녀석이 있다. 그 사실이 묘하게 키리에의 자존심을 건드렸다.

"당신 혹시 고자 아니야?"

절대로 넘어오지 않는 가이의 태도에 조바심이 나서 폭언을 퍼부었을 때 그는 오히려 확실하게 못을 박아 버렸다.

"미안. 젖비린내 나는 어린애는 취향이 아니라서."

그때의 굴욕을 키리에는 잊을 수 없었다.

"…나 참. 너, 바보냐? 뭐든 너를 중심으로 돌아갈 거라고 생각하다니 자만하지 마."

"너는 그 녀석이 누구라고 생각하는 거냐? 리키와 페어링 파트너였던 녀석이야. 그 녀석한테 접근하는 놈들이 얼마나 많은지 알아? 마음대로 골라잡을 수 있을걸. 선택할 권리가 있는 건 그 녀석이야. 네가 아니라."

“신경 쓰지 마. 리키에 비하면 누구나 어린애니까.”

진정한 의미로 ‘바이슨의 리키’를 의식하게 된 것은 아마 그때부터였으리라.

그로부터 2년.

‘바이슨’ 패거리에게 아직도 어린아이 취급을 받으며 키리에는 마음속에서 부글부글 끓어오르는 감정을 느낄 수밖에 없었다.

‘젠장. 열 받아.’

한편 리키는 목구멍 깊숙한 곳에서부터 치밀어 오르는 씁쓸함을 쉽게 떨쳐버릴 수 없었다.

키리에의 도발적인 태도는 어제오늘 시작된 것이 아니다. 하물며 북적거리는 사람들의 열기에 취할 만큼 연약한 신경을 가지지도 않았다.

그런데도 저도 모르게 구역질이 날 만큼 속이 울렁거렸다.

인파에 떠밀려 걷기 시작하면서 그 감각은 몸 안이 타들어가는 듯한 초조함으로 바뀌어 광장 중앙에 설치된 경매 전용 구획에 가까워질수록 리키의 위를 욱신욱신 조였다.

몇 겹으로 둘러싼 사람들의 울타리 속에 오늘 경매의 하이라이트인 ‘펫’들이 있었다.

…그렇지만 그들은 어디까지나 경매에 내놓을 펫의 일반용 샘플에 지나지 않는다. 실제 경매에서는 회장마다 실로 다양한 펫들이 매매될 것이다.

펫들은 생산 센터별로 나누어진 호화로운 방 안에서 우아하게 휴식을 취하며 크게 두려워하는 기색 없이 자신의 순서를 기다리고 있다.

과연 각 센터의 '얼굴'이라고 할 만한 펫들이다.

성별, 피부색, 머리카락과 눈동자 색은 다양하지만 균형 잡힌 날씬한 몸매와 단정한 용모는 과연 소문대로 우열을 가리기 어려웠다.

최근 가장 인기 있는 펫은 이종교배로 생산한 '림리르(꼬리가 달린 인간형)'다. 사이즈도, 교배종도 다채로워서 각각 특색 있는 개성을 지니고 있다.

그중에서도 갈롯산 '엑시르'는 우아한 용모도 꼬리털의 질도 발군이다.

또 갈롯산보다 2랭크쯤 떨어지지만 '엑시르'뿐 아니라 감상용인 '림리르'가 모두 성기능이 없는 여성체인 것에 비해 라크시아산 '메르다'는 쌍으로 기르면 아이를 낳아 번식도 할 수 있다는 점에서 지방의 벼락부자와 연방의 특권계급 사이에서는 사육열이 점차 높아지는 추세다.

그런 다양하고 다채로운 펫 부스 중에서도 한층 눈길을 끄는 것이 바로 경매의 꽃이라고 불리는 아카데미산 펫이다.

투명한 금발, 곱고 하얀 피부. 붉은 입술은 촉촉이 젖어 있고 성별을 구분하기도 어려울 만큼 앳되고 가냘프고 섬세한 몸의 선이 오싹할 정도로 이색적인 색향을 풍겼다.

물론 그만큼 경매시작가도 차원이 달라서 다른 펫들보다 열 배는 비싸다.

그래도 경매가 시작되면 거기서 또 몇 배는 더 뛰어오를 게 분명하다. 돈과 시간을 아끼지 않고 심혈을 쏟아부어 만들어낸 '예술'이라고 불리는 그들에게는 분명 그럴 만한 가치가 있었다.

중앙도시 타나그라의 공인을 받은 펫숍 가운데 과학 아카데미 센터는 브랜드품 최고의 걸작이라 일컬어지는 '순혈종'을 파는 것으로 명성이 높다.

최첨단 바이오테크놀로지로 만들어낸 장난감.

게다가 인간의 모조품이 아닌 혈액, 유전자 등을 상세하게 조사하여 완벽한 자만이 탄생을 인정받은 '인간'이다.

그 때문에 아카데미산 펫은 아름다운 용모만큼이나 자존심이 높았다.

유리 너머 쏟아지는 선망과 질투가 교차하는 시선조차 태연하게 무시할 수 있는 오만함은 아카데미산 펫에게만 허락된 특권이라 해도 과언이 아니었다.

'혈통서'라는 유일한 직함은 그들의 흔들림 없는 자신감과 긍지의 상징이기도 했다.

물론 아무리 부가가치가 높다 해도 펫인 그들에게 '인간'으로서의 존엄 따윈 전혀 필요치 않다.

1년에 한 번, 화려하게 개최되는 미다스의 '펫 경매'는 타나그라의 새로운 산업으로 반쯤 공공연하게 정착되어가고 있다.

그러나 불과 50년 전까지는 대외적으로 엄청난 악평을 받았던 것 또한 엄연한 사실이다.

'시대착오적 인신매매' 또는 '최악의 인권 유린' 등등 연방도시에서 쏟아지는 비난의 폭풍은 헤아릴 수조차 없었다.

아니, 경매뿐만 아니라 향락과 퇴폐의 상징인 미다스라는 존재 자체가 그들의 신경을 거슬렀다.

낮도 밤도 없고, 인종도 성별도 인간으로서의 도덕성조차 묻지 않는 공허한 쾌락의 성. 그것이 미다스의 '표면'적인 얼굴이라면 항상 책모와 돈이 암약하는 '이면'의 얼굴은 좀 더 음산하고 추악한 현실이었다.

하물며 그 소굴을 끌어안고 있는 것이 생리적 혐오로 굳어버린 자존심을 가차 없이 긁어대는 타나그라라면 더더욱 그렇다.

통상적으로 자유 도시는 여러 개의 연방을 형성하여 경제적, 정치적으로 기브 앤 테이크의 관계를 유지하며 성립하고 있다.

그러나 한마디로 자치 도시로서 독립하고 있다고는 해도 모든 면에서 완벽하게 자립한 도시는 그리 많지 않다. 특별한 자원도 이렇다 할 산업도 없는 소도시들은 소수의 대도시 산하로 흡수되어, 연방이라는 이름뿐이고 실질적으로는 반쯤 식민지화 된 예속적 자치 구역이나 다름없었다.

그런 가운데 어느 연방에도 소속되지 않고, 어떠한 간섭도 받지 않고, 어느 누구의 압력에도 굴하지 않는—그것이 타나그라였다.

갈란 성계 제12행성 아모이.

법의 추적을 받는 범죄자들조차 찾아가지 않는 변경의 소행성.

이렇다 할 자원이나 광맥도 없고, 지적 생물도 없었다. 수년간 계속 반복되어 온 연방 정부의 사찰도 단 한 번의 탐사로 끝을 맺었고 두 번 다시 뒤돌아보지 않았다.

그리고 오랜 세월 어떤 연방에서도 개척이나 이주를 하지 않았던 가난한 행성에 어느 해 처음으로 '아비스'라 불리는 두뇌 집단의 함선 한 대가 착륙했다.

기존의 개념에 사로잡히지 않고, 정치적인 압력이나 종교적인 금기에도 구애받지 않는 집중 실험 도시를 목표로 '타나그라'가 만들어졌다.

인류의 영화와 번영을 기대하며 수많은 과학자가 그곳에 결집했다. 그리고 거대 컴퓨터 시스템 '유피테르'를 탄생시켰다.

온갖 정보와 막대한 자료를 기억 장치에 축적한 인공두뇌는 학습을 거듭할수록 고도의 자아를 지니게 되었고 어느 날 갑자기 자신의 존재 가치에 '눈을 떴다'.

아니, 창조주인 인간의 입장에서 보면 '미쳤다'고밖에 보이지 않는, 어처구니없는 행동에 나선 것이다.

『권력은 그것을 행사하기에 어울리는 자가 행사해야 한다.』

유피테르의 선언은 그러했다. 즉, 컴퓨터가 인간에게 순종을 강요하는 전대미문의 폭거였다.

타나그라의 중추 '유피테르'는 그 권한에 따라 도시의 패권을 인간들에게서 빼앗았다.

불변의 빛이 아로새겨진 라벤더 블루의 하늘을 우러러보던, 과거 가난했던 행성 아모이를.

연방도시가 그 사실을 눈치채고 당황하며 허둥댔을 때 이미 타나그라는 기계가 인간을 사육하는 이형의 도시로 변모되어 있었다.

그리고 시끄럽기 그지없는 주위의 잡음을 일절 무시하고 정확하고 신속하게, 오한이 느껴질 듯한 위엄마저 품은 채 성장했다.

기능미와 합리성을 추구한 기계 도시는 질서정연하고 빈틈없는 청결함이 흘러넘쳤다.

그러나 그것은 인간의 온기는커녕 인간다운 더러움조차 허용하지 않는 차갑고 서늘한 아름다움이었다.

거리 곳곳에는 자연스럽고도 집요하게 카메라가 설치되어 있었다. '유피테르'의 자아가 타나그라의 신경 말단까지 뻗어 있다는 뜻이다.

'유피테르'는 창조주인 인류의 상식을 초월하여 공포와 전율의 독을 흩뿌리며 대체 무엇을 목표로 한 것일까. 자신이 선택하고 교육한 두뇌 집단과 최신기예 안드로이드 군단에 둘러싸여 그 이름의 유래를 따라 '전능신'이 된 것일까.

피와 살을 지닌 인간의 '운명'을 부정하고 유한한 '삶'을 거절함으로써 번영을 추구하는 타나그라는 그야말로 '유피테르'의 자아와 망상이 낳은 기형아였다.

'죽음'이라는 피할 수 없는 육체의 한계를 지닌 인간은 오직 기계에 봉사하기 위해 '만들어졌다'—그런 미래의 축도를 엿볼 수 있는 현실이 바로 '그곳'에 존재했다.

연방 도시가 증오를 드러내며 소리 높여 신랄한 비판을 퍼부은 것은 어쩌면 당연한 현상이었을지도 모른다.

어느 시대나 항상 '강자'는 '약자'를 잡아먹으며 비대해진다. 굳이 과거의 역사를 들춰볼 필요도 없이 연방의 집권자인 그들 자신이 스스로 실천해온 사실이기도 하다.

그렇다면 내일은 자신이 발밑에 꿇어 엎드리는 예속 도시 신세가 되지 않을 거라고 그 누가 단언할 수 있을까.

아무 금기도 제약도 없으며, 시대를 앞서나가는 생명공학과 최신 전자공학을 구사하여 타나그라는 날로 확고한 지위를 쌓아나갔다.

생리적인 거부감과 한없는 위협을 느끼면서도 한편으로 자신의 손을 더럽히지 않고 얻을 수 있는 '것들'에 대한 의존도가 높아지는 딜레마에 몸을 뒤틀며, 연방은 서로의 안색을 살피기 시작했다.

그리고 어느새 공공연한 비판의 목소리도, "인권을 유린하는 악습을 철폐하라"는 외침도 차츰 자취를 감췄다.

그뿐인가, 불과 50년 사이에 인간으로서의 도덕과 이성도 마치 비탈길을 굴러 떨어지듯 단숨에 타락하고 말았다.

어처구니없게도 미다스에서 얼굴을 팔고 이름을 높이는 것이야말로 권력과 재력의 척도가 되는 풍조가 널리 퍼지기 시작했다.

그렇게 사람들은 모두 미다스로 몰려들었다.

『인생에서 가장 과격하고 스릴 넘치는 쾌락은 타인의 생사여탈권을 쥐고 흔드는 것이다.』

그런 말을 태연하게 지껄이며 사람들은 돈을 뿌리고 불야성의 거리를 활보하며 펫 경매에 몰려들었다.

시간의 흐름에 좋든 싫든 순응하는 것이 인간의 본성일까.

『극에 달하면 악도 선이 된다.』

그런 현실 앞에서는 인간의 품성이 사라지고 이성의 통제 또한 무너져 버리는 것일지도 모른다.

경매에서 진정한 주인공이라고 할 수 있는 아카데미산 펫이 출품되는 S급 경매 개시가 15:00부터이기 때문일까.

정오가 지난 후에도 미스트랄로 흘러들어오는 인파는 끊이지 않았다.

열기를 머금은 웅성거림이 각 부스를 에워싸듯 흘러넘치고 사람들의 열기가 토해내는 미적지근한 공기와 뒤섞여 묘하게 살갗에 끈적하게 달라붙었다.

불쾌함에 리키는 무심코 혀를 찼다.

그때였다. 문득 찌르는 듯한 시선을 느낀 것은….

착각이 아니다. 끊임없이 밀려드는 인파 속에서도 그 시선은 '집요'하게 달라붙었다.

'뭐… 지?'

인파의 흐름에 역행하여 저도 모르게 걸음을 멈췄을 만큼 강렬한 시선.

"뭐야. 갑자기 멈추면 어떡해."

"왜 멀뚱멀뚱 서 있는 거야, 이 녀석."

"야, 방해돼."

노골적인 비난과 욕설에 어깨를 떠밀리며 리키는 천천히 시선을 움직였다.

"리키? 왜 그래?"

덩달아 멈춰선 가이가 의아한 듯이 물었다.

그러나 몸에 달라붙는 시선의 불쾌함이 앞서서 리키는 대답할 마음도 들지 않았다.

'어디냐?'

누구인지, 혹은 무엇인지 알 수 없는 초조함.

미간에 주름을 새기며 눈꼬리를 날카롭게 치뜬 바로 그 순간 느닷없이 눈앞이 새하얘졌다. 마치 무거운 어둠이 느닷없이 흩어진 것만 같았다.

그리고 노골적인 시선의 주인이 시야를 도려내듯 리키의 두 눈 속에 뛰어 들어왔다.

"……!"

순간 리키는 벼락을 맞은 양 멍하니 그 자리에 멈춰 섰다.

시야 속을 헤엄치듯 오가는 사람들 속에서 어째서인지 그의 얼굴만이 선명하게 보였다.

최고급이라고 절찬하는 아카데미산 펫조차 빛을 잃을 만큼 조각 같은 미모였다.

아니, 지나친 '아름다움'은 존재 자체만으로도 타인으로 하여금 두려움을 느끼게 하는 것일까. 검은 차광 글라스에 가려져서 두 눈이 보이지 않았지만 그 시선은 분명 리키를 응시한 채 조금도 흔들리지 않았다.

두근두근두근두근두근….

고동이 빨라졌다.

경악으로 커다랗게 뜬 눈동자 속에서, 꼴사납게 빳빳히 굳어버린 몸 곳곳에서 끈적끈적하게 곪아버린 시간의 흐름을 역행하는 것처럼.

두근, 두근, 두근, 두근, 두근….

거칠게 날뛰는 박동이 가차 없이 목을 쥐어뜯었다. 창백한 기억의 눈을 누가 억지로 비틀어 여는 듯했다.

그때였다.

"리키, 아는 사람이야?"

리키와 그가 미동조차 하지 않고 토해내는 이질적인 공기를 깨뜨리며 가이가 속삭였다.

"그럴… 리가… 없잖아?"

살짝 갈라진 목소리에서 미처 감추지 못한 동요가 엿보였다.

그걸 아는지 모르는지 가이는 미모의 남자를 향한 시선을 거두지 않고 작게 중얼거렸다.

"…하긴."

뭐라 말할 수 없이 어색한 공기가 흘렀다.

그때였다.

그 분위기를 흙발로 짓뭉개듯이 등 뒤에서 키리에가 작게 휘파람을 불었다.

"굉장하다. 어이, 저것 봐. 장발이야…. 그것도 금발."

키리에는 흥분한 듯이 말꼬리를 올리며 빳빳하게 턱을 들어올렸다.

장발의 BLONDY(블론디)가 그 자리에 있었다.

키리에가 반쯤 넋을 잃고 눈을 크게 뜬 것도 무리가 아니었다.

권력을 과시하듯 화려하게 차려입은 사람들 속에서 심플하고 기능적인 디자인의 복장이 오히려 시선을 끌었다.

하물며 타나그라 특유의 정복(바디슈트)을 입은 '엘리트'라면 더더욱 그렇다.

일반적으로 타나그라의 '엘리트'들은 안드로이드와 구분을 짓기 위해 모두 머리를 기른다.

균형 잡힌 체형, 지적인 미모, IQ 300 이상으로 개발된 '두뇌'가 있지만 생식능력을 갖지 못한 인공체 엘리트들.

그들은 '노럼'이라고 불리는 계급 제도에 따라 머리색으로 구분된다.

대외적인 실무, 이른바 타나그라의 '얼굴'이라고 할 수 있는 집정자들은 검은색(ONYX). 그들의 어드바이저들은 각 전문 분야마다 능력별로 붉은색(RUBY), 초록색(JADE), 푸른색(SAPPHIRE) 머리로 나뉘며 각 분야의 최고책임자는 은발(PLATINA)이다.

그리고 엘리트 중의 엘리트라고 불리며 '유피테르'와 직접 대화를 나눌 수 있는 특권을 지닌 자들이 바로 금발(BLONDY)이었다.

슬럼의 잡종이 타나그라의 '미의 신'이라고 칭송받는 블론디를 이토록 가까운 거리에서 보게 되었다는 것은… 그야말로 천재일우의 행운인 셈이다.

"어라, 저 사람. 아직도 이쪽을 쳐다보고 있어. 혹시 우리한테 마음이 있나? 손이라도 흔들어줄까?"

왠지 들뜬 듯한 키리에의 가벼운 말은 그저 동료들 사이에서 늘

주고받는 농담에 불과했다.

이럴 땐 누군가 재빨리 헛소리하지 말라고 구박을 하거나 아니면 빈정거리며 독설을 날리다가 마지막에는 다 함께 큰 소리로 웃음을 터뜨린다. 그것이 평소의 패턴이었다.

"바보 같은 소리 지껄이지 마."

그러나 리키가 불쾌한 듯이 언성을 높였다.

"잠꼬대 같은 소리 하지 말고 그럴 시간에 세수나 하고 와."

'경매'라는 독에 잠식당한 것은 키리에일까?

아니면—리키일까.

"뭐야, 리키. 왜 정색을 하고 난리냐?"

"맞아. 그냥 농담이잖아?"

시드와 노리스가 어이없어하며 리키를 달랬다.

"뭐야. 저쪽에서 먼저 우릴 쳐다봤잖아. 기회 아냐? 안 그래?"

하지만 리키는 묘하게 들뜨고 흥분한 키리에의 어조가 거슬렸다.

"블론디야. 블론디 몰라? 미다스에서는 얼굴조차 보기 힘든 초엘리트."

열에 들뜬 오드 아이가 이유 없이 거슬려서 견딜 수 없었다.

"어차피 밑져야 본전이야. 만에 하나… 라는 것도 있잖아? 손가락만 빨면서 지켜보긴 싫어. 가 볼 거야, 나는…."

그야말로 세상 무서운 줄 모르는 키리에의 말에 리키가 미간을 찡그리며 입을 다물었다.

순간 말문이 막혀버려서만은 아니었다.

무심코 움켜쥔 주먹이 떨리기 시작한 것도, 목 안이 유달리 씁쓸한 것도 키리에와 자신이 닮은꼴이라는 사실이 뼈저리게 느껴졌기 때문이었다.

'어… 째서.'

리키는 으드득 이를 악물었다.

왜? 어째서? 왜 하필이면 지금—.

그런 리키를 바라보며 키리에는 의기양양하게 엷은 미소를 지었다. 조금 전과는 반대로 처음으로 리키를 아무 말도 못 하게 찍어 눌렀다는 쾌감에 몸 안이 지잉… 뜨거워졌다.

"이빨 빠진 '카리스마'란 불쌍하군. 리키, 당신 시대는 끝났어."

설령 말뿐이라고는 해도 리키의 뺨을 힘껏 갈기는 듯한 쾌감은 각별했다. 중독이 되어버릴 만큼….

"…그럼 이만."

리키와 가이 사이를 가르듯 몸을 앞으로 내밀며 키리에는 빠른 걸음으로 의기양양하게 걷기 시작했다.

"괜찮을까, 리키. 말리지 않아도…."

인파 속으로 사라지는 키리에의 뒷모습을 눈으로 좇으며 가이가 걱정스럽게 말했다. 그러나 리키는 지긋지긋하다는 투로 단 한 마디만 내뱉었다.

"마음대로 하라고 해."

그래도 역시 씁쓸함을 떨쳐버릴 수 없었다. 키리에의 폭언이 아니라 자기 자신 때문에….

리키는 키리에의 뒷모습에 눈길조차 주지 않고 그 앞에 있는 블론디의 존재를 확인하기 위해 또다시 시선을 던졌다.

그러자 마치 리키의 행동을 예상하고 있었다는 듯이 그가 웃었다.

얇은 입술 끝을 살짝 올리기만 하는 냉소는 리키의 착각이 아니었다. 그는 분명히 웃었다. 리키를 비웃듯이.

그 순간 리키는 몸 안이 타오르는 듯한 분노에 몸을 떨었다.

저 냉소를 바닥으로 끌어내려 마음껏 짓밟고 싶은 충동에 눈앞이 새빨갛게 물들었다.

이윽고 인파에 휩쓸려 곧 키리에의 뒷모습도, 블론디의 아름다운 얼굴도 보이지 않게 되었다.

리키는 가이의 재촉을 받아 걷기 시작했다.

입술을 꾸욱 깨문 상태로 뭐라 형용할 수 없이 무거운 감정을 뱃속에 끌어안은 채….

5장

그날 밤 리키는 변두리 바에서 혼자 술을 마시고 있었다.

늘 다니던 단골 클럽이 아니었다.

아무도 방해하지 않는 곳에서 술만 마시고 싶어서 훌쩍 들른 바는 마치 미열을 머금은 심해 같았다.

지하 홀의 굵은 교성과 야유가 난무하는 당구 게임장과는 일선을 그으려는 듯이 카운터의 제일 안쪽에는 어슴푸레한 조명 아래 술잔을 든 손만이 창백하게 떠올랐다.

술잔을 비우는 속도가 평소보다 몇 배나 빨랐다. 그런데 조금도 취하지 않았다.

머릿속을 꿰뚫는 것은 미스트랄 파크에서의 해후.

인파를 가르고 날아오던 독을 머금은 시선, 눈에 띄는 미모, 강렬한 존재감과 사람의 마음을 꿰뚫어보는 듯한 냉소.

마지막으로 본 모습을 떠올리기만 해도 온몸의 피가 끓어오르고 신경의 말단까지 타들어가는 기분이었다.

우연이라고 부르기에는 너무나도 생생한 재회였다. 거세게 뛰는 박동에 저도 모르게 토기가 치밀었다.

아직.

…아직 아무것도 잊지 못했다.

황금률이라고 일컬어지는 아름다운 얼굴도, 차광 글라스에 가려진 푸른 눈동자의 냉혹함도.

망막에 새겨진 주문처럼 과거의 잔상이 시야 끄트머리를 스치기만 해도 스위치가 켜진다. 분노와 치욕으로 얼룩진 3년간이 생생하게 되살아난다.

조금 낮고 힘 있는 쿨 보이스.

절대적인 자신감으로 가득 차 흔들림이 없는 목소리가 아직도 귓속에 달라붙어 떨어지지 않는다.

'이아손… 밍크.'

그 이름을 혀끝으로 굴리고 어금니로 곱씹을 때마다 느껴지는… 지독한 씁쓸함.

그리고 새삼 깨닫게 된다. 씁쓸함의 근원과 미래를.

앞으로 아무리 지저분한 슬럼의 오물 속을 구른다 해도 리키가 리키로 존재하는 한 치유되지 않을 상흔.

미간에 깊은 주름이 새겨지고 눈꼬리가 날카롭게 치켜 올라갔다.

파직파직….

살기와도 같은 위험한 분위기가 온몸을 감싸며 리키의 이질적인 존재감을 한층 더 두드러지게 만들었다.

지금까지 의식 아래에서 조용히 잠들어 있던 것이 고개를 치켜들기 시작했다. 탁하고 농밀한 퇴폐의 미열 속에 숨어 있던 이방인의 본성을 파헤치는 듯했다.

"야. 저 녀석, 누구냐?"

"글쎄…. 처음 보는 얼굴인데."

당연하게도 주위가 술렁거리기 시작했다.

"왠지 위험해 보이는데."

"…그러게. 되게 뾰족뾰족 날카로워 보이네."

"일 치기 전에 지그한테 알리는 게 좋지 않을까?"

그러나 단순한 호기심이라기에는 지나친 술렁거림이, 갈색 머리를 짧게 깎은 장신의 남자가 느긋한 걸음걸이로 리키에게 다가가자 위험한 불꽃이 터지듯 느닷없이 폭발했다.

"수파르나(정보상)의 사신 '장고'다."

삽시간에 수군거림이 가게를 채운다.

"장고다."

"장고… 라고?"

"봐, 장고야."

"진짜야?"

현재 항쟁 중인 '머독'과 '지크스'를 '충돌시킨' 장본인이라는 소문이 떠도는 '수파르나'의 출현에 가게 안은 또 다른 의미로 웅성거리기 시작했다.

일개 정보상에 지나지 않는 그가 어째서 '사신'이라고 불리게 되었는지, 그 경위와 진상은 아무도 모른다. 그를 따라다니는 소문은 아주 많았다.

『그 녀석, 뭔가에 씌었다더군.』

『놈의 애인을 빼앗은 녀석이 미쳐서 죽었대.』

『그 녀석이 물끄러미 쳐다보기만 해도 왠지 오한이 들어.』

『놈 때문에 괴멸당한 그룹을 꼽으려면 열 손가락으로도 모자라다던데.』

소문은 소문을 낳고 입의 숫자만큼이나 부풀어 올라 두려움을 불러일으킨다. 멀리서 둘러싸고 수군대는 모양새가 마치 생리적 혐오를 부채질하는 듯했다.

그래도 리키는 여전히 주위의 술렁거림에 무관심했다.

그때 빈 잔을 들고 부르기도 전에 바텐더가 새로운 술잔을 내놓자 리키는 의아한 얼굴로 시선을 들었다.

“옆 손님이 드리는 겁니다.”

왠지 어색한 미소를 지으며 바텐더가 말했다.

그제야 비로소 리키는 어느새 옆자리에 앉아있는 남자를 바라보며 가볍게 혀를 찼다.

변두리 바에서 혼자 미친 듯이 술을 마시는 남자….

옆에서 보면 그렇게 생각해도 어쩔 수 없을 정도로 많은 잔을 비웠다.

그러나 리키가 불쾌해진 이유는 그런 자신이 남자를 유혹하는 것처럼 보였다는 사실 때문이었다.

짧은 머리카락 덕에 뚜렷한 이목구비가 더욱 두드러졌다. 어디를 어떻게 봐도 선량해 보이지 않는다. 그뿐인가, 왠지 정체를 알 수 없는 분위기를 풍기는 남자를 노려보며 리키가 퉁명스럽게 내뱉었다.

“이봐. 헌팅을 하려면 다른 녀석을 찾아봐.”

“무슨 소리. 겨우 술 한 잔으로 너를 꼬시려고 하다니, 나는 그렇게까지 목숨이 아까운 줄 모르지는 않아."

그러나 남자는 묘하게 의미심장한 어조로 대답하며 조용히 웃었다.

"게다가 넌 원래 철벽이잖아?"

왠지 사람을 잡아먹을 듯이 냉소적인 미소에 리키는 잠시 기시감을 느꼈다.

'이 녀석, 어디선가….'

리키의 눈빛이 저도 모르게 날카로워졌다.

"…아차. 헛소리도 세 번은 안 봐주겠다고 했었지?"

남자가 무척 우스운 듯이 쿡쿡 웃었다.

세 번은 봐주지 않겠다. 그 말에 촉발된 기시감이 리키의 뇌리를 자극했다.

"손자국이 남을 정도로 맞는 건 사양하겠어."

순간 리키는 살짝 두 눈을 가늘게 떴다.

"라비?"

그러자 남자… 아니, 라비가 손에 들고 있던 술잔을 단숨에 비운 후 말했다.

"겨우 생각났나 보군. 기쁜데. 하지만 난 한눈에 알아봤는데. 내가… 그렇게 변했나?"

변한 정도가 아니다. 리키는 물끄러미 라비를 응시했다. 시간의 흐름을 새삼 의식하는 것처럼.

"너—뭘 먹고 그렇게 컸냐?"

빈정거림이 아니었다. 거의 8년 만에 보는 라비는 기억 속에 남아있는 모습과 너무나 달랐다.

떠오르는 것은 양육센터 '가디언'에서 일어났던 알력과 불화.

『그렇지만 이상해. 넌 가이만 있으면 아무도 필요 없잖아?』

입술에 달라붙어 있던 자조적인 미소.

『나는 제일 소중한 걸 잃었어. 그런데 너만 행복하다니… 용서할 수 없어. 너도 뭔가 잃어버려야 해!』

몸을 찌르는 듯한 절규.

그리고 마지막의 마지막에 엿보았던 진지한 걱정.

『괜찮아? 너는—정말 괜찮겠어?』

언제나 이단으로 존재했던 '가디언' 속에서도 라비와 관련된 기억만은 지독히 선명했다.

그렇다.

마치… 판도라의 상자 속을 들여다본 듯한 착각에 저도 모르게 입술을 깨물지 않을 수 없을 정도였다.

"잘 지낸 것 같군."

"덕분에. 넌 정말 하나도 안 변했네."

순간 리키는 자조 섞인 미소로 입술을 일그러뜨렸다.

"…그럴 리가 없잖아."

입 밖으로 내뱉은 말에 혼자 씁쓸해졌다. 요 몇 년 동안 자신이 얼마나 변했는지 통렬하게 자각하고 있다.

그러나 라비가 매우 단호하게 잘라 말했다.

"변하지 않았어, 너는. '가디언'에서도 슬럼에서도. 카리스마든 패배자든 너는 언제나 이방인이야."

순간 욱신거리는 상처 자국을 누가 힘껏 걷어찬 듯한 기분에 리키가 두 눈을 싸늘하게 치떴다.

그러나 라비는 조금도 두려워하지 않고 유난히 담담하게 말을 이었다.

"이젠 알 것 같아. 그때 셰르가 했던 말의 진짜 의미를. 네가 '제일 강하고 제일 아름답다'던 이야기…. 옛날이나 지금이나 넌 정말 굉장해."

리키의 신경을 태연하게 건드렸다.

"무슨 말을 하고 싶은 거냐, 너."

낮게 억누른 리키의 목소리에는 가시가 잔뜩 돋쳐 있었다. 술 냄새와 어우러진 뿌연 담배 연기마저 리키를 피해 피어오를 정도였다.

"너의 무서운 면은 그걸 전혀 자각하지 못하고 있다는 점일지도 몰라. 그래서 다들 영혼까지 모조리 잡아먹히는 거야."

그 직후 리키는 딱히 얻어먹을 생각도 없었던 술잔의 술을 라비의 얼굴에 요란하게 끼얹었다.

순간 흥미진진하게 지켜보던 사람들 사이에서 작은 술렁거림이 일었다.

"'수파르나의 사신'에게 싸움을 걸다니 목숨이 아깝지 않은 모양이로군."

"저 멍청한 놈 대체 누구야?"

그런 내용들이었다.

카드로 술값을 지불하고 아무 일도 없었던 것처럼 일어선 리키를 향해 라비가 변함없는 목소리로 내뱉듯이 말했다.

"셰르는 네가 '가디언'을 떠나자마자 곧 유아 퇴행이 시작돼서 반년도 버티지 못했어. 마치 너와 떨어진 순간 모든 게… 생명의 빛마저 시들어 버린 듯한 마지막이었지."

그러나 리키는 더 이상 라비의 감상에 어울려줄 생각이 없었고 둘이서 과거의 상처를 서로 핥을 마음도 없었다.

그러나 마지막의 마지막에 라비는 특대급 미사일을 날렸다.

"그리고 그 녀석—융커도 어느샌가 '가디언'에서 사라졌어. 하루카처럼."

순간. 리키의 다리는 움찔 굳어 버렸다.

'융커…?'

뇌리를 스쳐 지나가는 융커의 앳된 얼굴….

"너야 관심도 흥미도 없겠지만."

그 말이 새삼스럽게 리키의 가슴을 찔렀다. 뭐라 말할 수 없는 안타까움에 욱신거리는 가슴을.

그러나 '가디언' 시절 전부를 그 자리에서 잘라버린 것처럼 리키는 그 후로 한 번도 라비를 돌아보지 않았다.

그런 리키의 뒷모습을 라비는 미동조차 하지 않고 바라보았다. 지금까지의 냉랭한 태도와는 달리 몹시 안타까운 눈빛이었다.

그 눈빛은 리키가 시야에서 완전히 사라진 후에도 한동안 계속되었다.

그때였다.

"뭐야, 그 우울한 낯짝은. '수파르나의 장고'답지 않게."

불현듯 들려온 빈정거림에 라비의 의식이 겨우 현실로 돌아왔다.

가볍게 시선을 들자 심해 밑바닥에 느닷없이 켜진 등불처럼 멋들어진 빨간 머리의 소년이 눈에 들어왔다. 라비의 어깨에서 힘이 빠졌다.

"약속 시간에 좀 늦었다고 그새 딴 놈한테 수작을 부리냐."

소년은 퉁명스럽게 말하며 아직 리키의 체온이 남아있는 스툴에 걸터앉았다.

"게다가 술 세례를 받고 요란하게 차이기까지 하다니. 진짜 쪽팔려."

소년의 말을 듣고 있는 걸까, 듣지 않는 걸까. 라비는 뒤늦게 술로 범벅이 된 얼굴을 소매로 닦았다.

"근데 누구야? 그 녀석."

"너와는 상관없어."

대답을 듣자마자 소년은 몹시 불쾌하다는 표정을 지으며 라비의 스툴을 걷어찼다.

"웃기지 마. 이유가 있다면 변명 정도는 들어주겠다는 소리야. 순순히 불어. 원한다면… 지금 당장 쫓아가서 녀석의 입으로 직접 들어볼까?"

"그만둬. 섣불리 녀석을 건드렸다가는 크게 다친다."

"흐응… 나 같은 건 상대도 안 된다 이거야?"

"그게 아니야. 녀석은—정말 위험해."

"어디가?"

다그치듯 몸을 앞으로 내미는 소년을 바라보며 라비는 보란 듯이 한숨을 쉬었다.

정말이지, 무슨 업보로 셰르와는 조금도 닮지 않은 데다, 이렇게 성질마저 나쁜 어린애한테 찍힌 걸까.

물론 그렇게 말하면 그는 자신만만하게 가차 없이 따지고 들 게 뻔하다.

『무슨 소리야. 너처럼 질 나쁜 사신을 페어링 파트너로 삼아주겠다는 특이한 사람이 나 말고 또 있을 줄 알아? 응?』

그래서 라비는 담담하게 입을 열었다.

"가디언 시절 같은 블록에서 지내던 블록메이트야. 오랜만에 만났지."

생각지도 못한 8년 만의 재회였다. 시야 끄트머리에 리키의 모습을 포착했을 때 온몸의 피가 단숨에 술렁거리며 떨렸을 정도다.

그리운 나머지 몸과 마음이 떨렸던 것은 아니다.

변두리 바에는 어울리지 않는… 마치 그곳만 덩그러니 이질적인 공간으로 변해 버린 듯한 존재감에 목이 타들어가는 것 같았다. 기묘한 허기와 갈증에 떠밀려 라비는 리키에게 다가가지 않을 수 없었다.

그리고 그것은 리키와 대화를 나눌수록 한층 뜨겁게 달아올랐다. 몸 안이 끈적끈적하게 곪는 듯한, 오한과도 같은 떨림 또한 함께였다.

"그렇지만 뭔가 사연이 있어 보이던데?"

그렇다. 라비는 가디언 시절 리키를 둘러싼 불화 끝에 일어난

'그 사건'의 진상을 아는 유일한 목격자였다.

아니, 그때 현실과 미혹의 경계에서 터져버린 '진실'의 대체 무엇을 '본 것'일까….

실제로는 라비도 모른다.

다만 리키를 둘러싼 '무언가'의 존재가 라비의 오감을 불태운 순간, 온몸의 땀구멍에서 식은땀이 흘러내리는 듯한 공포와 이질감만이 기억에 달라붙어 떨어지지 않았다.

라비의 마음의 버팀목이었던 셰르가 죽고, 사건의 원흉이었던 융커마저 어느샌가 '가디언'에서 모습을 감췄다.

그래도 라비가 몸 안 깊숙이 품고 있는 위화감은 요 8년 동안 줄곧 사라지지 않았다.

아직도 종종 그때의 기억이 되살아날 때마다 자신의 비명소리에 잠에서 깨어나곤 했다.

"설마 그 녀석이 너의 첫 경험 상대는 아니겠지."

"나는 그렇게까지 목숨이 아까운 줄 모르지는 않아."

"글쎄, 과연. 하긴 악명 높은 사신의 혼을 빼앗을 만한 요물이 그렇게 흔하지는 않겠지."

"요물이라."

완전히 틀렸다고는 하기 어려운 그 말에 라비는 한쪽 뺨을 뒤틀며 냉소를 지었다.

자신이 파멸을 부르는 '사신'이라면 리키는 인간을 매료시켜 영혼까지 먹어치우는 '바쥬라'다.

"그럴… 지도 모르지. 뭐니 뭐니 해도 녀석은 '바쥬라'니까."

"바쥬… 라?"

소년은 생소한 단어에 문득 눈썹을 찡그렸다.

그런 소년의 빨간 머리카락을 부드럽게 움켜쥐고 끌어당긴 후 라비는 그의 귓가에 지독히 달콤한 목소리로 속삭였다.

"그 녀석이 슬럼의 '바쥬라'…, '바이슨'의 리키다."

그리고 커다래지는 소년의 두 눈을 바라보며 만족스러운 듯이 목 안쪽으로 웃음소리를 삼켰다.

그날은 보기 드물게 아침부터 차가운 비가 내리고 있었다.

그래서일까. 평소에는 악취와 쓰레기로 가득한 거리도, 황폐한 콜로니의 벽도… 지금은 어딘가 한숨을 돌리는 것처럼 정적 속에 잠겨 있었다.

그래도 어둠의 베일이 낮게 드리워진 하늘을 뒤덮고 나면, 미다스의 화려한 밤의 그늘에서 탁하게 녹슨 시간이 무겁게 움직이기 시작한다. 깊은 한숨을 내쉬며 무거운 허리를 억지로 일으켜 세우듯이 천천히….

한걸음 늦게 리키가 오랜만에 살풍경한 아지트를 찾아왔을 때 평소에는 어디에 있어도 제일 먼저 눈에 띄었을 키리에의 모습이 보이지 않았다.

눈에 거슬리는 존재가 없다는 사실만으로도 어깨에서 힘이 빠져나갔다.

그런데도 어째서인지 기묘한 위화감이 느껴졌다. 키리에 한 사람이 없을 뿐인데 이렇게 분위기가 침울해지다니. 조금 뜻밖이라는 기분마저 들었다.

"…여어."

리키를 발견한 가이가 소파에서 일어서서 재촉하듯 술잔을 내밀었다.

"오랜만에 와 봤더니 뭐냐, 이 칙칙한 분위기는. 아지트를 잘못 찾아왔나 했네."

한 모금 목을 축인 후 시선을 들자 가이는 가볍게 어깨를 으쓱했다.

"평소에는 종알종알 시끄러운 녀석이지만 키리에가 없으니 떠들어도 별 재미가 없네…."

"……."

"그 녀석, 요즘 얼굴 보기 힘들어."

"잘됐네. 어린애라 같은 어린애들끼리 노나 보지."

리키가 냉랭하게 말했다.

"리키, 설마… 아니겠지."

가이는 신경 쓰여서 견딜 수 없다는 듯한 어조로 말하며 부드럽게 리키의 눈을 들여다보았다.

"뭐가?"

"뭐긴…."

그렇게 말꼬리를 흐리며 가이는 리키의 포커페이스가 무너지지 않자 포기했다는 듯이 술잔을 비웠다.

"뭐, 별 상관없지만."

솔직히 말해서 리키는 키리에가 어디서 누구와 뭘 하든 조금도 흥미가 없었다. 설령 가이가 걱정하는 일이 실제로 벌어진다 하더라도 말이다.

'나와는 상관없어.'

그렇게 잘라버림으로써 리키는 몸 안에 끈적하게 달라붙는 이 아손의 존재를 지워버리고 싶었던 걸지도 모른다.

그래서 머릿속 한구석에 생각을 억지로 쑤셔 넣으며 다른 이야기를 꺼냈다.

"가이…."

"…응?"

"얼마 전에—라비를 만났어."

순간 눈을 크게 뜨는 가이를 흘낏 바라본 후 리키는 술잔을 만지작거리며 담담하게 이야기했다.

8년 만에 재회한 라비의 생각지도 못한 변모와 셰르의 죽음. 그리고 이해할 수 없는 융커의 실종에 대한 이야기였다.

리키가 이야기를 하는 동안 가이는 "흐응"이나 "그래서?" 등 조용히 맞장구만 치다가 마지막에 이르러서야 부드럽게 못을 박았다.

"리키. 라비는 위험하니까 녀석과 얽히는 건 피하도록 해."

그리고 리키는 슬럼의 변모가 아니라, 메워지지 않는 3년간의 공백을 자각할 수밖에 없었다.

"위험하다니… 뭐가?"

"그 녀석은 정보상이야. 그것도 '사신'이라고 불릴 만큼 질이 나쁜…"

그러나 그 말과는 달리 별다른 혐오감이 담겨있지 않은 가이의 얼굴을 응시하며 리키는 놀랍도록 변한 라비의 냉소를 떠올렸다.

"그것참… 굉장하군."

"라비와 얽히면 터무니없는 오해를 받게 될 거야."

"…'지크스' 때문에?"

"그래."

가이는 예상외로 단호하게 대답했다.

"…'바이슨'의 망령에 놀아나는 녀석이 있으면 그걸 옆에서 부추기는 녀석도 있지. 당연히 어쩌면… 하고 기회를 엿보는 비열한 놈들도 있고."

리키가, 아니, 가이를 비롯한 멤버들이 깨끗하게 버린 '바이슨'의 잔재는 형태를 바꿔서 아직도 살아 숨 쉬고 있다. 그들의 감상이나 생각과는 또 다른 차원의 이야기다. 이제는 지긋지긋할 지경이었다.

하물며 '지크스' 놈들이 반쯤 공공연하게 '바이슨'의 망령을 뿌리 뽑아버리겠다고 선언한 지금, 3년 만에 슬럼으로 돌아온 리키의 존재는 원하든, 원치 않든 항쟁에 불을 지피는 핵심이나 다름없었다.

주위에서 그럴싸하게 지껄이는 '바이슨'의 부활 따윈 가이를 비롯한 그룹의 멤버들에게는 우스갯소리에 지나지 않는 헛소문이었지만 현실적으로는 그저 헛소문으로만 치부할 수 없는 뭔가가 있었다. 그걸 아는지 모르는지.

"한마디로 죄다 바보들이다… 이건가?"

리키가 지겹다는 듯이 중얼거렸다. 가이는 쓴웃음을 지을 수밖에 없었다.

그러나 가이의 기우는 그로부터 얼마 후 그들이 아지트로 삼고 있는 폐건물이 폭발하여 화염에 휩싸이며 단숨에 현실이 되고 말았다.

"야. 드디어 시작됐나 봐."

"…그런 것 같군."

소문은 눈 깜짝할 사이에 슬럼 전체에 퍼졌다.

"들었냐?"

"응. 엘마의 아지트가 산산조각이 났다면서."

"아무래도 먼저 시작한 쪽이 유리하겠지…?"

경악에 찬 술렁임을 일으켰다.

"대담하군. '지크스' 놈들."

"그놈들은 무서운 걸 모르는 어린애들이잖냐."

"…그러게. 하긴 절정기의 '바이슨'이 얼마나 굉장했는지 전혀 모를 테니까."

무조건적인 갈채를 보내는 이들도 있었다.

"'머독' 놈들도 꽤나 간덩이가 쫄아든 모양이더군."

"이걸로 '지크스'가 한발 앞선 셈인가?"

"그게 정말 '지크스' 짓이라면."

일말의 불안을 품은 이들도 존재했다.

"…'머독' 놈들, 분해서 발을 동동 구르고 있다며?"

"괜히 그런 척하는 거 아닐까? '바이슨'과 '지크스'가 싸우다가 둘 다 무너지기를 노리고 있다는 소문도 있거든."

"어부지리를 노리시겠다?"

"그렇게 생각한 대로 흘러갈 리가 있겠냐."

"내 말이. 뭐니 뭐니 해도 '바이슨'은 톱의 자리에서 갑자기 해산한 거니까."

한편으로는 흥미진진해 하는 무리들이 끊이지 않았다.

"역시 전면전이 시작되려나?"

"그렇지 않을까?"

"그렇겠지. 그 정도로 요란하게 당해놓고 가만히 있으면 '바이슨'이라는 이름이 울지 않겠냐."

다들 답답한 감정의 배출구를 찾는 듯했다.

"리키는 과연 움직일까?"

"흥. 그런 겁쟁이 놈이 뭘 하겠어?"

"맞아, 맞아. 옛날에야 어쨌든 지금은 한심한 겁쟁이잖아?"

드물게 방관하는 이들도 있었는데, 하나같이 신랄했다.

"…'지크스'의 애송이 놈들, 정말 멍청하군. 다른 사람도 아니고 리키를 도발하다니."

"슬럼의 '바쥬라'를 건드려놓고 무사할 리가 있겠냐. 안 그래?"

"리키가… 그렇게 굉장한 녀석이냐…?"

"멍청하긴, 이제 와서 무슨 소리야. '바이슨'의 리키잖아. 당연히 굉장하지."

일방적인 억측을 하는 이들도 끊이지 않았다.
“역시 ‘눈에는 눈’이겠지?”
“덤으로 ‘뼈와 살’도….”
소문은 연달아 또 다른 소문을 불러일으켰다.

“야, 어떻게 할 거냐?”
옛 아지트의 잔해 앞에 우뚝 선 시드가 물었다. 평소보다 훨씬 험악해 보이는 얼굴이었다.
“어떻게 하긴… 이만큼 요란하게 박살났는데 어쩌긴 뭘 어쩌겠냐?”
반쯤 한숨 섞인 목소리로 노리스가 내뱉듯이 말했다. 물론 시드가 말한 “어떻게 할 거냐”가 그런 뜻이 아니라는 것쯤은 노리스도 알고 있었다.
그때 루크가 담배를 문 채 돌 부스러기를 걷어찼다.
“드디어 엉덩이에 불이 붙고 말았군.”
마치 각자의 마음을 대변하는 듯했다. 그런 그들을 흘낏 바라보며 리키가 조용히 미간을 찡그렸다.
모르고 한 짓이긴 하지만 역시 예전 일이 불씨가 되었는지도 모른다.
‘…그때 ‘지크스’ 애송이 놈들을 손봐준 게 문제였나.’
그런 생각을 뿌리칠 수가 없었다.

'내 정체는 이미 들통났을 테니까.'

그게 모든 일의 원흉은 아니겠지만 적어도 계기를 만들 구실 정도는 되었을지도 모른다….

"일단 라우라로 아지트를 옮기자."

그래도 가이의 의견에 이의를 제기하는 사람은 없었다.

눈에 보이지 않는 답답함과 채워지지 않는 기갈. 신진대사가 이루어지지 않고 썩어가는 슬럼 속에서 한때 광란과 폭주의 정점에 군림했던 '바이슨'의 멤버들은 쉴 새 없이 이빨을 드러내는 행위가 얼마나 어리석은지 잘 알고 있었다.

그러나 조급한 마음을 달래며 폭발할 타이밍을 계산하고 기분 좋은 고양감을 느끼던 그때와 지금은 결정적인 차이가 있다.

그때는 그저 '리키'라는 '카리스마'의 등만 바라보면 그만이었다.

리키의 말에 취하고 타오르는 열기와 시간을 공유하며 저도 모르게 온몸이 떨리는 고양감 속에서 항상 똑같은 곳을 바라보기만 하면 충분했다.

그러나 지금은 다르다.

'리키'는 아무 말도 하지 않았고 '카리스마'의 뜨거움은 사라졌다. 이빨 빠진 '바쥬라'는 아무런 지시도 내리지 않는다.

그런 것쯤은 이미 알고 있었건만 눈앞에서 그 모습을 당연한 듯이 지켜봐야 하는 안타까움은 생각보다 훨씬 지독했다.

슬럼 전체가 불안하게 술렁거리며 들떠 있었다.

균형을 잃고 흔들리는 발밑을 응시하며 모두가 다른 사람의 안색을 살핀다.

그런 가운데 느닷없이 기묘한 소문이 그들의 귀에도 들어왔다.

"정말이야? 키리에가 안드로이드에게 인간을 알선하고 있다는 소문."

"아… 그냥 용돈벌이 정도라던데. 그 녀석들 사이에서는 인간과 하는 게 유행이라더군."

"미다스의 매춘부들이 상대를 안 해 줘서 슬럼의 잡종한테 눈독을 들이는 건가?"

"멍청아. 기계한테 성욕이 어디 있냐. 뭔가 꿍꿍이가 있는 게 분명해."

"…그럴지도 모르지. '크로이츠'의 탐 알지? 그 녀석이 반쯤 재미삼아 키리에의 꼬임에 넘어갔다가 중독이 되는 바람에 매일 밤 상대를 찾아 헤맨다는 소문이야."

"혹시 신종 마약 인체 실험 같은 거 아닐까? 엉덩이에 집어넣으면 즉각 효과가 나타나거든. 흔적도 안 남고."

"그렇게 해서 천국을 볼 수 있다면 돈은 됐으니까 한번 부탁해 보고 싶은걸."

"안 돼, 안 돼. 우리같이 비뚤어지고 나이 많은 놈들은 그쪽에서 사절일걸."

"하긴 그 녀석들한테도 선택할 권리가 있으니까. 안 그래도 젖비린내 나는 어린애들만 상대한다더라."

"그럼 역시 타깃은 정해져 있는 셈이네. 점점 더 수상한걸."

"아무튼… 키리에 녀석은 그걸로 마진을 챙긴다면서?"

"그렇다더군. 역시 빈틈없는 녀석이야…."

"그건 그렇고 치사한 녀석일세. 떡고물이라도 좀 나눠줄 생각 없나, 키리에 녀석."

진담인지 농담인지 알 수 없는 시드의 말에 반쯤 덩달아 메마른 웃음소리가 울려 퍼졌다.

그러나 그 웃음소리도 곧 어색하게 끊기고 싸늘한 침묵만이 내려앉았다.

문득 껄끄러운 분위기를 더는 못 참겠다는 듯이 노리스가 가볍게 입을 열었다.

"그런 점에서 리키는 역시 우리의 리더다웠지. 슬럼에선 구경도 못할 술을 들고 오기도 했으니까."

그것은 그저 어색한 침묵을 떨쳐버리기 위한 옛날이야기일 뿐이었다.

"과연 그때 무슨 짓을 하고 다녔던 걸까."

루크가 그런 말을 꺼내기 전까지는.

"의외로 키리에와 똑같은 짓을 하고 다녔던 거 아니야?"

쿡쿡….

루크가 목을 떨며 의미심장하게 웃었다.

"친구를 팔아먹은 대신 누군가에게 뼛속까지 탈탈 털린 거 아냐? 아, 이건 키리에가 했던 말인가?"

그러나 아무도 웃지 않았다. 아니, 너무나도 도발적인 루크의 발언에 잠시 할 말을 잃었다고 해야 하나.

"뭐야? 정곡을 찔리는 바람에 말도 안 나오냐?"

노골적인 비웃음과 달리 루크의 어조에서는 왠지 초조함이 엿

보였다.

무슨 말을 해도 태연하게 흘려 넘기는 리키의 태도가 마음에 들지 않는 듯 대놓고 힐난하는 눈빛이었다.

"네가 그렇게 생각한다면 난 별 상관없어. 뭘 어떻게 상상하든 네 마음이니까."

너무나도 냉랭한 대답에 루크가 한쪽 뺨을 일그러뜨렸다.

"리키, 난 말이야, 네 낯짝을 볼 때마다 구역질이 나."

루크가 목 안쪽에서 쥐어짜는 듯한 목소리로 내뱉었다.

"너무 화가 나서 앙앙 울 때까지 뒷구멍을 마구 쑤셔주고 싶을 지경이야."

아무도 그 말이 루크 특유의 농담이라고는 생각하지 않았다. 술에 취해 홧김에 튀어나온 본심이 그 말 속에서 느껴졌기 때문이다.

그런 루크에게 화가 난 것일까. 아니면 수면 아래에서 서로 다투는 뒤엉킨 감정에 단단히 못을 박아두고 싶었던 걸까.

"할 수 있으면 해 봐. 단, 거시기 없는 고자가 됐다고 나중에 원망하지 마라."

리키는 일부러 느릿느릿 위협하듯 말했다. 언성을 높이지도 않고 지독히 냉담하게.

그러나 서늘한 검은 눈동자는 베일 듯이 날카로운 열기를 숨긴 채 어딘가 요염하고 위태로운 색향마저 풍겼다.

그 순간 모두가 한순간 숨을 삼키며 목소리를 죽였다. 뭔가… 봐서는 안 될 것을 본 듯한 죄책감마저 느끼며.

무거운 침묵에 숨이 막히자 중압을 견디다 못한 노리스가 어색하게 시선을 피했다.

시드는 멈췄던 숨을 슬며시 내뱉으며 바싹 마른 입술을 몇 번이나 핥았다.

그리고 루크는 보란 듯이 병째로 단숨에 술을 마셨다.

그저 가이만이 불안한 눈빛으로 언제까지나 리키를 응시하고 있었다.

자유롭게 살기 위해 그저 지켜보기만 하는 인간은 겁쟁이일까?

아니, 그렇지 않다. 과거의 망령에 사로잡혀 그것밖에 보지 못하는 쪽이 오히려 죄인이다.

현실을 직시하고 정에 휩쓸리지 않는 완고함을 '이기심'이라고 부르는 걸까?

아니다. 그들이 알고 싶어 하는 것은 현재 삶의 방식이 아니다. 그들이 원하는 것은 놀라울 정도로 순진하고 무지했던 그 시절의 정열이다.

그런 건 이미 닳고 닳아서 사라져 버렸건만 리키를 우러러보는 주위의 시선만은 변함이 없었다.

그 시선을 고스란히 받는 리키로서는 지긋지긋함을 넘어서 부글부글 분노가 끓어오를 지경이었다.

현재 리키는 누구에게도 구속받지 않고, 아무런 속박도 강압도 없는 자유를 손에 넣었다.

그런데도 이미 버렸던 과거가 자신을 옭아매고 있다. 눈에 보이지 않는 압박감과 함께.

여름이 끝나가고 있었다.

이글이글 태워버릴 듯한 더위도 없이 이름뿐인 싱겁고 짧은 계절이 지나가고 있었다.

팽팽하게 긴장된 위험한 소용돌이 속에서 문제의 발언이 튀어나왔다.

"뭐?"

혹시 자신이 잘못 들은 건 아닐까 하는 생각에 노리스는 저도 모르게 되물었다.

대낮에도 불을 켜지 않으면 어두컴컴한 라우라의 아지트에서 오래되었다기보다는 골동품이나 다름없는데도 여전히 애용하는 버터플라이 나이프를 닦고 있을 때였다.

"오늘 밤 리키를 덮칠 거야."

루크가 별안간 그렇게 말했다.

"그 농담, 하나도 안 웃겨."

날카롭게 노려보는 시드를 향해 루크가 코웃음을 쳤다.

"난 진심이야."

"미친 소리 하지 마. 리키에겐 가이가 있어."

"곰팡이가 피었을 만큼 옛날 얘기잖아. 그 녀석들이 진작 헤어졌다는 건 너도 알잖아?"

말문이 막힌 노리스가 뚱하게 입을 다물었다.

"리키가 돌아오고 나서 옛날 같은 사이로 돌아갔다는 얘기는 못 들었는데."

'그래봤자 천지가 뒤집혀도 리키는 네놈 손에 떨어지지 않을걸.'

노리스는 마음속으로 외쳤다.

헤어지건, 다시 예전 사이로 돌아가건 관계없다. 그 두 사람은 섹스보다 좀 더… 훨씬 깊은 곳에서 하나로 이어져 있다. 그런 식으로 생각하게 되는 무언가가 그 둘 사이에는 분명 존재했다. 일일이 질투하는 게 바보스럽게 느껴질 만큼.

루크도 그 사실을 잘 알고 있을 텐데 이제 와서 대체 왜? 노리스는 루크가 무슨 생각인지… 도통 이해할 수 없었다.

"야, 루크. 그때 일 때문에 아직도 앙심을 품고 있는 거냐? 작작 좀 해. 가이도 별로 기분 좋게 생각하진 않을걸. 그리고 그때 했던 말, 아마 진심일 거다, 리키 그 자식."

"그 정도 반항은 해줘야 재미있지. 먼저 엉덩이를 내미는 녀석은 이제 지겹거든…."

말투는 가벼웠다. 그러나 동료들 간의 농담으로 끝낼 생각이 전혀 없어 보였다.

"너 스타우트를 너무 마셔서 머리가 이상해진 거 아니냐?"

더 이상 상대하기 싫다는 듯 노리스가 소파에 등을 깊숙이 묻었다.

루크는 그러건 말건 태연하게 말했다.

"너희들한테 도와달라고 할 생각은 없어. 그냥 일이 끝날 때까지 모른 척해주기만 하면 돼."

"난 사양하겠어."

"친구로서 이번 한 번은 농담으로 봐주지. 이런 얘긴 두 번 다시 하지 마."

그러자 루크는 씨익 웃었다.

"쫄지 마, 시드. 리키가 '바이슨'을 이끌 때와는 달라. 이제 와서 폼 잡을 거 없잖아?"

"무슨 말이 하고 싶은 거냐, 너."

평소 같으면 신경도 쓰지 않았을 텐데, 묘하게 돌려 말하는 루크의 어조가 지금은 어째서인지 이상하게 거슬렸다.

"네가 숭배했던 '바이슨의 리키'는 이제 아무 데도 없어. 너도 알잖아? 지금 그 녀석은 한심한 겁쟁이일 뿐이야. 하지만 여전히 몸매 하나는 죽여주지. 엉덩이가 탱탱한 게… 리키의 거시기를 상상하기만 해도 발딱 설 것 같아. 너도 그렇잖아? 그래서 키리에한테 집적댔던 거 아니야? 그 녀석, 왠지 예전의 리키를 닮았으니까. 아, 혹시 진짜 앞에서는 쫄아서 거시기도 안 서냐?"

순간 시드가 눈을 부릅떴다. 얼굴은 핏기를 잃은 것처럼 창백해졌고 두 눈동자만이 시뻘겋게 충혈됐다. 본심이 들통나고 노골적으로 비웃음을 당할 때 인간은 이런 형상이 되는 것일까. 시드의 표정은 분노라기보다는 살기에 가까웠다.

그대로 달려들어 싸움을 벌이지 않는 점이 오히려 섬뜩해서 노리스는 꿀꺽 마른침을 삼켰다.

"난 말이야, 시드. 매사에 담담한 리키의 얼굴을 보면 열 받아서 참을 수가 없어."

지금까지의 냉소적인 어조와는 전혀 다른 낮게 억눌린 목소리로 루크가 진심을 털어놓았다.

"예전의 리키는—건드리기만 해도 데일 것 같았어. 뜨겁고 격렬해서 곁에 있기만 해도 내 몸까지 달아오르는 것 같았지."

기억은 언제든지 선명하게 되살아난다. 그 무렵 체감했던 온도까지도.

『루크! 조무래기들 신경 쓰지 마! 버스를 노려! 머리부터 처박아서 버스 녀석을 해치워라! 알겠냐, 실수하지 마.』

요란한 소음을 가르며 날아오는 리키의 명령은 감미로운 유도제였다. 어떤 마약보다 확실하게 아드레날린을 분비시켰다.

검은 눈동자가, 그 목소리가 자신을 부르는 짜릿한 쾌감에 취하면 그 어떤 무모한 일도 해낼 수 있을 듯한 기분이 들었다.

"평소에는 서늘한 얼굴을 하는 주제에 막상 싸움이 시작되면 언제나 선두에 서서 달리는 불덩어리 같은 녀석이었지. 우리 사정 따윈 신경도 안 쓰고 어처구니없는 일만 벌이는 녀석이었어."

선두를 달리는 개조 에어 바이크의 폭음.

뺨을 태우는 뜨거운 바람.

리키와 폭주하는 생생한 일체감은 섹스보다 과격한 엑스터시였다. …뜨겁고, 욱신거리고, 술렁거리며… 타오르는 것처럼 짜릿했다. 선두에 서서 달리는 리키의 등에서는 언제나 플라스마의 열기가 피어올랐다.

그런 리키를 바이크 뒤에 태우고 달리는 것은 가이의 역할이었다.

『둘이 같이 타려면 네가 뒤에 타, 리키. 귀중한 바이크가 박살나기라도 하면 큰일이니까.』

평소에는 조용하고 온화한 가이가 그것만은 절대 양보하려고 하지 않았다. 에어 바이크가 아까운 게 아니다. 언제나 액셀을 풀로 당기고 전속력으로 질주하는 리키의 운전 솜씨에 트집을 잡을 생각은 털끝만큼도 없다. 그렇지만 자기도 모르게 간담이 서늘해지는 경험을 한 사람은 가이뿐만이 아니다. 다른 멤버들도 아주 많이 겪었다.

가이 입장에서는 그런 리키의 뒷모습을 보며 욱신거리는 위를 움켜잡을 바에야 자신의 뒤에 리키를 태우고 달리는 편이 100배는 나았을 것이다.

그러나 루크는… 아니, 노리스도 시드도 입 밖에 내지 않았을 뿐이지 속으로 품은 생각은 매한가지였다.

『그게 왜 가이 한 사람한테만 허용되는 특권인 거지?』

말도 안 되는 질투에 가슴을 태운 경험이 솔직히 말해서 썩어 넘칠 만큼 많았다.

"피가 끓는달까…. 리키와 함께라면 뭐든지 잘될 것 같은 기분이 들었어. 무서운 건 아무것도 없었지. 안 그러냐?"

시드도 노리스도 그 물음에 즉각 고개를 끄덕일 정도로 매료되어 있었다. '리키'라는 카리스마에게.

“근데…. 지금 생각해보면 핫 크랙의 광견이니 뭐니 하며 허세를 부렸던 것 치고 우린 참 순진했어. 그래서 리키가 ‘바이슨’에서 빠지겠다고 했을 때도 누구 한 사람 리키를 억지로 붙잡거나 물고 늘어지지 못했으니까 말이야.”

이미 지나간 일이다. 하지만 그때 만약 꼴사납든 말든 개의치 않았다면 어땠을까?

『우릴 버리는 거냐!』

그렇게 따져서라도 리키에게 매달렸다면, 어쩌면 상황이 약간 달라졌을지도 모른다. 어차피 한심한 푸념에 지나지 않지만….

“결국 이러니저러니 해도 우리는 리키에게 홀딱 반했었으니까.”

부끄러움이나 쑥스러움이라곤 조금도 없이 순순히 인정할 수 있는 게 신기했다.

“하지만… 지금 그 녀석은 대체 뭐야. 항상 시큰둥한 눈으로 스타우트에 취해 있잖아.”

하지만 그렇기 때문에 실망감은 두 배로 커지기 마련이다. 그게 억지고, 화풀이라는 것을 머리로는 알면서도 답답한 마음이 독약처럼 시커멓게 가슴을 휘저었다.

“우리 같은 건 전혀 필요 없다는 얼굴을 하고서.”

깨끗하게 단념한 척해놓고 미련을 버리지 못한 채 언제까지나 과거에 질질 끌려다니는 자신들이 제일 꼴불견이라고.

“…그렇다면 무시할 수 없게 해 줘야지.”

그렇다면 아예 뻔뻔하게 나가겠다. 루크가 하는 말은 그런 뜻이었다. 이대로 어영부영 끌려가느니 그게 훨씬 낫다고.

시드도 노리스도 미동조차 하지 않고 루크를 노려보았다. 너무나도 억지스러운 말에 질려서 비난할 마음조차 잃어버린 것일까?

그렇지 않다. 두 사람은 아무런 대꾸도 할 수 없었다. 통 이유를 알 수 없던, 리키를 향한 초조함을 루크가 대변해 준 듯한 기분이 들어서 목소리도 나오지 않았던 것이다.

리키와 함께하는 우월감과 충족감. 그리고 너무나도 갑작스러운 상실감.

이해했다고 생각했던 감정은 4년이 지난 지금 형용하기 어려운 허기와 갈증으로 변했다.

그래도 루크만큼 과격해질 수 없는 스스로를 그들은 잘 알고 있었다. 말로 표현할 수 없는 당혹감과 일그러지고 굴절된 이성. 침묵은 앙금처럼 고여서 시간을 잡아먹는다.

무거운 침묵에 숨조차 멈추고 있을 때.

문득 문을 여닫는 익숙한 소리가 공기를 흔들었다.

그들은 흠칫 몸을 움츠리며 튕기듯이 시선을 옮겼다.

"뭐야? 다들 왜 그래?"

리키가 의아한 얼굴로 발걸음을 멈추며 물었다. 그러나 아무도 입을 열지 않았다. 세 사람은 각각 어색하게 시선을 피하기만 했다.

"가이는?"

"오늘 안 오는 거 아니야? 누구랑 선약이 있는 것 같던데."

루크가 퉁명스럽게 대답했다. 순간 시드가 무서운 눈으로 루크를 노려보았다. 노리스도 왜 루크가 '오늘 밤'이라고 했는지 겨우 눈치챈 듯 작게 혀를 찼다.

그들이 토해내는 어색한 침묵을 일부러 무시하며 리키는 아무 말 없이 늘 앉던 자리에 앉았다.

"한잔할래?"

루크가 스타우트를 내밀자 리키가 고개를 끄덕였다.

리키는 아무 맛도 없는 고형 푸드를 씹어 삼켰다. 그리고 천천히 스타우트를 입에 머금었다. 톡 쏘는 독특한 쓴맛을 혀끝으로 음미하며 조금씩 목 안쪽을 적셨다. 익숙한 일이었다.

리키가 깊이 숨을 내쉰 후 스타우트를 돌리자 노리스가 가볍게 고개를 저었다.

그럼… 하고 리키의 시선이 시드를 향했다.

"아니, 그만둘래. 오늘 밤은 별로 내키지 않아…."

루크가 희미하게 웃었다. 쓴웃음인지 자조인지 모를 옅은 미소였다.

그래도 리키는 아무것도 묻지 않았다. 아무것도 묻지 않고 또다시 스타우트를 입에 머금었다. 이윽고 리키의 검은 눈동자가 스타우트에 취해 촉촉하게 젖기 시작했다. 긴장이 풀린 팔다리는 느릿느릿 꿈틀거렸고 희미한 미소가 흘러나왔다.

노리스는 저도 모르게 두 눈을 부릅떴다. 저 입술에서 흘러나오는 숨결은 참을 수 없을 만큼 달콤하겠지…. 그런 착각에 저도 모르게 목이 떨릴 만큼 리키의 미소는 요염했다.

그들의 시선 속에서 리키는 무방비하게 맨얼굴을 드러냈다. 여느 때 같으면 함께 쾌락의 파도에 휩쓸려 못 보고 지나쳐버릴 변모였다. 그것은 유일한 제어 장치라고 할 수 있는 가이의 부재와 어우러져 뜻밖에도 그들의 망막에 선명한 이미지로 각인되었다.

반쯤 벌린 입술을 살짝 긴장시킨 채 시드가 잡아먹을 듯이 리키의 변모를 응시했다.

한숨을 내뱉는 것조차 꺼려지는, 범접하기 어려운 도취의 순간.

팽팽하게 긴장된 침묵 속에서 그들의 숨결은 리키의 고동에 동화되어 쾌감의 심연으로 끌려들어갔다.

결국 그날 밤은 아무 일도 일어나지 않았다.

아니, 시드와 노리스의 뜻하지 않은 기사 행세에 루크도 자중하지 않을 수 없었다. 아니, 그럴 여유조차 없었다고 해야 하나.

그러나 루크는 리키의 독에 중독된 두 사람이 번갈아가며 엉거주춤한 자세로 화장실에 달려가도 딱히 그들에게 냉소를 보내지 않았다.

하지만 가슴속에서 소용돌이치는 굶주림과 갈증이 생각보다 훨씬 더 질 나쁘게 변해 버렸다는 사실만은 통렬하게 자각할 수 있었다.

6장

하늘이 시리도록 새파랗다.

그린벨트에서 불어오는 바람이 하루하루 냉기를 더해가는 이 시기답지 않게 창공을 물들이는 햇살의 반짝임이 무척이나 선명했다.

케레스 13:50.

지저분한 거리를 훑듯이 질주하는 한 대의 에어카가 있었다.

한순간 스쳐 지나갈 때마다 다들 멍한 얼굴로 뒤를 돌아보았다.

그게 재미있어 죽겠다는 듯이 에어카가 꼬리등을 쉴 새 없이 깜빡이며 차체를 흔들었다.

척 보기에도 고급스러운 은백색 보디는 매끈하게 빠져서 한 점의 얼룩이나 티끌도 없었다.

철저한 기능미로 이루어진 유선형은 소형이지만 매우 성능이 뛰어나 보였다.

슬럼에서는 구경조차 하기 힘들 정도로 귀한 에어카가 중심가를 폭주했다. 뒷골목의 쓰레기를 헤치고 온통 흙먼지를 일으키며, 빌딩 오른쪽으로, 교차로 왼쪽으로. 멍하니 입을 벌린 사람들의 시선을 한몸에 받으며 달렸다.

그렇게 관객들을 무시한 원맨쇼를 마음껏 즐긴 후 에어카는 겨우 만족한 듯이 속도를 줄였다.

대체 누가 이런 곳과는 어울리지 않게 엄청난 물건을 타고 온 걸까?

흥미진진한 술렁거림을 아무렇게나 헤치며 에어카는 천천히 미끄러져서 이윽고 멈췄다. 작은 삐걱거림도 없이 아주 우아했다.

작은 기계음을 울리며 한쪽 문이 위로 열렸다. 무엇을 기대한 건지, 한순간 수군거림이 숨을 삼키는 침묵으로 변했다. 그리고 그곳에서 유연한 동작으로 내린 남자의 얼굴을 본 순간 이번에는 작은 술렁거림이 일었다.

자칫 못 알아볼 만큼 완전히 촌티를 벗은 키리에가 그곳에 서 있었다.

주문 제작으로 맞춰 입은 듯 화려한 옷이 날씬한 몸매를 돋보이게 해 주었다.

살짝 벌어진 가슴에는 골드체인. 체인과 한 쌍을 이루는 왼쪽 손목의 팔찌는 모조품이 아닌 진품 특유의 빛을 발하고 있었다.

자기도 모르게 입 밖으로 흘러나오는 경악의 목소리와 선망의 한숨.

그러나 그것은 차츰 같은 무게의 질투로 변했다. 차가운 시선과 수군거림이 키리에에게 시끄럽게 들러붙었다.

그러나 키리에는 표정조차 변하지 않았다. 손에 들고 있던 리모컨으로 에어카를 공중에 대기시켜 놓은 후 뒤쫓아 오는 시선을 짓밟는 듯한 걸음걸이로 첫 번째 십자로에서 왼쪽으로 꺾어졌다.

막다른 곳에 낡고 오래된 건물이 있다.

구식 엘리베이터를 타고 5층으로 올라가서 구름다리를 지나 좀 더 안쪽에 위치한 방. 그곳이 리키 패거리의 두 번째 아지트 '라우라'였다.

유유자적하게 걸어간 키리에는 암녹색으로 칠한 문 앞에서 걸음을 멈췄다.

그 순간 키리에는 비로소 미소를 지었다. 오랜만에 동료들과 만나는 기쁨에 저도 모르게 떠오른 미소와는 달랐다.

왼쪽 벽에는 개폐 스위치가 덩그러니 자리 잡고 있었다. 키리에는 익숙한 손놀림으로 비밀번호를 입력했다.

이윽고 문은 키리에의 등장을 기다렸다는 듯 천천히 열렸다.

"오오, 웬 귀족께서 오셨나 했네."

그 순간 노골적인 빈정거림이 듬뿍 담긴 루크의 목소리가 키리에를 맞이했다.

밖에서 벌였던 시위의 효과일까. 아니면 신참은 언제까지고 신참에 불과한 걸까.

"흐음, 아주 신수가 훤해졌네…. 전보다 훨씬 핸섬해졌는걸?"

"그러게. 정말 눈이 부시네."

눈이 번쩍 뜨일 만큼 놀라운 키리에의 변모에도 그들은 전혀 동요하지 않았다.

의외로 싱거운 반응에 허망함을 느끼며 키리에는 내심 살짝 낙담했다.

"여전하네. 일단 칭찬으로 받아들일게, 방금 그 말은…."

그래도 키리에는 불손한 태도를 감추려고 하지도 않았다.

옷차림이 고급이 되면 말투까지 오만해지는 것일까. 아니면 의식적으로 그렇게 보이려는 걸까.

어쨌든 키리에가 그들에게 우월감을 느끼고 있다는 사실만은 분명했다.

"키리에 녀석, 아주 신이 나셨군. 한마디도 안 지는데."

가이가 쓴웃음을 지으며 작게 말했다.

그러자 곧 리키가 나지막하게 내뱉었다.

"어린애라 그래."

"저 녀석 입장에서는 첫 개선이니까. 거만한 얼굴로 실컷 잘난 척하고 싶어질 만도 하지."

그래도 가이는 키리에가 오랜만에 얼굴을 내민 순간 불쾌함을 감추지 않는 리키에게 면박을 주고 싶지는 않았다.

'너도 그랬잖아.'

그런 말로 과거를 상기시켜서 굳이 지뢰를 밟을 필요는 없으니까.

"흐응—. 아직도 싸구려 스타우트나 홀짝거리고 있는 거야? 다음에 내가 바르탕이라도 한턱 쏠게."

"통이 크시네. 기계 놈들에게 친구를 팔아넘기는 게 그렇게 벌이가 짭짤한 줄은 몰랐는데."

이번에는 키리에도 발끈한 눈치였다.

하지만 그는 예전처럼 시끄럽게 덤벼들지 않았다. 그뿐인가, 당돌하게 씨익 웃으며 말했다.

"한번 시험해 볼래? 소개해 줄 수도 있어."

"글쎄. 막다른 곳에 몰리면 그때 잘 부탁해. 그보다 일단 바르탕이나 마시게 해 주라. 쪼잔하게 한두 병으로 퉁치지 말고 박스째 부탁한다, 대장."

"아, 나만 믿어. 똑바로 일어설 수도 없을 만큼 마시게 해 줄 테니까. 너무 취해서 길바닥에 쓰러져 죽을 만큼."

뾰족뾰족 가시 돋친 대화는 불꽃을 튀기며 점점 격앙되어갔다.

그 와중에 노리스가 끼어들었다.

"아, 나는 기왕이면 바르탕보다 '지크스'의 애송이들을 어떻게 좀 해줬으면 좋겠는데. 놈들 때문에 엘마의 아지트도 날아갔잖냐. 진짜 열 받아."

노리스는 그렇게 가벼운 어조로 무심코 입을 놀렸다.

"뭐야, 징징대는 거야? 한심하긴."

키리에는 이때다 싶었는지 코웃음을 치며 한심한 몰골을 비웃었다.

"…'바이슨'도 겁쟁이가 다 됐네."

순간 무거운 침묵이 내려앉았다.

키리에는 침묵의 의미, 각자의 갈등, 서로 충돌하는 알력과 그것들이 품고 있는 아슬아슬한 위태로움을 하나도 모른다.

그래서—키리에는 그 무거움을 잘못 판단하고 말았다.

"원한다면… 내가 한번 손을 봐줄까?"

그 탓에 불쾌하기 짝이 없는 오만함으로 상처를 내고 말았다.

"이빨 빠진 누군가 대신 말이야."

아무 자각도 없이, 아주 깊게….

“아무 데도 소속되지 않은 어린애는 좋겠네. 큰소리만 뻥뻥 치면 되니까 말이야.”

문득 노리스가 시큰둥하고 냉담하게 말했다. 그 말이 멤버 전원의 뜻은 아니었지만 그들의 복잡하고 굴절된 마음속을 대변하기에는 충분했는지도 모른다.

빈정거리는 것도 놀리는 것도 아니다.

그래서 더더욱 묘하게 싸늘하고 거북스러운 공기가 실내를 떠돌았다.

“뭐야, 내가 허풍이라도 치고 있단 말이야?”

그래서 키리에는 새삼 언성을 높일 수밖에 없었다.

“…‘지크스’의 애송이들 목을 비트는 일쯤 아무것도 아니야.”

문득 자신이 있을 곳을 잃어버린 듯한 착각에 키리에가 눈썹을 치떴다.

“잘난 척은 실제로 해보고 나서 지껄이시지. 입만 산 애송이의 헛소리 따윈 아무도 진심으로 받아들이지 않을걸. 그런 점에서 고맙긴 하네. 과거의 재산을 야금야금 갉아먹기만 하는 이런 한심한 놈들을 아직도 다들 대단하게 여겨주시니 말이야.”

노리스의 말에 루크와 시드가 약속이라도 한 것처럼 얼굴을 마주보며 한바탕 키득키득 웃었다. 목구멍 안으로….

그러자 잔뜩 높아졌던 콧대가 꺾이고 자존심이 산산이 조각나는 기분에 키리에가 으드득 입술을 깨물었다.

키리에는 처음으로 깨달았다. 슬럼에서 이름을 떨친다는 게 어떤 의미인지.

그래도 여기서 시선을 떨구면 지는 거다. 그래서 키리에는 이를 악물고 일부러 강한 척 허세를 부렸다.

"좋아. 곧 보여주지. 내가 얼마나 진지한지를."

그리고 그들의 눈을 똑바로 응시하며 스스로를 격려했다.

'나는 반드시 높은 곳으로 올라가고 말 거야'라고.

그러기 위해서는 우선 어떻게든 무너뜨려야 하는 벽이 있다.

그제야 겨우 키리에는 자신이 무엇 때문에 일부러 이곳을 찾아왔는지를 떠올렸다.

마음을 다잡고 커다랗게 숨을 내쉰 후 키리에는 성큼성큼 가이에게 걸어갔다.

"지난번에 했던 이야기… 다시 생각해보지 않을래?"

키리에는 리키에게 눈길조차 주지 않고 자리에 앉자마자 가이의 눈을 들여다보았다.

방금 전까지의 험악한 분위기 따윈 조금도 찾아볼 수 없는 태도였다. 감탄할 만큼 멋진 태세전환에 가이가 내심 혀를 내둘렀다. 그래도 감탄과 이야기는 별개다.

"그 이야기라면 거절했을 텐데…."

가이는 몹시 냉랭했다. 키리에는 저도 모르게 혀를 찼다. 이거야 엎친 데 덮친 격이다.

"그러니까… 다시 생각해보라는 거잖아."

억누를 수 없는 초조함에 목소리가 조금 뾰족해졌다.

"끈질기군, 키리에."

"어째서? 이런 기회는 두 번 다시 없을 텐데."

키리에는 다그치듯 말했다.

"모르겠어? 엘리트라니까. 저쪽에서 '꼭' 당신을 원한다는데… 왜 거절하는 거야. 아깝지 않아?"

야유도 빈정거림도 아니었다. 가이의 자존심을 자극하기 위한 방편도 아니었다.

키리에는 마치 자기 일처럼 안타까워했다. 그럴 수만 있다면 자신이 그 영예를 대신 누리고 싶을 정도였다.

노골적인 표정에도 가이는 말투조차 바꾸지 않았다.

"난 말이야, 지나친 행운은 절대 순순히 받아들이지 않아."

"이상한 꿍꿍이 없다니까 그러네. 정말이야."

키리에는 반쯤 어이없어하며 한숨을 쉬었다.

"당신은 생각이 너무 많아."

"타나그라의 블론디 님께서 슬럼의 잡종을 펫으로 삼고 싶다고? 말도 안 되는 농담은 집어치우시지."

목소리를 죽이며 내뱉는 가이 옆에서 순간 리키가 튕기듯이 고개를 들었다.

"게다가 나를 지명했다는 게 제일 믿어지지 않아. 아무리 좋게 봐 줘도 나는… 평범하니까. 누구 다른 특별한 놈이랑 착각한 거 아니야?"

"왜 그렇게 의심이 많은 거야. 슬럼의 잡종이라고 그렇게까지 비굴해질 필요는 없잖아. 착각한 게 아니야. 분명히 말했어. '검은 머리와 함께 있던 녀석'이라고. 그때 리키 옆에 있던 사람은 당신뿐이잖아?"

'…그러니까 하는 말이야.'

가이가 입안으로 중얼거렸다. 가이의 머리카락은 회갈색이다. 그런데도 그 블론디는 가이의 특징을 자세히 지적하지 않고 지극히 단호하게 말했다고 했다.

『'검은 머리'와 함께 있던 녀석….』

그 말인즉, 그 블론디의 눈에도 리키의 존재감이 훨씬 강렬했다는 뜻이다. 그런데 어째서 리키가 아닌 자신을?

이상한 꿍꿍이 따윈 없다고 키리에가 역설했다. 어쩌면 정말 그럴지도 모른다.

타나그라의 블론디가 무슨 변덕인지 모르지만 키리에의 말대로 평범하게 생각하면 이렇게 엄청난 기회는 두 번 다시 찾아오지 않을 것이다. 그렇다면 다른 걸 버리고서라도 달려드는 게 상식… 일지도 모른다.

그러나 '가디언' 시절부터 줄곧 리키와 함께 지내온 가이는 비굴해지지 않을 정도로 냉정하고 객관적으로 자신을 판단할 수 있었다.

눈앞의 욕심에 사로잡혀 자기 자신을 잃어버리면 훗날 큰 대가를 치르게 된다. 그렇게 망가지는 녀석들은 넘칠 정도로 많이 봐왔다.

조금이라도 걸리는 구석이 있으면 섣불리 행동하지 않는 게 좋다. 직감은 중요하다.

'엄청난 기회를 놓쳐버린 겁쟁이'.

설령 키리에가 그렇게 바보 취급한다 해도 가이는 새삼 자신의 신념을 굽힐 생각은 없었다.

"그러니까 다시 한 번 잘 생각해봐. 응? 이렇게 좋은 기회를 놓치는 건 바보 같은 짓…."

그때 끈질기게 물고 늘어지는 키리에의 말을 느닷없이 가로막은 사람은 다름 아닌 리키였다.

"잠깐."

리키가 몸을 앞으로 내밀며 키리에의 팔을 움켜잡았다. 키리에는 노골적으로 얼굴을 찡그렸다.

"뭐야?"

그 손을 거칠게 뿌리치며 키리에가 낮게 으르렁거렸다. 중간에 대화가 끊겨서 화가 난 것 치고는 지나치게 가시 돋친 말투였다.

"그 블론디… 혹시 펫 경매에서 봤던 녀석이냐?"

"그렇다면 어쩔 건데?"

순간 리키의 뇌리에 섬광처럼 이아손의 얼굴이 떠올랐다. 미스트랄 파크에서 봤던 그 의미심장한 냉소.

정체를 알 수 없는 오싹한 한기가 리키의 등줄기를 기어올랐다.

갑자기 입을 다물어버린 리키를 보며 키리에는 지금까지 쌓이고 쌓인 원한과 울분을 담아 말했다.

"너한테는 관심도 없으니까 신경 꺼."

그러나 리키는 보란 듯이 비웃는 키리에 따위는 안중에도 없었다. 침묵에 잠긴 리키의 눈앞에 떠오르는 것은 단 하나.

타나그라의 '미의 신'이라고 불리던 이아손의 아름다운 얼굴뿐이었다.

그날.

'지크스'의 메인 아지트라고 소문난 어느 건물에서 최루탄 한 발이 터졌다.

난무하는 비명과 노성.

자욱한 흰 연기와 숨이 막히는 자극적인 냄새.

허둥지둥 뛰쳐나온 소년들의 도움을 청하는 목소리에도 구경꾼들의 반응은 차가웠다.

아니, 그뿐이 아니었다. 평소 그들의 방약무인하고 난폭한 소행 때문일까, 최루탄을 터뜨린 범인이 누군지는 몰라도 드러내놓고 박수갈채를 보낼 수는 없지만 내심 꼴좋다며 통쾌해 하는 자가 많았다.

그런 점에서 두려움을 품었던 만큼이나 동경의 상징이기도 했던 '바이슨'과는 전혀 달랐다.

그저 닥치는 대로 때려 부수기만 하는 '지크스'는 슬럼에서조차 혐오의 대상일 뿐이었다.

"흥, 꼴좋다."

"저것 봐, 오줌을 지린 놈도 있어."

"이렇게 보니까 그냥 어린애들이네."

눈물과 콧물과 토사물로 범벅이 되어 몸부림치는 볼썽사나운 모습에 독설 섞인 욕설을 내뱉는 사람은 있어도 털끝만한 동정심을 내비치는 이는 단 한 명도 없었다.

그러나 그런 '지크스'의 추태를 안주 삼아 신나게 즐기기에 뭔가 약간 아쉽다 느끼고 있을 때였다.

누가 먼저 시작했는지 알 수 없는 수군거림이 여기저기서 들려오기 시작했다.

'지크스'의 천적 '머독'을 제치고, 지나간 전설의 '바이슨'이라는 이름이.

눈에는 눈.

이건 '바이슨'의 복수다—.

그리고 소문은 슬럼 전체에 빠르게 퍼졌다.

억측은 세포 분열이라도 하듯 흥미 본위로 마구 부풀어 올랐다.

7장

동서고금, 나이, 성별, 인종을 불문하고.

'사람'과 '사람'의 만남은 스릴 넘치고 드라마틱한 '도박'이다.

고의든 실수든, 우연이든 필연이든 또는 그저 운명의 여신의 변덕… 이라 해도.

그 순간 만난 상대에 따라 '운'은 화사하게 미소를 짓기도 하고 매정하고 냉담하게 등을 돌리기도 한다.

행운이냐, 불운이냐. 주사위 눈이 어느 쪽으로 구르고 운명의 화살이 무엇을 가리킬지… 아무도 모른다. '운'의 명암을 가르는 길흉은 언제나 표리일체.

그러나 미래로 이어지는 '길'은 단 하나뿐이다. 발밑에는 언제나 무수한 선택의 여지가 있다.

그곳에서 무엇을 선택하고 어디로 향할 것인가.

앞으로 내딛는 걸음에는 올바른 '상식'도 없고 정해진 '이론'도 없다.

그저… 확고한 의지든 무의식적이든 선택한 순간부터 원하든 원하지 않든 시야 속의 존재가 항상 변동한다.

사람과 사람의 '만남'이란 그곳에서 새로운 '뭔가'가 시작된다는 징조이기도 하다.

인생의 희로애락은 점과 선으로 이어진 양방향성이기도 하고, 결코 맞닿을 수 없는 평행선이기도 하며, 복잡기괴한 미로이기도 하다.

미숙과 성숙이라는 말만으로는 헤아릴 수 없는 진실이 사람의 수만큼 존재한다.

인간은 언제까지나 무구한 채로 살아갈 수가 없다. 그래서 인간은 '인생'이라는 이름의 종착역을 목표로 시간의 파도 속에서 각양각색의 '만남'과 '이별'을 되풀이한다.

설령 그것이 인과율이라는 이름의 수라(修羅)의 시작이라 해도.

5년 전 어느 날 밤.

리키는 이아손과 만났다.

수컷만이 존재하는 일그러지고 살벌한 슬럼이라는 세계.

채워지지 않는 초조함과 미칠 듯이 숨이 막혀 질식할 것 같은 기분이 들고 몸속 깊은 곳까지 타들어가는 느낌. 현실의 무게에 몸도 마음도 얽매여 현기증이 나고 진실의 문이 어디에 있는지도 모르는 상태였다.

"슬럼의 잡종에게 잃어버릴 것 따윈 아무것도 없어."

그렇게 태연히 호기를 부리던 무렵이었다.

그날 밤 평소와 변함없이 좋든 싫든 미다스는 난잡하게 과열되어 있었다.

어둠 속에 군림하는 요염한 여제처럼 화려한 극채색의 스팽글로 치장한 불야성의 독재자는 음란한 교성을 지르고, 그러면서도 요염하게 몸을 뒤틀며 여느 때처럼 밤의 정적을 게걸스럽게 먹어치웠다.

그중에서도 미다스의 동쪽 끝에 위치한 에어리어-8 'SASAN(사산)'. 그곳에 완비된 관광객 전용 스페이스 포트로 직결되는 메인로드를 장식하는 아치형 게이트는 한층 화려하게 빛나고 있었다.

거기에는 살리나스 성운에 전해져 내려오는 고사(古事) 중에서 미다스라는 이름의 유래이자 에로스와 카르마의 극치라 불리는 '뷔라 신화'를 모티브로 한 나신의 여인상이 있다.

그 상은 단순히 신앙의 상징이라고 생각할 수 없을 만큼 정교하고 아름다울 뿐만 아니라 저도 모르게 걸음을 멈추고 홀린 듯 손을 뻗어 만져보고 싶을 정도로 육감적이다.

더러움을 모르는 성녀처럼 청초하고 성스러운 동시에 교활하고 음탕한 여인처럼 인간을 타락시키는 감미로운 독을 지니고 있다.

고혹적인 요염함을 더욱 강조하며 어지럽게 점멸하는 무지갯빛 광선은 인간의 마음 깊숙이 잠재된 욕망을 송두리째 끄집어내려는 듯이 화려하게 빛나며 사람들을 맞이했다.

총기는 물론 호신용 나이프 한 자루조차 게이트 너머로는 들고 갈 수 없다.

에어리어마다 각각 독자적인 특색을 갖고 있긴 하지만 거대한 도시 하나가 통째로 환락가인 '미다스'는 그런 의미에서 중요한 보안 체크 포인트도 겸하고 있다.

미다스의 '더블 링'의 핵심을 이루는 카지노를 중심으로 방사형으로 뻗은 크고 작은 거리에는 네온이 끊기는 곳조차 없다. 모든 거리에는 근사하게 차려입은 남녀노소의 교성과 열기가 앙금처럼 고여 있다.

들뜬 발걸음으로 걸어 다니는 인파는 실로 다양했다.

제멋대로 돌아다니는 사람들의 무리는 서로 어깨가 닿을 만큼 혼잡하지만 아무도 타인 따위 신경 쓰지 않는다. 관용이 아닌 무관심이 원인이었다. 모두가 자신의 욕망을 채우기에 바쁘기 때문이다.

그런 인파 속을 누비며 유연한 몸짓으로 걷는 자가 있었다. 청년이라고 부르기에는 앳된 얼굴. 누가 봐도 아직 단단하고 설익은 과실의 풋내가 느껴지는 소년. 그렇다고 보호본능을 자극할 만큼 어리거나 가냘파 보이지는 않았다.

그뿐인가. 소년기 특유의 쭉 뻗은 탄력 있는 사지에는 비싼 옷을 차려입은 자들을 비웃듯, 독특한 매력이 있었다. 그렇다 해서 모든 이가 눈길을 빼앗길 정도의 미모는 아니었다.

그러나 한번 보면 결코 잊을 수 없을 만큼 독특한 존재감과 강한 인상을 남기는 샤프한 이목구비를 가지고 있었다.

특히 타인과 어울릴 줄 모르는, 불손하고 검은 눈동자는 나이에 어울리지 않게 강렬한 빛을 발산했다. 향락에 들뜬 주위의 분위기와는 너무나도 이질적이다 보니 홀로 선명하게 도드라지는 탓도 있었다.

나쁜 의미로 눈에 띄는 건 아니다. 이 장소에 융화되어 있는 듯하면서도 결코 타인과 섞일 수 없는 이질감이 있었다. 순순히 흘러가지 않고 쉽게 휩쓸리지 않는다.

둥실둥실… 웅성웅성.

모두가 발이 땅에 닿지 않는 듯한 웅성거림 속에서 홀로 대지를 단단히 디디며 걷는 듯했다. 늘씬한 몸에는 강철 같은 강인함이 자리 잡고 있었다.

요즘 세상에 불로불사까지는 아니어도 돈만 있으면 아름다운 용모와 젊음쯤은 쉽게 손에 넣을 수 있다. 하지만 억만금을 쏟아 붓는다 해도 결코 손에 넣을 수 없는 것이 있다. 바로 타고난 '아우라'다.

몸집은 작지만 늘씬한 팔다리와 함께 그 소년에게는 타인의 시선을 자연스럽게 잡아끌어 못 박아놓는 독특한 '매력'이 있었다.

소년의 이름은 리키. 넘치는 젊음과 폭주하는 격정의 레드 존 '핫 크랙'의 패자.

슬럼의 젊은이들 사이에서는 모르는 이가 없다는—'바이슨'의 리더라고 불리는 소년이었다.

미다스 시민들이 벌레처럼 싫어하고 경멸하는 에어리어-9 'CERES(케레스)'의 주민, 즉 슬럼의 잡종인 리키는 당연하지만 잠을 이루지 못해 밤 산책을 나섰거나 거리를 구경하기 위해 이곳에 온 게 아니었다. 엄연히 비즈니스 때문이었다.

카지노로 이어지는 중심가는 밤마다 각양각색의 사람들로 흘러넘친다.

그중에서 주머니가 두둑해 보이는 촌뜨기—로고스나 갈라리아 출신의 벼락부자를 찾아내기란 손쉬운 일이었다.

보통 미다스를 찾아오는 관광객들은 현금을 갖고 다니지 않는다. 그 대신 가슴주머니와 가방 안에 각종 카드가 잔뜩 들어있다. 그걸 슬쩍하는 식이다.

물론 실패하면 끝장이다.

기마대는 고풍스럽고 우아한 데다 관광 전시용에 가깝다. 그렇지만 미다스를 경비하는 경호관은 단순한 장식품이 아니다. 특히 다크맨이라고 불리는 플레이존의 경찰은 과격하고 거칠기로 유명하다.

미다스의 밤거리를 활보하는 관광객 모두가 선량한 방문자는 아니다. 잔뜩 흥분해서 관광객들끼리 말썽을 일으키는 경우는 물론, 달콤한 벌꿀에 몰려드는 순진한 새끼 양과 그들을 먹어치우는 육식동물이 있어도 이상하지 않다.

표면적으로 아무리 청렴결백한 슬로건을 내걸어도 그곳에 '인간'이 존재하는 한 사욕으로 가득 찬 '부정부패'의 온상은 사라지지 않는다.

그것이 인간의 '숙업(宿業)'이다.

그런 기생충들을 미연에 단속하는 것이 DM(다크맨)이라고 불리는 경찰의 임무. 특히 미다스 공식 관광 지도에서 존재 자체가 말소된 케레스의 주민—슬럼의 잡종 따윈 처음부터 인간 취급조차 하지 않았다.

운 나쁘게 DM에게 붙잡혔다 사지가 멀쩡하게 돌아오는 기적 따위, 슬럼에서는 아무도 믿지 않는다. 동정도 하지 않는다.

그래도 슬럼의 소년들은 경쟁하듯 밤의 미다스를 어슬렁거린다. 뭐니 뭐니 해도 소매치기한 카드를 암시장에 비싸게 팔아먹는 메리트를 포기하기 힘들기 때문이다.

아니, 그 이상으로 막대한 리스크를 동반한 스릴은 따분한 슬럼의 일상을 달래주는 과격한 게임이자 동료를 맞이하기 위한 중요한 의식, 또는 자신의 배짱을 다른 사람들에게 과시하기 위한 도구로써 그들에게는 없어선 안 될 자극제였다.

슬럼의 아이들은 모두 '가디언'에서 일괄적으로 양육되고 관리를 받는다.

그리고 아이를 낳을 수 없기에 남자는 13세가 되면 '성인'으로 인정받아 강제로 자립해야 한다. 어떤 인생을 사느냐는 본인의 자유. 아무도 간섭하지 않는다.

그러나 온갖 악취가 풍기는, 사방이 꽉 막힌 오물구덩이 슬럼에서는 노력 여하에 따라 열 수 있는 문 따위는 아무 데도 존재하지 않는다. 하물며 행운을 잡을 기회 따윈 만에 하나도 없다.

미다스 시민으로 인정받을 수 있는 정식 신분증명서가 없다는 사실은 그야말로 치명적이었다.

성인이란 이름뿐인 미성숙한 소년들에게 배정되는 콜로니는 무기력하고 부패한 악취에 찌들어있다. 독기에 물들어 타락하기까지 한 달이면 충분했다.

슬럼에서의 아이덴티티와 자신의 존재 의미 따위를 차분하게 생각해 볼 시간도 없거니와 여유도 없다.

그리고 깨닫는다.

슬럼에서 살아남으려면 이것저것 생각하기보다는 대충 휩쓸리는 게 제일 편한 길이라는 사실을.

아무도 그게 '도피'라고 말하지 않는다. 휩쓸리는 건 '도피'가 아니라 살아가기 위한 '수단'이다. 이곳 슬럼에 구원 따윈 존재하지 않는다.

폐쇄와 불안, 절망과 도피. 그런 비관론밖에 존재하지 않는 현실의 무게가 서로 뒤섞이고 녹아들어 슬럼을 더럽힌다.

슬럼에서 살아남기 위한 최소한의 도의는 하나뿐이다.

'내 앞가림은 내가 알아서 한다.'

적어도 리키는 그렇게 생각했다.

슬럼의 잡종이라고 멸시당하기를 원하는 사람은 아무도 없지만 그곳에서 기어오를 기력도 방법도 없다. 그것이 현재 케레스의 진실이다.

생명의 존엄 따위, 슬럼에서는 싸구려 술 정도의 가치밖에 없다. 타인을 배려하는 마음은 약육강식의 법칙에 의해 짓밟힌다.

그렇다고 최소한의 긍지마저 시궁창에 던져버리면 진짜 쓰레기가 되고 만다는 딜레마가 남는다.

리키는 그저 증거를 원했던 것뿐이다.

"나는 살아 있다!"는 확실한 증거를.

골동품에 가까운 에어 바이크를 개조해서 요란하게 폭주하는 것도, 동료들과 방탕하게 놀아나는 것도, 영역을 주장하며 과격하게 싸우는 것도, 밤의 미다스를 돌아다니며 사냥을 하는 것도 별 차이 없는 것처럼 느껴졌다.

이거다… 라고 점찍은 작자에게서 카드를 훔친다. 팽팽한 긴장감과 적당하게 뛰는 고동의 자극. 그 속에서 자아내는 흥분은 밀조 된 스타우트를 마시며 얻는 쾌감과는 또 다르다. 일종의 독특한 도취와도 같았다.

미다스는 밤마다 뜨겁게 달아오른다.

그 열기를 몸 안에 거둬들이고 자유자재로 컨트롤할 수 있다면 눈앞에선 언제나 파라다이스가 펼쳐진다.

반대로 정신없이 빠져서 자기 자신을 잃어버리면 기다리는 것은 지옥뿐.

그날 밤 리키는 지독히 운이 좋았다. 마치 '행운의 여신'에게 뜨겁게 사랑받는 양.

그날 밤 손에 넣은 카드로 주머니가 불룩하게 부풀어 있었다.

하지만 그래도.

아직 뭔가 부족해.

어째서인지 그날 밤은 유난히 그런 굶주림과 갈증을 도저히 떨쳐버릴 수 없었다.

괜한 투정이 아니다. 착각이나 단순한 기분 탓도 아니다. 약에 취하거나 미다스의 열기에 정신이 나간 것도 아니다.

그저 평소의 고양감과는 다르게 뭔가… 머릿속이 욱신거려서 견딜 수 없었다. 그래서일까.

"운이 바닥나기 전에 그만 돌아가자."

가이의 충고에도 순순히 귀를 기울일 수 없었다.

"앞으로 한 명만 더…."

"리키, 위험해…."

가이도 슬슬 지나친 행운의 반동을 생각하지 않을 수 없었으리라.

그 정도는 리키도 알고 있었다. 물러날 때를 놓치면 크게 다치기 마련이다.

…그러나.

"한 명만 더하고 끝낼게."

답답함을 토해내지 않으면 소화불량에 걸릴 것만 같았다.

"그러다 위험해지면 어쩔 셈인데?"

"괜찮아. 그런 실수는 안 해."

아직 '적색' 신호가 뜨지 않았다. 그러니까… 아마.

'아직 괜찮을 거야.'

사람들은 단순한 기분 탓이라고 할지도 모르지만 이런 '예측'이 틀려서 크게 다친 적은 단 한 번도 없다.

그렇지 않았더라면 '가디언'을 나온 지 2년도 되지 않은 애송이가 슬럼의 크레이지 존이라 불리는 '핫 크랙'을 함락시키지는 못했으리라.

그래도 꺼림칙해 하는 가이에게 억지로 카드를 전부 떠맡긴 후 조금 전에 헤어졌다. 지나치게 욕심을 부리다가 호된 꼴을 당하기는 물론 싫지만 그보다 지금은 몸 안에 도사리고 있는 기갈이 더욱 시급했다.

이대로 돌아가서 가이와 축배를 드는 기분으로 정사를 벌인다 해도 어중간하게 욱신거리는 열은 식지 않을 것이다.

그 어느 때보다 강렬한 갈증과 허기를 자각하며 리키는 새삼 자조했다.

사방이 꽉 막힌 굶주림, 떨쳐버릴 수 없는 초조함 따위는 속이 뒤집어질 만큼 익숙한 감정이다.

그런데 왜 오늘 밤은 이토록 자신의 마음을 휘저어놓는 걸까. 그렇다면 차라리 화끈하게 태워버리는 편이 낫겠다는 기분이 들었다.

'저 녀석으로… 결정이다.'

리키가 점찍은 사냥감은 그야말로 촌뜨기다웠다. 눈에 보이는 모든 광경이 신기한 것일까, 흥분한 듯 상기된 얼굴로 이리저리 바쁘게 시선을 움직이고 있었다. 미다스의 독에 중독되어 완전히 흥분한 모양이다. 그 때문에 온통 허점투성이였다.

'나를 먹어주세요… 라는 느낌?'

저 정도면 식은 죽 먹기다. 곧 머릿속에서 그런 방심을 쫓아버린 후 리키는 시야 속 타깃에게 보조를 맞추며 너무 가깝지도, 멀지도 않은 거리를 유지했다.

여느 때처럼 머릿속으로 가볍게 리듬을 타며 타이밍을 계산한 뒤 느긋한 걸음걸이로 타깃에게 다가갔다.

그리고 완전히 온몸 구석구석까지 익숙해져버린 은밀한 쾌감에 취하려던 순간 느닷없이 누군가가 등 뒤에서 끌어안듯 그의 손목을 움켜잡았다.

'읏!'

리키는 그 자리에서 얼어붙었다.

뭐지?

어떻게 된 거지?

이유를 알 수 없는 패닉에 한순간 눈앞이 새하얗게 물들었다.

설마.

…설마.

'들켰… 나…?'

그리고 지금까지 한 번도 맛본 적 없는 현실의 공포를 구현하듯 느닷없이 냉정한 쿨 보이스가 머리를 관통했다.

"그런 짓은 별로 마음에 안 드는군."

'…크윽!'

저도 모르게 숨을 삼킨 순간 목이 경련을 일으켰다. 리키는 온몸의 털이 곤두서는 기분이었다.

끝장이다. 실수했다. 걸렸다. 그 말이 맹독처럼 눈앞을 새빨갛게 태웠다.

온몸의 모든 관절이 굳어서 움직일 수 없었다.

—움직일 수 없어.

혀끝까지 차갑게 마비되고 입술의 떨림이 멈추지 않았다.

—멈출 수 없어.

그저 두근두근, 기이할 만큼 빠르게 뛰는 고동만이 리키를 옭아맸다. 붙잡힌 오른쪽 손목을 파고드는 강한 힘이 리키의 명운을 좌우할 유일한 '족쇄'인 것처럼.

'…빌어먹을….'

으드득, 이를 악물었다.

위험하다.

…아니, 위험한 정도가 아니다.

앞으로 펼쳐질 일들이 머릿속에 떠올라서 리키는 욱신거리는 관자놀이를 의식하지 않을 수 없었다.

'…어떻게 하지?'

발밑으로 시선을 떨구고 자신의 발끝을 노려보며 리키는 세차게 뛰는 고동을 억지로 억눌렀다. 조각이 난 사고를 필사적으로 그러모았다.

이대로 시치미를 뗄까? 다행… 이라고 해야 하나. 리키는 아직 카드를 훔치지 않았다.

그렇다면 아직 살 길은 있다. 잡힌 손을 힘으로 뿌리칠 수는 없을까. 이대로 아무것도 하지 않고 포기하면 즉각 지옥행이다.

그래서 리키는 필사적으로 생각했다. 이제부터 '무엇'을 '어떻게' 하면 좋을지.

그런 리키의 머리 너머로 또 다른 목소리가 들려왔다.

"이봐, 왜 그래. 무슨 일이지? 서두르지 않으면 늦어."

이어서 그 목소리가 노골적으로 의아해했다.

"뭐지? 이 녀석은."

목소리의 주인은 대뜸 손을 뻗어 리키의 왼쪽 귓불을 아무렇게나 만지작거렸다.

"인식표가 없군. …잡종인가?"

그리고 경멸이 담긴 어조로 내뱉은 순간.

'미다스의… 자경단인가?'

리키는 입술을 깨문 채 으드득 이를 갈았다.

이곳 미다스의 시민들은 모두 ID카드 대신 'PAM(Personal Access Memory)'이라고 불리는 5mm가량의 특수한 생체 칩이 귓불 뒤에 박혀있다.

남자는 왼쪽 귀, 여자는 오른쪽 귀. 연대별로 컬러가 다른 인식표에 의해 시민들은 일괄 관리된다. 신체적인 특징은 물론 DNA 패턴까지 상세하게.

동시에 그것은 그들의 행동을 철저히 제한하기 위한 족쇄이기도 하다.

각 에어리어 간의 이동은 물론 정해진 생활권 이외 지역으로의 이동마저 원칙적으로 금지되어 있다.

즉 '제인'이라고 불리는 절대적인 신분제도가 보이지 않는 감옥이 되어 그들을 구속하고 있다.

만약 허가 없이… 또는 룰을 어기고 '밖'으로 도망치려고 할 경우 굳이 경찰을 번거롭게 할 필요도 없이 'PAM'에 설치된 바이러스에 의해 즉각 죽게 된다.

그것은 과거 '케레스 사건'에서 얻은 교훈이기도 하다. 그 사건이 오히려 부조리한 현실을 낳는데 일조한 셈이다.

그들이 미다스 시민의 증거인 'PAM'을 갖고 있는 탓에 행동을 엄격하게 규제당하는 것과는 달리 잡종이라고 멸시당하며 썩어문드러진 자유를 누리는 리키와 슬럼의 인간들은 자유롭게 미다스를 활보할 수 있다. 기묘하고 아이러니한 패러독스다.

'PAM'이 없다면 시민이 아니라 관광객. 그게 상식적인 견해다. 그러나 옷차림 하나조차 '돈'과 '허세'의 지표가 되는 미다스에서 리키는 아무리 잘 봐 줘도 변경의 탕아로조차 보이지 않았다.

하물며 슬럼의 잡종에게 미다스 자경단은 그야말로 천적이다.

일반 시민과 잡종의 반목이 깊은 만큼 어찌 보면 DM보다 훨씬 골치 아픈 존재다. 아무리 방식이 거칠어도 미다스 경찰은 소동만 일으키지 않으면 나서지 않는다. 하지만 자경단은 다르다.

『미다스의 쓰레기를 주워 먹는 해충을 박멸하자.』

과격한 슬로건을 내걸고 그들은 '잡종 사냥'이라고 불리는 숙청 작업에 기이한 집념을 불태우고 있었다.

잡종이라는 정체가 발각되면 그저 걷고 있기만 해도 일반인이 보지 않는 뒷골목으로 끌려가서 사정없이 폭행당한다.

물론 그런 불합리한 처사를 슬럼의 주민들이 순순히 받아들일 리가 없다. 당하면 두 배로 갚아주는 게 당연하다는 듯이 요란한 유혈사태를 일으킨 후 케레스로 도망치곤 했다.

자경단도 경찰도 에어리어 경계선을 넘어서까지 집요하게 쫓아오지는 않는다.

물론 미다스 시민이 'PAM'이라는 보이지 않는 사슬에 묶여있기 때문이지만 케레스의 주민들은 빈정거림과 자조를 담아 이렇게 내뱉었다.

『놈들, 케레스에 한 걸음이라도 발을 들여놓으면 끝장이다, 삽시간에 슬럼의 독이 퍼져서 몸속까지 썩어버릴지도 모른다고 생각하나 봐.』

진실은 어쨌든 미다스 시민들이 얼마나 혐오와 경멸의 시선으로 자신들을 바라보는가 하는 엄연한 사실이 억지로 눈앞에 다가오는 순간이기도 했다.

물론 자경단이든 DM이든 지금이 리키에게 최악의 상황이라는 것만은 변함이 없었다.

"미안하지만 먼저 가라."

"그야 상관없는데…."

"곧 끝날 거다."

"이상한 거 주워 먹지 마라."

"그렇게까지 한가하진 않아."

"그럼 되었다만…."

머리 너머 태연하게 오가는 대화의 오만함.

순간적으로 리키는 자신이 처한 상황조차 한순간 잊어버릴 만큼 격렬한 분노로 눈 안쪽이 욱신거리는 것을 느끼며 저도 모르게 튕기듯 시선을 들었다.

그러나 눈앞에 서 있는 사람이 부드러운 웨이브의 아름다운 금발의 미남이라는 사실을 깨달은 순간.

'설… 마… 블… 론디…?'

리키는 아무 말도 못 하고 꿀꺽 숨을 삼켰다.

타나그라 엘리트들의 정점에 서 있는 최고위 '블론디'와의 생각지도 못한 조우.

'블론디가 어째서?'

하지만.

'어째서? …왜 이런 곳이 있는 걸까.'

그렇지만.

상상을 아득히 초월하는 상황을 이해하지 못한 채 리키는 그저 멍하니 서 있을 수밖에 없었다.

그러나 타인을 내려다보는 시선이 지독히 익숙해 보이는 고압적인 금발의 미남은 그런 리키의 경악 따윈 신경조차 쓰지 않았다. 그뿐인가, 슬럼의 잡종 따윈 쳐다보기만 해도 눈이 썩는다는 듯이 리키를 흘깃 바라본 후 훌쩍 발걸음을 돌렸다.

"그럼 먼저 간다."

인파속에 녹아드는 뒷모습을 리키는 눈도 깜빡거리지 않고 물끄러미 바라보았다.

그리고 참았던 숨을 길게 내뱉은 순간 리키는 비로소 깨달았다. 자신이 노골적으로 쏟아지는 무수한 시선 한가운데 있다는 사실을.

바라던 바는 아니지만—아니, 그 정도가 아니다.

최악의 밑바닥을 뚫고 내려간 듯 무시무시한 시선들이었다.

그리고 그 블론디와 태연하게 대화를 나누던 또 한 사람의 남자. 등 뒤에서 자신을 구속하고 있는 인물 또한 같은 시선을 받고 있었다.

'역시… 그렇겠지?'

새삼 어색하게 시선을 돌렸다.

'…….'

머리 하나, 아니, 그보다 더 높은 곳에서 자신을 내려다보는 그 얼굴은 좀 전의 미남보다 더했으면 더했지 결코 못하지 않은, 그야말로 숨 막히게 아름다운 미청년이었다.

지나친 '아름다움'은 그것만으로도 본능적인 공포를 불러일으키는 걸까. 한 치의 빈틈도 오차도 없이, 그야말로 '엘리트'라고 부르기에 걸맞게 눈부신 미모는 동시에 오싹한 냉혹함을 풍겼다.

최고위 권력의 상징인 화려한 금발, 타인을 위압하는 수려한 용모, 오만하다고 단정 짓기에는 범접할 수 없는 기품마저 느껴지는 미의 신이 그곳에 서 있었다.

그가 바로 이아손 밍크였다.

"장난이라면 그만둬라. 그런 짓은…."

손목을 파고드는 손가락의 강한 힘과는 달리 너무나도 냉랭한 어조였다. 설교와는 거리가 먼, 담백하게 느껴질 만큼 서늘한 쿨보이스가 리키의 콤플렉스를 자극했다.

"쓸데없이 참견하지 마."

순간 두 사람을 지켜보던 군중들 사이에서 일제히 경악 섞인 비난과 조소가 일었다.

"뭐야, 저 바보는."

"타나그라의 블론디도 모르다니 어디서 온 촌뜨기냐?"

"천하의 블론디 님께 시비를 걸다니 목숨 아까운 줄 모르는 애송이로군."

리키는 주위의 잡음 따위는 묵살했다. 그리고 울컥울컥 치밀어 오르는 분노를 시선에 담아 한껏 불손한 눈빛으로 이아손을 노려보았다.

"쓸데없는 설교는 집어치우고 빨리 경찰이나 부르시지."

낮게 억누른 목소리에는 노골적인 혐오와 반발이 담겨있었다. 그 어떤 일에도 동요하지 않는 블론디의 푸른 눈이 짧은 순간… 살짝 가늘어질 정도였다.

그것은—아침을 모르는 잡종의 천성일까. 아니면 '바이슨'의 리더로서 물러설 수 없는 오기일까.

슬럼의 잡종에게 자신의 생명 외에 잃어버릴 것은 하나도 없다. 이런 막무가내 허세가 통할 상대가 아니라는 것쯤은 알지만 그래도 리키는 눈을 피하지 않았다.

상대가 '어디'의 '누구'이든 기에 눌려서 눈을 피하면 그것이 약점이 된다. 슬럼에서는 그런 사소한 것조차 목숨을 위협하는 아킬레스건이 되는 법이다.

설령 이곳이 그렇게 과격한 항쟁과는 상관없는 미다스라 해도 몸에 밴 습관이란 사라지지 않는 건지도 모른다.

상대가 타나그라의 블론디라 해도 기꺼이 무릎을 꿇고 발바닥을 핥는 추태는 보이고 싶지 않았다. 사람들은 시시한 자존심이라고 할지도 모른다. 하지만 누가 비웃어도 상관없다. 그거야말로 한 점 거짓 없이 리키가 리키임을 증명하는 양보할 수 없는 긍지였다.

그러나 이아손은 상대를 가리지 않고 닥치는 대로 이를 드러내는 어리석음에 경멸을 표하지도 않았고 블론디를 상대로 전투 태세에 들어간 리키의 무모함을 비웃지도 않았다. 그뿐인가, 눈썹하나 까딱하지 않았다.

"조심해라. 두 번은 봐주지 않겠다."

이아손은 그렇게 말하고 그대로 등을 돌렸다.

리키로서는 생각지 못한 방법으로 한 방 먹은 듯한 착각이 들었다.

"뭐—?"

리키는 저도 모르게 중얼거리며 할 말을 잃었다. 상대조차 해주지 않는 냉담함에 분노가 끓어오를 틈도 없었다.

리키는 멍하니 이아손의 뒷모습을 응시했다. 먼저 사라진 블론디를 지켜볼 때와는 또 다른 기묘한 굴욕과 이유를 알 수 없는 기갈에 목이 타들어갔다.

지금 이대로 서늘한 냉기를 휘감은 이아손의 뒷모습을 잠자코 지켜보기만 하면 아무 일 없이 끝난다. 조금 전에 일어났던 사고가 없었던 일이 된다.

어떤 이유에서든 리키에게는 기적이나 다름없는 행운이었다. 천하의 블론디 님께서 고맙게도 '그렇게 해 주겠다'고 한 것이다.

그렇다면 그의 마음이 변하기 전에 재빨리 발걸음을 돌려 이 자리를 떠나는 게 현명한 선택이다.

그러나 리키는 그렇게 하지 않았다.

아니, 그렇게 할 수 없었다.

어둠 속에서 빛나는 이아손의 금발이 시야에서 완전히 사라지기 전에 한 발을 내딛고 말았다.

마치 저항할 수 없는 뭔가에 등을 떠밀린 것처럼 한번 내디딘 발은 멈추지 않았다.

아무것도 모른 채 그저 이아손의 뒷모습을 놓치지 않기 위해 리키는 정신없이 뒤를 쫓았다.

자신이 내디딘 발걸음이 갈망과 좌절, 도취와 굴욕이 뒤섞인 출구 없는 미로로 발을 들여놓는 '운명의 첫걸음'이 되리라는 사실을 전혀 모르는 채로.

리키는 빠른 걸음으로 이아손을 쫓았다. 입술을 힘껏 깨물었다. 타는 듯한 시선으로 앞만 응시했다.

'타나그라의 엘리트에게 재수 없게 빚을 지긴 싫어.'

머릿속에는 온통 그 생각밖에 없었다. 뼈아픈 실수를 저질렀는데도 경찰에 끌려가지 않은 행운에 감사하며 진심으로 안도를… 한다는 마음 따윈 털끝만큼도 없었다.

타나그라를 통치하는 엘리트의 정점에 군림하는 블론디가 슬럼의 잡종을 상대로 '대가 없는 선의'를 베풀다니, 설령 단순한 변덕이라 해도 그야말로 웃기지도 않는 블랙 유머다.

너무 수상해서 웃고 싶어도 웃을 수가 없다. 어째서인지 입술만 씰룩씰룩 경련하며 일그러질 뿐이다.

'내 앞가림은 내가 알아서 한다'.

그것만이 황폐하고 너저분한 슬럼에서 리키의 유일한 긍지였다.

느닷없이 주어진 생각지도 못한 '호의'. 그 호의를 액면 그대로 받아들이기에 리키가 살아온 슬럼은 지나치게 일그러진 약육강식의 세계였다.

아니… 좀 더 확실하게 말하자면 언제나 이단 취급받았던 '가디언'의 우리 속에서조차 리키는 이미 자존심이 무엇인지 알고 있었다. 자신에게 유일하고 양보할 수 없는 것.

그러나.

'분명히… 뭔가 속셈이 있을 거야.'

또는.

'왜? 어째서?'

대체 왜 그렇게까지 확고한 의심을 품게 된 걸까. 그것은 리키 자신도 알 수 없으리라.

다만….

눈앞에서 가볍게 무시당하는 굴욕을 묵묵히 삼키기에 리키는 너무나도 젊었다. 또한 자존심도 보통이 아니었다.

그리고 그 이상으로 타나그라의 '블론디'에 대해 지나치게 무지했다. 지금 자신이 하려고 하는 행위의 대가가 앞으로 얼마나 큰 후회를 불러올지—.

분노로 끓어오르는 리키의 머릿속에 그런 예측 따위는 한 톨도 존재하지 않았다.

시선 끝에는 황금의 빛.

금발은 리키가 상상조차 할 수 없는 '권력'의 상징. 그 때문에 이아손을 뒤쫓는 것은 생각보다 훨씬 수월했다.

왜냐하면 이아손이 지나간 길은 반드시 인파가 완벽하게 갈라져 있었기 때문이다. 모두가 그 미모에 눈길을 빼앗겼다.

한순간 걸음을 멈추고 넋이 나간 것처럼 차례차례 뒤를 돌아본다.

그리고 그 유명한 '타나그라의 블론디'라는 사실을 알고 한 번 더 숨을 삼킨다. 이아손에게서 풍기는 위엄과 기품에 압도당하는 것이다. 마치… 미의 신처럼 강렬한 존재감에 모두가 일제히 고개를 숙이고 엎드리는 듯했다.

무수한 사람의 시선 속에서 리키는 숨을 헐떡이며 망설임 없이 그의 팔을 움켜잡았다.

"이봐, 기다려."

순간 당연하게도 질투와 비난 섞인 술렁거림이 일었다.

"뭐야, 저 애송이는."

"…누구지?"

"블론디에게 저렇게 건방진 소릴 하다니, 저 녀석 누구야?"

이아손은 주위의 소란에 아무런 반응도 하지 않았다. 리키의 무례함을 비난하지도 않았다.

'뭐냐?'

말없이 묻는 시선은 지독히 서늘했다. 그래도 리키는 두려워하지 않았다.

"왜 못 본 척해준 거지."

오히려 정면으로 따지듯이 물었다.

"단순한 변덕이다."

하지만 이아손의 냉담한 어조는 조금도 무너지지 않았다. 그것이 공연히 신경에 거슬려서 리키는 노골적으로 눈썹을 찡그렸다.

싸구려 동정은 노골적인 경멸 이상으로 신물이 난다. 논리적인 이유는 없다. 어쩌면 아무 컨트롤도 받지 않는, 슬럼의 잡종이라는 야생아의 무조건적인 반발일지도 모른다.

"남에게 빚을 지는 건 딱 질색이야. 특히 당신 같은 높으신 엘리트 님께는."

"호오… 남의 친절에 트집을 잡는 게 취미인가."

'이… 이 자식이!'

저도 모르게 언성을 높일 뻔했지만 리키는 어금니를 악물며 충동을 참았다. 그리고 이아손을 노려보았다.

'잠깐 나 좀 보실까.'

동시에 리키는 그렇게 말하듯 거만하게 턱짓을 했다.

이아손은 'NO'라고도 'YES'라고도 하지 않았다.

그러나 리키가 퉁명스러운 얼굴로 걷기 시작하자 놀랍게도 아무 말 없이 곁으로 다가왔다. 반쯤 화풀이 삼아 한 유혹에 타나그라의 엘리트가 넘어온 것이다.

'지, 진심인가?'

자신이 먼저 시건방지기 짝이 없는 태도로 도발한 주제에 리키는 새삼 쥐어짜는 듯한 목소리로 중얼거리며 살짝 얼굴을 굳혔다.

혹시… 혹시 내가 뭔가… 엄청난 짓을 저지른 건 아닐까.

그리고 그 뒤로 두 사람은 아무 말도 하지 않았다.

8장

그것은.

두 사람은 밤에 핀 도화(徒花)처럼 누가 봐도 기이한 일행이었다.

유연한 걸음걸이, 걷는 모습조차 범상치 않은 기품과 위엄을 풍기는 숨 막히는 미모의 블론디와 시건방진 얼굴로 기분이 언짢은 듯 불쾌한 기운을 뿜어내며 씨근덕거리는 슬럼의 잡종.

두 사람의 압도적인 체격 차이도 눈에 띄지만, 그보다 누가 봐도 일목요연하게 엄청난 신분 차이에 모두가 놀란 듯 눈을 크게 떴다.

사람들은 목소리를 삼키며 그저 바라보았다.

이게 대체 무슨 말도 안 되는 광경이지?

다들 그렇게 생각하고 있었다.

이름 높은 블론디와 나란히 걸을 수 있는 이는 같은 블론디뿐. 그 외에는 어떤 미녀를 붙여놔도 위화감을 떨쳐버릴 수 없다.

그것은 단순한 빈정거림도, 암묵적인 룰도 아니다.

궁극의 '미'와 완벽한 '지성' 그리고 절대적인 '권력'.

그 정점에 군림하는 타나그라의 '블론디'를 향한 경외와 선망의 증거이기도 하다.

그러나 누가 봐도 지나치게 서로 다른 두 사람이 나란히 걷는 모습은 단순한 시각적 폭력이라기보다는 불가사의한 노이즈처럼 언밸런스한 흡인력마저 느껴졌다.

흡인력을 자아내는 것은 금빛으로 빛나는 얼음덩어리 같은 냉혹함과 뜨거운 칠흑의 격류.

그리고 본래 결코 맞닿을 리 없는 경계선 틈새에 존재하는 아주 희미한 공명(共鳴)….

향락을 좇아 불야성의 거리를 배회하는 사람들 속에서 마치 그들 둘만이 이단인 듯했다.

흥청거리는 중심가를 벗어난 뒷골목.

그것만으로도 어둠이 조금 더 짙어진다. 열기를 머금고 불어오는 바람도 조금 더 탁하다. 그리고 길을 오가는 사람들의 숫자가 절반으로 줄어든다.

골목 안으로 더욱 깊숙이 들어가면 난잡하게 늘어선 빌딩 사이의 어둠이 더욱더 깊어진다.

익숙한 걸음걸이로 그곳을 빠져나가는 리키의 발걸음에는 아무런 흔들림도 없었다.

그러는 동안 한 번도… 단 한 번도 리키는 이아손을 돌아보지 않았다.

반드시 이아손이 리키 자신의 뒤를 따라오리라는 확신이 있는 건 아니다. 굳이 말하자면 아무 말 없이 등 뒤에서 위압감을 풍기는 이아손의 진위를 도통 파악할 수 없어서 그다지 않게 반쯤 넋이 나가 있었다.

'…어떻게 하지?'

그 말만이 머릿속을 빙글빙글 맴돌았다. 쓸데없이 눈에 띄는 정도가 아니라 그야말로 미친 듯이 시선을 모으는 블론디를 꽁무니에 매단 채 언제까지고 정처 없이 미다스를 헤매고 다닐 수는 없다.

그렇다고 이제 와서 어설픈 이유로 둘러대고 적당히 헤어질 수도 없다.

나는 정말… 무엇을 하고 싶은 걸까. 모르겠다. 그렇게 생각하니 꽉 깨문 어금니 사이에서 저도 모르게 혀를 차는 소리가 흘러나왔다.

'…젠장….'

지금 리키는 자신의 마음을 이해할 수 없었다.

그래도 어떻게든 부글부글 끓는 듯한 머리를 쥐어짜서 답을 끄집어냈다.

'역시 저기… 밖에 없겠군.'

일단 결심하고 나자 리키의 걸음걸이에서는 약간의 망설임도 찾아볼 수 없었다. 큰길 뒤편에서 다시 뒷골목으로 향했다.

BAR '미노스'….

깊은 어둠 속 네온사인 간판 아래에서 일단 걸음을 멈췄다. 리키는 아무 특징 없고 지저분한 문을 노려보았다. 등 뒤의 이아손은 여전히 아무 말도 없었다. 그러나 그 기척만은 성가실 정도로 존재감을 주장했다.

"…그래서? 너는 뭘 어떻게 하고 싶은 거지?"라고 말하는 것만 같았다.

그래서 리키는 마음을 다잡으며 그 문을 열었다.

'계속 고민해봤자 무슨 소용이냐. 될 대로 되라지.'

안쪽이 매우 어두웠다. 눈이 어둠에 익숙해지지 않으면 불안해서 한 발자국도 움직일 수 없는, 그런 종류의 어둠이었다.

정면에는 세 개의 등불이 어둠 속에 떠오르듯 어슴푸레하게 밝혀져 있었다.

중앙은 '푸른색', 양옆에는 각각 '붉은색'과 '노란색'.

그때 리키는 처음으로 이아손의 팔을 막무가내로 움켜잡았다. 그리고 뭔가를 찾는 듯한 걸음걸이로 '푸른색' 등불을 향해 똑바로 걸어갔다.

가까이 다가가서 자세히 살펴보면 푸른 형광색이 문의 손잡이라는 사실을 알 수 있다.

리키는 손잡이를 움켜잡고 천천히 왼쪽으로 돌렸다. 찰칵. 작지만 확실한 반응이 느껴졌다. 소문으로 듣던 대로다.

그 '소문'을 처음 들었을 때는 신나게 떠드는 주위의 분위기에 찬물을 끼얹고 싶지 않아서 적당히 맞장구를 쳤을 뿐 아무 흥미도 관심도 없었다.

설마… 자신이 소문을 실천하게 되리라곤 지금 이 순간까지 생각해본 적도 없었다.

그대로 손을 떼자 문은 두 사람을 안으로 초대하듯 작은 소음조차 없이 미끄러지며 안쪽으로 열렸다.

문 너머도 여전히 어둠이다. 두 사람은 같은 걸음걸이로 안에 들어갔다.

그 직후에 문이 자동으로 닫힌 후 잠겼다.

곧이어 발밑에서 엷고 흰 빛이 떠올라 두 사람을 재촉하듯 깜빡거렸다. 그대로 걸어가자 또다시 문이 나타났다.

'뭐야… 또냐.'

리키는 지긋지긋한 심정으로 혀를 찼다.

그러나 이걸 과연 문이라고 할 수 있을까….

손잡이는커녕 여닫기 위한 틈새조차 없었다. 얼핏 보기에는 차가운 벽 같기도 했다.

리키는 한순간 당황했다.

'…뭐야. 어쩌라는 거야?'

그때 마치 리키의 물음에 대답이라도 하듯 느닷없이 시야가 활짝 열렸다.

'윽…!'

삐걱거리는 소리조차 없이 문이 열린 것은 아니다. 조금 전까지 '벽'이라고 생각했던 물체가 갑자기 사라졌을 뿐이다.

리키는 아무 말도 하지 못했다.

아니….

문득 시야를 도려내듯 뛰어든 선명한 붉은색이 마치 온통 선혈을 뿌려놓은 듯한 착각마저 불러일으켜서 리키는 한심하게도 목에 경련을 일으키며 그 자리에 멈춰 서고 말았다.

그러나 차츰 눈이 빛에 익숙해지면서 그것이 '피바다'가 아닌 두터운 진홍색 융단이라는 사실을 알 수 있었다. 리키는 새삼 마른 침을 삼켰다.

'…젠장… 괜히 놀랐잖아….'

겸연쩍은 기분을 떨쳐버리듯 리키는 성큼성큼 안으로 들어갔다. 그리고 노려보듯 날카로운 시선으로 주위를 둘러보았다.

그 방은 묘하게 고풍스럽고 호화로운 샹들리에 외에는 아무것도 없었다.

심플하다기보다는 살풍경해서 어쩐지 마음이 불편했다.

그러자 그때 갑자기 샹들리에가 회전하기 시작했다. 경쾌한 음악을 연주하며 작은 삐걱거림조차 없이 천천히….

12개의 등 끝에 매달린 크리스털 사슬이 우아하게 흔들릴 때마다 미묘하게 색이 변화했다. 감탄이 나올 만큼 요염한 색의 조합에 넋을 잃고 있으려니 이윽고 음악이 꺼졌다.

동시에 샹들리에도 정지했다.

그리고 이번에는 샹들리에의 등 하나가 벽을 향해 천천히 뻗었다. 손끝으로 키스라도 날리듯 푸른 레이저 광선이 발사되었다. 순간 벽은 그곳만 도려낸 것처럼 흔적도 없이 사라졌다.

'어떻게… 된 거지, 대체….'

그 너머에는 성인 두 사람이 나란히 걸을 수 있을 만큼 넓은 통로가 있었다. 통로 양옆에는 모두 똑같은 문이 늘어서 있었다.

다만 그중 몇 개는 '사용 중'인 듯 고풍스러운 랜턴의 불빛이 꺼져 있었다.

리키는 붉은 등이 흔들리는 문을 밀며 재촉하듯 이아손을 바라보았다.

설마 이렇게 영문을 알 수 없는 곳으로 끌려올 줄은 생각지 못했을 텐데도 이아손은 눈썹 하나 찡그리지 않았다. 얄미운 포커페이스에 리키는 퉁명스러운 표정을 지었다.

타나그라의 엘리트는 뇌만 제외하면 완벽한 인공체라고 들었다. 그러나 철두철미하게 감정을 드러내지 않은 차가운 미모를 보고 있노라면 전혀 다른 생각이 들 정도였다.

'이 자식, 혹시 뇌까지 기계로 만들어진 거 아니야?'

무심코 그렇게 의심하고 만다.

표면적으로 '미노스'는 술집 간판을 내걸고 있지만 실체는 창관(娼館)이다.

미로 같은 뒷골목에 자리 잡고 있기 때문에 뜨내기손님이 지나가다 들리는 경우는 아예 없다.

어쩌면 미다스 공식 관광 지도에 아예 누락되어 있을지도 모르는, 그야말로 아는 사람만 아는 가게. 말하자면 복잡한 사정이 있는 창관이었다.

어둠 속의 입구는 각각 '레드 존(창관)', '옐로우 존(남창관)', '블루 존(연인관)' 이렇게 세 종류로 나뉘어 있으며 들어와서 나갈 때까지 타인과 얼굴을 마주치지 않을 수 있다.

요금은 카드를 받지 않고 오로지 현금으로만 지불해야 한다. 방문이 자동으로 잠기는 동시에 시간이 표시되는 후불 시스템이다.

리키가 이곳을 선택한 이유는 다름이 아니라 요금만 제대로 지불하면 어떤 손님이든—설령 슬럼의 잡종이라도 가리지 않는 유일한 곳이라고 들었기 때문이었다.

동성 간, 즉 남자끼리의 섹스가 상식인 슬럼에서 제대로 된 '이성'을 안을 수 있는 행운 따윈 존재하지 않는다.

케레스에서 아이를 낳을 수 있는 여자는 유일하게 '귀중한 존재'다. 그러나 인구 비율상 여자의 수가 10퍼센트도 되지 않는 슬럼에서도 성전환해서 '여자'가 된 남자는 아무도 귀중하게 취급해주지 않는다.

가짜는 어디까지나 가짜다. 대등하게 겨룰 자격조차 없는 반푼이라고 멸시하면 모를까, 소중히 여기지는 않는다.

슬럼은 어떤 의미에서 가장 원시적인 '약육강식'의 세계다. 그곳에서 살아가기 위해 필요한 것은 아름다운 용모도, 가식적인 인망도, 위선적인 상냥함도 아니다. 하물며 강압적인 정의감은 더더욱 아니다.

유일하게 필요한 것은 수컷으로서 모두에게 과시할 수 있는 '힘'이다. 체격의 우열도 성적인 취향도 상관없다. 인간성에 다소 문제가 있어도 괜찮다. 타인을 굴복시킬 '능력'만 있다면 남자로서 체면을 지킬 수 있다.

체격적인 핸디캡은 '두뇌'로 충분히 보충할 수 있으며 섹스는 어디까지나 개인적인 문제다. '힘'도 '지혜'도 없는 자는 당연히 타인에게 착취당한다. 아무리 괴롭다고 한탄해도 아무도 동정해주지 않는다.

실제로 강간이나 윤간 등 섹스와 관련된 말썽은 그야말로 일상다반사. 처참한 린치 끝에 고환이 터지고 음경을 절단당하는 경우도 드물지 않다.

내 몸은 내가 지킨다. 그것이 슬럼의 철칙이었다.

남자밖에 없는 일그러진 사회에서 '수컷'의 상징이기도 한 성기를 상실하면 정당한 '남자'의 가치를 박탈당한 이단자나 마찬가지다. 따라서 아무도 낙오자나 다름없는 '가짜 여자'가 되기를 원하지 않는다.

그러나 미노스에서는 돈만 지불하면 일정 시간 동안 '진짜 여자'를 사서 섹스를 즐길 수 있다.

그것은 슬럼의 잡종에게 정말로 꿈같은 시간을 보낼 수 있는 유일한 파라다이스.

동시에 남자든 여자든 자신들을 '잡종'이라고 멸시하는 미다스 시민을 '돈'으로 굴복시키는, 일종의 도착적이고 어두운 욕망을 채워주는 열락의 낙원이기도 했다.

소문에 의하면 특히 손님을 가리지 않는 미노스의 창녀와 남창들은 다른 창관에 비해 월등하게 아름답다고 했다.

진위는 확실하지 않지만 그들 모두 펫 출신일지 모른다는 소문도 있다. 소위 '입소문'으로 널리 알려진 숨은 인기 창관의 비밀은 어쩌면 바로 그 점에 있을지도 모른다.

리키는 그 진위를 자신의 눈으로 확인해보고 싶은 마음도 없었고 흥미도 없었다.

오늘 밤 이렇게… 예상치 못한 일이 벌어지지 않았더라면 아마 '미노스'를 찾아올 생각조차 하지 않았을 것이다.

굳이 돈을 지불하면서까지 누군가와 섹스하고 싶은 생각은 없었다. 성욕이 지나치게 담백해서 그런 건 아니다. 섹스를 포함해서 기본적으로 리키는 페어링 파트너 가이 이외의 인간에게 아무런 관심이 없었다. '바이슨'의 리더라고 불리게 된 후에도 그 사실에는 변함이 없었다.

'가디언'에서 가이와 만나기 전, 리키가 유일하게 믿었던 '세계'가 산산조각이 나기 전까지는 지키고 싶은 사람과 잃고 싶지 않은 것이 있었지만 더 이상은 없다.

그래서 솔직히 말하면 리키는 왜 이렇게 되어 버렸는지… 스스로도 잘 이해할 수 없었다.

몸 안에서 부글부글 끓어오르는 감정을 스스로도 억누를 수 없었다. 이런 일은 '가디언' 시절 이후 처음이다.

게다가 상대는 타나그라의 블론디.

마치 웃고 싶어도 입가만 경련할 뿐 도저히 웃을 수 없는 블랙유머 같았다.

방 안에 들어온 후에도 두 사람은 여전히 말이 없었다. 이아손은 긴 다리가 거추장스러운 듯 소파에 깊숙이 등을 기대고 침대 가장자리에 살짝 걸터앉아 있는 리키를 살펴보고 있었다. 고의적인 침묵에 초조해진 리키는 어색하게 입술을 핥았다.

그렇게 서로 거리를 유지한 채 10분이 지났다. 거기까지가 인내의 한계였다. 리키는 요란하게 옷을 벗어던진 후 침대에 누웠다.

그러나 이아손은 서늘한 시선으로 물끄러미 바라보기만 할 뿐 눈썹 하나 까딱하지 않았다. 결국 초조해진 리키가 언성을 높였다.

"뭐야. 대체 언제까지 입 다물고 가만히 있을 거야. 여기까지 와서 뺄 거 없잖아? 빨리 끝내 버리지?"

그러자 이아손은 태연하게 대답했다.

"사냥감을 놓치면 항상 이런 식으로 남자를 유혹해서 돈을 버나?"

낮고 힘 있는 쿨 보이스에는 노골적인 조소가 담겨 있었다.

"미안하지만 나는 슬럼의 잡종에게 손을 댈 만큼 취향이 특이하지도 않고 시간 또한 남아돌지 않는다. 원하지도 않는 입막음의 대가를 강제로 떠안기다니 어이가 없군. 오히려 실례다. 불쾌하기 짝이 없어."

리키의 얼굴이 새빨갛게 물들었다.

자존심을 흙발로 짓밟히고 침 세례까지 받은 듯한 기분에 저도 모르게 입술까지 부들부들 떨렸다.

그러나.

"아니면 뭔가… 꿍꿍이라도 있나? 하긴 공짜보다 비싼 건 없다는 말도 있지."

그렇게까지 분명하게 말을 들으니 이번에는 핏기가 가시는 듯한 기분이 들었다. 꿍꿍이…?

'꿍꿍이라면 내가 아니라 네놈한테 있는 거 아니야?'

블론디가 '단순한 변덕'으로 슬럼의 잡종을 도와준다? 리키는 그 사실이 훨씬 더 믿기지 않았다.

아니, 이유를 알 수 없어 답답함을 끌어안은 채 초조함에 사로잡힌 것은 자신뿐이었나 생각하니 너무나도 화가 나서 견딜 수 없었다.

하지만 이렇게까지 신랄하게 바보 취급을 당하고 나니 오히려 배짱이 생겼다.

블론디의 위광에 겁을 먹고 고개를 숙일 바에야 처음부터 이런 곳으로 데려오지도 않았다.

다만….

블론디가 타나그라의 '최고위'라고 불리는 진짜 이유를 모를 뿐만 아니라, 단순히 '특권계급' 지배자라는 인식밖에 없는 리키는 어떤 의미에서 무서운 걸 모르는 '어린아이'에 불과했다.

"그럴 마음도 없으면서 왜 졸졸 쫓아온 거야? 슬럼의 잡종과 얼굴을 맞대고 사이좋게 얘기라도 나누시려고? 어서 날 안아. 말했잖아. 남에게 빚을 지는 건 딱 질색이야."

이아손을 상대로 그렇게 무모한 도발을 할 만큼, 충분히….

"플레이존의 폴리스 센터가 얼마나 지독한 곳인지… 당신처럼 높으신 분들은 상상도 못 할걸. 거기서 우리 같은 놈들은 쓰레기나 마찬가지야. 실수해서 잡히기라도 하면 얼굴이 달라질 만큼 두들겨 맞는 건 아주 흔한 일이지. 거기다 걸레짝이 될 때까지 윤간당하고 마지막엔 쓰레기통에 던져버리는 게 보통이야."

그 이야기가 단순한 '소문'도 과장된 '경고'도 아니라는 것쯤 슬럼의 주민이라면 누구나 알고 있다.

미다스의 ID가 없다. 단지 그뿐인데 인간 취급을 받지 못하는 현실은 분명 움직일 수 없는 사실이다.

"그런 건 지긋지긋할 만큼 많이 봤어. 그러니까 '마음대로 하세요'… 라는 거야. 타나그라의 엘리트 님은 '뭐든지 남들보다 잘났다'면서?"

마디마디 독기 어린 빈정거림을 담아 리키는 씨익 웃었다.

"미다스로 흘러들어오는 퇴물 펫들은 남자도 여자도… 아무에게나 엉덩이를 내밀 정도로 음란하다는 소문이 있던데."

그런 퇴물 펫들이 굴러떨어질 수 있는 가장 밑바닥이 미노스 같은 변두리 창관이라고 한다.

"워낙 고상한 음식만 드시던 분이라 성질 더러운 잡종 따윈 손대기 싫다면 이야긴 다르지만."

일부러 이아손을 도발하며 리키는 오른발로 담요를 걷어찼다.

"뭐 좋아. 꼬리를 말고 도망쳐도…. 어차피 보는 사람은 아무도 없으니까."

건방지다기보다 지나칠 만큼 오만한 태도였다.

권력에 빌붙어 아첨하는 비굴한 개가 될 바에야 차라리 거친 들고양이가 되겠다는 드높은 자존심. 그 모습은 패기를 뛰어넘어 일종의 독특하고 강렬한 색향마저 풍겼다.

'호오… 생명력이 넘치는 녀석이군.'

어떤 일에도 꿈쩍하지 않는 블론디가 한순간 마음속으로나마 감탄했을 정도였다.

"그러니까… 마음에 들지 않는 상대에게 섣불리 빚을 질 바에는 차라리 몸으로 갚겠다… 그런 뜻인가?"

"그편이 피차 뒤끝 없고 깔끔하잖아?"

리키는 허세를 부리듯 입가를 올리며 씨익 웃었다.

"그게 슬럼의 방식이라면 그도 괜찮겠지. 그렇다면 나도 너에게 맞춰 주마."

노골적인 리키의 도발에도 결코 언성을 높이거나 눈살을 찌푸리지 않고 이아손은 지극히 담담하게 대답했다.

"잊지 마라. 내 마음대로 해도 좋다고… 유혹한 사람은 너라는 사실을."

마지막으로 그런 말을 내뱉을 때조차 차분하기 그지없었다.

그래서 리키는 완벽하게 착각하고 있었다. 그 말 뒤에 숨어있는 깊은 의미를 깨닫지 못한 채….

자신이 폐쇄적인 슬럼의 악취밖에 모르는, 세상 물정 모르는 어린애라는 사실마저 알지 못했다.

'흥, 누가 그따위 협박에 떨 줄 알고!'

리키는 한껏 얕잡아보며 이아손을 노려보았다.

거짓일까, 진실일까.

행성 아모이의 '거룩한 도시'라고 불리는 '타나그라'의 엘리트가 대체 어떤 생활을 누리고 있는지, 슬럼의 주민인 리키는 '소문'의 진위를 확인할 방법마저 없었다.

그래도 리키가 알고 있는 한 타나그라의 엘리트는 자신의 계급을 과시하기 위한 액세서리 대신 '살아있는 인간'을 펫으로 기른다는 게 정설이었다.

직접 안고 즐기는 게 아니라 펫끼리 문란하게 교미하는 모습을 보며 즐긴다고 했다.

남녀를 불문하고 미다스 사창가로 흘러들어오는 퇴물 펫들이 모두 음란하기 짝이 없는 이유는 그때 사용하는 최음제로 인해 만성 약물중독이 됐기 때문이라는 소문도 있다.

물론 엘리트의 펫이 어떤 이유로 미다스까지 흘러오게 되는지… 리키는 전혀 상상할 수 없었다. 하물며 그 말로가 어떻든 그런 사실에는 흥미도 관심도 없었다.

애초에 살아 있는 인간의 생리와 복잡한 감정을 인공체 엘리트 따위가 이해할 수 있을 리 없다.

리키는 그렇게 믿고 있었다.

아니, 이아손이 비웃으며 말했던 '원하지도 않는 입막음의 대가'를 자신의 몸으로 치를 결심을 한 이유 중 몇 퍼센트는 인공체에 대한 순수한 호기심 때문인지도 모른다.

인간의 지성을 극한까지 개발한 뇌세포와 그에 걸맞은 불노불사의 매혹적인 육체. 선망과 경외를 담아 '미의 신'이라고 불리는 블론디에게도 과연 섹서로이드 같은 기능이 갖춰져 있을까, 라는….

사실 이아손을 미노스로 끌고 와서 어쩌다 보니 요란하게 도발까지 하긴 했지만 리키는 반신반의하고 있었다.

미식가일 터인 타나그라의 블론디가 과연 슬럼의 잡종을 안을 수 있을까.

그에게 안겨서 적당히 쾌감을 느끼는 척할 생각은 조금도 없었다. 여기까지 온 이상 어차피 돌아가고 싶어도 불가능하다.

리키는 이미 진지한 전투 태세였다. 그런 리키를 향해 이아손은 우아한 걸음걸이로 천천히 다가왔다.

"고상하시기도 해라. 스트립에 자신이 없으면 방을 어둡게 해줄까?"

이미 빈정거림을 숨길 생각이 전혀 없었기에 리키는 신랄하게 말했다.

"우선—한번 구경해볼까? 과연 타나그라의 블론디가 안을만한 가치가 있는지…."

'젠장. 여기까지 와서 괜히 뜸이나 들이고.'

입안으로 마구 욕설을 내뱉으면서도 리키는 시키는 대로 침대에서 나와 벽을 등지고 아낌없이 나신을 드러냈다.

조금 말랐지만 군살이 없고 예쁜 근육으로 뒤덮인 유연하고 탄력 있는 육체는 아직 성장 중이었다.

물론 그것은 어디까지나 아무 조교도 컨트롤도 받지 않은 슬럼의 야생동물치고 나쁘지 않다는 뜻이므로 극상품 펫들에게 익숙한 이아손의 심미안을 충족시킬 수 있을지 없을지는 또 다른 문제다.

서늘한 시선이 리키의 맨살을 더듬었다. 끈적끈적한 음란함도, 저도 모르게 사타구니가 욱신거리는 열기도 없었다.

그래서일까. 리키는 시간(視姦)당한다기보다는 오히려 예리한 나이프가 옆구리를 쓰다듬는 듯한 기분이었다. 차갑고, 딱딱하고, 매끄러운데다 무서울 만큼 예리한 나이프로.

그렇게 생각하니 모공 하나하나가 찌릿찌릿 경련하는 듯 느껴졌다.

"어때? 합격이야?"

그럼에도 리키의 어조는 어디까지나 시건방졌다. 그리고 그 목소리는 몹시 도발적이었다.

"멋진 비율이군. '디아스'의 할렘에서도 충분히 통용될 만큼. 물론 입 다물고 있으면… 말이다만."

타나그라의 블론디가 어째서 그런 곳까지 알고 있는지는 의문이지만 리키는 딱히 신경 쓰지 않았다.

"흥, 피차일반이지. 당신이야말로 음험한 입만 다물고 있으면 '루카스' 클럽 넘버원도 상대가 안 될 텐데. 하긴 거기는 잘난 '얼굴'보다 거시기 '크기'와 '단단함'… 그리고 빼지 않고 몇 번이나 천국을 보여줄 수 있는가 하는 '테크닉'과 '지구력'이 중요하지만."

"꽤나 잘 아는군."

"쓸데없는 소문이라도 주워듣지 않으면 따분해서 구역질이 날 지경이거든. 슬럼이라는 곳은…."

리키는 여느 때보다 말이 많았다.

아득히 높은 곳에서 내려오는 서늘한 시선에 반발하려는 듯이. 리키는 절대적인 여유마저 풍기는 이아손의 쿨 보이스에 움츠러들기는커녕 요란하게 허세를 부렸다.

그러나 그런 리키의 허세 섞인 퍼포먼스도 때때로 어색하게 끊기곤 했다.

왜냐하면 블론디가 안을 가치가 있는지 어떤지 "눈으로 살펴보고, 만져보고, 충분히 조사하는 게 당연하다"고 말하는 것처럼 꿈틀대던 이아손의 손가락이 짧은 한순간 리키의 관능을 자극했기 때문이다.

착각이 아니다. 방금 전까지는 조금도 느끼지 못했던 피의 술렁임.

리키는 약간 낭패감을 느꼈다. 쾌감을 느낀 것에 대한 수치심이 아니다. 그렇게 순진하지도 않거니와 이제 와서 블론디를 상대로 내숭을 떨 생각도 없고 체면을 차릴 생각도 없다.

굳이 말하자면 동요였다.

'이게 아닌데!'

그런 뜻을 담은 흔들림.

피가 끓어오르는 듯한 쾌감의 원천이 어디에 있는지 리키는 알고 있었다.

자신의 성생활이 남들과 비슷한 수준인지 아닌지는 모르겠지만 페어링 파트너 가이와의 성생활에 불만을 품은 적은 한 번도 없다.

하물며 솔직하게 소리를 내며 쾌락을 즐기는 것을 좋게 생각하면 생각했지 부끄럽게 여긴 적도 절대 없었다.

그런 쾌감이 숨어있는 곳을 이아손은 냉담하게, 손가락 하나로 아무렇지 않게 파헤쳤다. 심지어 실크 같은 감촉의 장갑을 낀 채로.

처음에는 "슬럼의 잡종은 더럽다 이거냐. 아주 병균 취급을 하는군" 하는 생각에 분노로 부글부글 끓어오른 상태였다.

하지만 이아손의 손가락이 천천히 살갗을 기어 다니는 동안 차츰 마음속으로 욕설을 퍼부을 여유조차 사라지고 말았다.

뭐라 말할 수 없이 애타는 느낌.

그런데.

'아니야….'

어디가?

'그게… 아니야.'

뭐가?

힘껏 입술을 깨물며 중얼거리는 리키 자신도 무엇을, 어디를, 어떻게 부정해야 좋을지 알 수 없었다. 리키는 잠시 혼란에 빠졌다.

그때 이아손의 손가락이 젖꼭지를 부드럽게 더듬었다. 순간 리키는 숨을 삼켰다.

애가 타며 야릇하게 욱신거리는… 자극.

장갑에 감싸인 손가락이 몸을 더듬을 때마다 고동이 빨라지고 평소와는 다른 감촉과 야릇한 자극에 당황하여 젖꼭지가 단단해졌다.

순간 이아손의 다른 손이 천천히 등줄기를 타고 내려와 탄탄한 엉덩이를 어루만진 후 허벅지 안쪽으로 스르륵 기어올라 왔다.

'…읏!'

형용할 수 없는 감촉에 한순간 리키는 움찔… 하반신을 떨었다.

반쯤 무의식적으로 도망치는 리키를 비웃듯이 이아손은 느닷없이 리키를 끌어안고 그의 몸을 벽에 찍어 눌렀다.

그리고 강제로 한쪽 무릎을 집어넣어 리키의 다리를 벌렸다. 마치 정(靜)에서 동(動)으로 변한 것처럼.

그러자 무기질적으로 이행되던 검사의 과정이 느닷없이 생생하게 피가 흐르는 행위로 바뀌었다. 생각지도 못한 변모였다.

리키는 목소리를 삼키며 뺨을 굳혔다. 별안간 떠밀린 벽의 한기보다 등 뒤로 손을 구속당해 꼼짝도 할 수 없는 현재 상황에 경악해서 눈을 크게 뜬 상태였다.

그러나 다음 순간, 다른 의미로 온몸이 경직되는 것을 느꼈다.

벌어진 다리 사이에 밀착된 이아손의 무릎이 천천히 꿈틀거리기 시작했다. 마치 드러난 두 개의 과실이 얼마나 잘 익었는지 확인하려는 듯이. 어중간하게 달아오른 쾌감에 또 다른 자극과 자각을 선사하며.

그 자극에 리키의 허리가 위로 튀어 올랐다. 마치 일방적으로 희롱당하는 듯한 자극이 싫어서 어떻게든 견디려고 애쓰는 것만 같았다.

그러나 이아손은 자신과의 밀착도를 더더욱 의식하게 하려는 것처럼 조금씩 리키를 몰아세웠다. 정신을 차리고 보니 리키는 이아손의 한쪽 무릎에 올라탄 자세로 발끝을 세운 채 벽에 완전히 못 박혀 있었다.

등 뒤로 구속당했던 팔도 지금은 머리 위에서 한꺼번에 붙잡혀 있었다. 그것도 겨우 다섯 개의 손가락에 의해 조금도 움직일 수 없을 만큼 단단하게.

꼴사나웠다. 너무나도.

생각지도 못했던 자신의 한심함에 리키는 저도 모르게 힘껏 입술을 깨물었다.

그런 리키를 냉랭하게 내려다보며 이아손은 무서울 만큼 우아하게 리키의 왼쪽 젖꼭지를 손가락 끝으로 집었다.

서늘하고 매끄러운 천 너머 그의 손가락과 닿은 곳이 어째서인지 타오르듯 뜨거웠다.

착각도 환각도 아니다. 손가락 끝으로 젖꼭지를 잡고 부드럽게 손톱을 세우며 이아손은… 리키를 희롱했다.

허벅지 안쪽이 움찔 떨렸다. 천천히… 애태우듯이 혹은 희롱하듯이 그의 손가락이 원을 그리며 젖꼭지를 눌렀다. 그것만으로도 숨 막히게 부풀어 오른 고동이 왼쪽 가슴에서 음란한 리듬을 새겼다. 조용하지만 심장을 움켜쥐는 듯한 애무가… 멈추지 않았다.

그리고 방치된 오른쪽 젖꼭지도 단단해져서 빳빳하게 고개를 들 무렵, 리키는 저도 모르게 숨을 삼켰다.

"…웃…, 우웃…."

양쪽 젖꼭지뿐만 아니라 머릿속까지 욱신거렸다.

그렇게 안쪽으로, 안쪽으로 퍼져나간 쾌감의 파도는 이윽고 리키의 목을 조이며 가차 없이 허리뼈를 뜨겁게 달궜다.

'…하아…, 아아아… 우웃….'

리키는 소리 없는 신음을 삼켰다. 고작 젖꼭지를 희롱당했을 뿐인데 사정 직전까지 흥분해버린 상황이 믿어지지 않았다.

애를 써도 억누를 수 없는 쾌락의 파도, 끊임없이 밀려오는 뜨거운 격류에 리키의 등줄기가 휘어졌다.

선단에서 끈적끈적하게 흘러나온 쿠퍼액에 젖어 그의 성기가

꼿꼿하게 고개를 치켜들었다.

'…크윽…, 우우읏.'

그 순간.

"…우읏…."

미처 억누르지 못한 신음과 함께 단숨에 쾌감이 터져 나왔다.

눈앞에 스파크가 이는 듯한 쾌감의 분출.

그러나 그것은 지금까지 한 번도 맛본 적 없는 씁쓸한 굴욕의 증거이기도 했다. 여전히 구속당한 상태로 팔은 움찔움찔 경련했고, 다리는 힘없이 늘어져서 더 이상 버티고 서 있을 수가 없었다.

그러나 이아손의 한쪽 손에 붙잡혀 벽에 못 박힌 리키는 그대로 주르륵 주저앉을 수조차 없었다. 가슴을 태우는 듯한 굴욕감.

리키는 으드득 이를 악물었다. 거친 고동과 팽팽하게 긴장됐던 기력이 조용히… 가라앉기 시작했다.

그러나 입안에 번지는 씁쓸함만은 어쩔 수가 없었다. 균열이 가기 시작한 리키의 자존심에 더욱 통렬한 타격을 날리듯 이아손이 담담하게 말했다.

"이 정도로 사정하다니 어처구니가 없군."

변명의 여지조차 없는 사실을 코앞에 들이대는 치욕. 리키는 깊이 머리를 숙인 채 아무 말도 할 수 없었다. 머릿속이 뜨겁게 달아오르는 것만 같았다. 끓어오른 피가 한층 화려하게 치욕을 불태웠다. 힘껏 깨문 입술은 이제 새파랗게 질린 채 부들부들 떨리고 있었다.

"손… 놔."

그러나 손목을 파고든 이아손의 손가락은 풀리지 않았다.

"왜 그러지? 설마 이 정도로 끝낼 생각은 아니겠지?"

머리 위에서 들려온 속삭임이 냉정하게 현실을 알려 주었다.

"내게는 당신이 안을 만한 가치가 없다면서?"

내뱉기조차 고통스러운 말이 있다는 사실을 리키는 처음으로 알았다. 리키의 검은 머리카락을 움켜쥐고 고개를 들어 올린 후 이아손은 새까만 눈동자를 응시했다.

"원하지도 않는 입막음 값을 억지로 떠안긴 건 바로 너다. 그렇다면 그만한 대가를 치러야하지 않겠나?"

그리고 당연한 권리를 주장하듯 가차 없이 말했다.

"뭘… 하라는 거야. 할렘식 립 서비스라도 해줄까? 슬럼의 잡종에게 그런 테크닉은 없어."

"그런 건 할 줄 몰라도 감도는 충분히 좋은 것 같군. 오랜만에 마음껏 울려보는 것도 나쁘지는 않겠지."

"흥… 그렇게까지 자신만만하게 나오니까 왠지 아니꼬운걸."

이제 와서 빈정거려봤자 아무 소용없다는 걸 알면서도 쓸데없는 오기를 부리며 독설을 내뱉지 않을 수 없었다. 담담한 이아손의 말이 결코 농담도 과장도 아니라는 사실을 좀 전의 경험을 통해 너무나도 잘 알고 있기 때문이다.

자신이 내뱉은 말을 충실하게 실행하는 건 좋지만 이렇게까지 인정사정없으면 아니꼬운 걸 넘어서 오한이 느껴지기 마련이다.

그때 이미 리키는 이아손을 얕잡아보고 도발한 것을 몹시 후회하고 있었다.

"슬럼의 잡종을 타나그라의 펫처럼 다뤄주겠다는 말이다. 그 정도로는… 부족한가?"

오만한 어조가 재수 없기는커녕 이토록 기가 막히게 잘 어울리는 남자를 리키는 지금껏 단 한 번도 본 적이 없었다.

물론 그 사실은 또 다른 의미에서 리키의 콤플렉스를 가차 없이 휘저었다.

"그럼 옷이라도 벗지그래?"

전라에다 볼썽사납게 강제로 사정까지 당한 리키에 비해 이아손은 아직 장갑조차 벗지 않았다.

그러자 이아손이 한쪽 뺨을 뒤틀며 냉소를 머금었다.

"사납고 머리 나쁜 잡종을 길들이는데 왜 굳이 옷을 벗어야 하지?"

마지막으로 사정없이 따귀를 얻어맞은 듯한 기분에 리키는 크윽… 숨을 삼켰다.

"착각하지 마라, 잡종. 너는 내게 원하지도 않는 입막음의 대가를 억지로 떠안겼다. 그러니까 너는 내가 명령하는 대로 그저 울기만 하면 된다. 그뿐이다. 그 이상은 필요 없어."

바로 눈앞에 눈부시게 아름다운 이아손의 얼굴이 있었다. 리키는 마성과도 같은 '미'의 화신을 눈도 깜빡이지 않고 새까만 눈동자로 물끄러미 응시했다.

'…이 자식….'

그러나 머릿속이 분노로 타들어가고 자존심을 송두리째 짓밟힌다 해도, 이아손의 서늘한 시선을 아주 조금이라도 일그러뜨리는 것조차 불가능하다는 사실을 리키는 겨우 깨달았다. 지긋지긋할 정도의 자각과 함께.

애초에 격이 다르다.

그리고 새삼 실감했다. 핫 크랙의 패자(霸者)라며 잘난 척해 봤자 자신은 그저 '우물 안 개구리'에 불과하다는 것을. 세상에는 분명 상상조차 할 수 없는 '인종'이 존재한다. 그 사실을 뼈저리게 깨닫게 된 기분이었다.

하지만 아무리 후회가 되어도 먼저 도발했다는 오기가 있다. 이대로 무너져서 질질 끌려가는 상황만은 도저히 참을 수 없었다.

지기 싫어하는 본인의 성격이 이아손의 변덕을 더욱 자극하고 있다는 사실을 리키는 알지 못했다. 어쩌면 이아손 본인도 오랜만에 재미있는 장난감을 손에 넣어 그답지 않게 흥미를 가진 것일지도 모른다….

어쨌든 그때 이미 이아손은 반쯤 진심으로 리키의 자존심을 송두리째 짓밟아줄 생각이었다.

리키가 미처 깨닫지 못하는 사이에 이아손이라는 강렬한 '환상'에 사로잡힌 것처럼 이아손도 의식하지 못한 채로 선택해 버린 것이다. 리키라는 이름의 '판도라의 상자'에 매혹당했다.

이아손은 리키의 사나운 눈빛을 차갑게 응시하며 엷은 수풀에 뒤덮인 다리 사이로 손가락을 뻗었다.

조금 전처럼 애태우지 않고 곧장 아무 망설임 없이 리키의 축 늘어진 성기를 더듬으며 손가락 끝과 손바닥으로 두 개의 구슬의 감촉을 확인했다. 애무라기보다는 뭔가를 검사하는 듯한 사무적인 손길이 리키를 불쾌하게 만들었다.

그때 마치 그런 리키의 마음을 꿰뚫어본 것처럼 이아손이 입가에만 살며시 미소를 지었다.

저속한 달콤함 따윈 털끝만큼도 묻어나지 않아, 무심코 떨릴 만큼 아름다운 냉소였다.

그 순간 처음으로 리키는 타나그라의 블론디가 악마보다 훨씬 질 나쁜 '폭군'이라는 사실을 깨달았다.

정적이 내려앉은 방 안에 또다시 리키의 거친 숨소리가 울려 퍼졌다. 안타깝고 달콤한 신음이 흘러나올 때마다 대기가 떨리고 끈적끈적하게 가라앉았다. 솔직하게 쾌감을 탐하기에는 너무나 곳곳에 어두운 정욕이 도사리고 있었다.

그렇게 얼마나 시간이 흘렀을까. 느닷없이 이아손의 품 안에서 리키가 노성에 가까운 소리를 질렀다.

"이… 이제 그만… 해!"

숨이 가빠서 제대로 말을 이을 수가 없었다. 아무리 언성을 높여도 입술이, 심지어 목소리마저도 볼썽사납게 떨리는 것은 허벅지가 경련하며 달콤하게 욱신거리고 있기 때문이었다.

"나… 는, 장난감… 이 아니, 야…!"

그러나 그 말을 내뱉은 순간, 리키는 숨이 막히는 듯한 착각에 입술을 깨물며 목을 떨었다.

"크… 윽…, 으윽…."

저도 모르게 주저앉아서 신음하고 싶어질 만큼 강렬한 자극이었다. 머릿속이 타들어갈 정도로 강렬한 쾌감은 처음이었다.

가이와의 섹스가 지극히 평범한 쾌락이라면 이아손이 일방적으로 선사하는 자극은 무방비하게 드러난 신경을 가차 없이 휘젓는 듯한 아픔이었다. 게다가 무서울 만큼 음란했다. 리키는 이아손의 팔에 매달려 힘껏 손톱을 세웠다.

그러나 쾌락의 실은 팽팽하게 당겨지기만 할 뿐 결코 끊어지지 않았다. 왜냐하면. 사정의 욕구를 이아손의 손가락이 단단히 막고 있기 때문이다. 발기한 리키의 성기는 보채듯이 쿠퍼액을 흘릴 뿐 그 후로 아직 한 번도 해방되지 못했다.

애널을 파고든 손가락이 리키를 희롱했다. 평소에는 가이가 손가락과 혀로 정성껏 풀어주는 은밀한 입구. 그러나 이아손은 그곳에 쿠퍼액을 바른 후 가차 없이 파헤치고 말았다. 찢어질 듯한 아픔도, 혐오도, 강제로 삼킨 손가락의 음탕함에 밀려 사라져 버렸다.

"너의 쾌락의 샘은—여기인가?"

남자의 성욕을 상징하는 것이 우뚝 선 페니스라면 그 쾌락의 원천은 애널 속에 숨겨진 음핵이다. 그곳을 가차 없이 희롱당하는 것은 쾌감이 아니라 오히려 남자의 성욕을 이용한 고문이나 다름 없었다.

이아손은 마치… 리키가 목과 얼굴을 일그러뜨리며… 온몸으로 신음하는 모습을 즐기고 있는 것 같았다.

『마음껏 울려보는 것도 나쁘지는 않겠지.』

리키에게는 그 말이 단순한 우월감에서 나온 말이 아닌 것처럼 느껴졌다. 어쩌면 인공체인 엘리트 특유의, 살아있는 인간에 대한 혐오가 아닐까?

그렇게 느껴질 만큼 교묘하게 이아손은 리키를 가차 없이 몰아세웠다. 사정하고 싶은데… 사정할 수가 없다.

게다가 자극은 끊임없이 다리 사이를 희롱하고 있다. 다리가, 척추가 움찔움찔 경련을 일으킬 정도로.

남자의 성감대를 진저리가 날 만큼 희롱당하고, 자극당하다 절정을 맞이하기 직전에 가차 없이 끌어내려진 순간 리키는 반쯤 울먹이는 목소리로 애원했다.

"…이… 이제 그만… 사정… 하게 해 줘…, 제발… 자꾸… 애태우… 지 마…."

사정없이 뺨을 얻어맞는다면 이를 악물고 버틸 수 있다. 힘으로 찍어 누르고 가차 없이 몸을 꿰뚫는다면 독기 서린 욕설이라도 내뱉을 수 있을 것이다.

그러나 이토록 몸 안을 조금씩 달구며 애태우는 쾌감에는 신경이 먼저 굴복하기 마련이다. 사정하고 싶다는 욕구는 그 무엇보다 가장 앞서는 '수컷'의 본능이다. 리키는 깊이 고개를 숙인 채 손가락이 살갗을 파고들 만큼 힘껏 이아손의 팔을 움켜잡았다.

"사정하게 해 줘!"라고—.

입술을 떨고, 손가락 끝을 경련하고, 온몸으로 몸부림치며 수치심도 체면도 모두 버리고 애원했다. 몇 번이나….

희롱할 만큼 희롱해서 직성이 풀린 것일까. 아니면 고분고분해진 '장난감'에게 흥미를 잃은 것일까….

그 직후 이아손은 실로 간단하게 리키를 풀어줬다.

그토록 애타게 기다리던 끝이었다. 의지도 자존심도 모두 버리고서야 애원 끝에 허락받은 사정이었다.

그러나 따끔거리며 경련하는 입술에서 쾌감의 신음은커녕 안도의 한숨조차 흘러나오지 않았다.

몸 안 깊은 곳에서, 머릿속에서 미쳐 날뛰던 감각이 사라진 탈력감에 리키는 이아손의 손이 떨어지자마자 기력이 바닥난 듯 그 자리에 힘없이 주저앉았다.

그런 리키를 높은 곳에서 내려다보며… 이아손은 문득 무슨 생각을 떠올렸는지 정액으로 범벅된 장갑을 쓰레기통에 던져버린 후 입가에 미소를 지으며 가슴주머니에서 동전을 꺼내 리키의 발밑에 던졌다.

"네가 지불한 입막음 값의 거스름돈이다. 이로써 서로 빚진 건… 없는 거다."

리키는 가슴을 세차게 들썩이며 굳어버린 혀로 몇 번이나 마른 입술을 핥았다. 두 다리가 움찔움찔 경련하듯 잘게 떨렸다. 무방비하게 드러난 다리 사이를 가릴 기력도, 건방진 소리를 지껄일 여유도 없었다.

그대로 이아손이 뒤도 돌아보지 않고 나가버렸을 때조차 리키는 넋이 나간 사람처럼 꼼짝도 할 수 없었다.

5분… 10분…, 부옇게 빛바랜 시간만이 허무하게 흘러갔다.

이윽고 후들거리는 몸을 일으키려던 순간, 문득 발밑의 동전이 눈에 띄었다.

잘은 모르겠지만 미다스 주화와는 달리 기하학적인 문장이 각인된 황금빛 동전.

리키는 으드득 이를 갈며 그 동전을 집어 들었다.

"흥, 한심하군…."

그리고 휘청거리며 자리에서 일어섰다.

"타나그라의… 블론디라."

그 말을 짓씹듯이 작게 중얼거리며 손톱이 동전을 파고들 기세로 힘껏 움켜쥔 채 주먹을 떨었다.

"빌어먹을."

타나그라의 '블론디'와 슬럼의 '잡종'….

결코 맞닿을 수 없는 이질적인 '점'과 '선'.

그 사이에는 결코 메울 수 없는 격차가 있다는 사실을 리키는 새삼 깨달았다.

서로 이름조차 밝히지 않은 채 부자연스럽고 묵직한 응어리만을 남긴—그것은 진정한 의미에서 이아손과 리키의 '시작'이기도 했다.

9장

치욕의 밤으로부터 보름이 지났다.

그러나 리키의 몸 안 깊은 곳에는 아직도 씁쓸한 굴욕감이 남아있었다. 달래려야 달랠 수 없는 격정이 갈 곳을 잃고 미쳐 날뛰다가 타는 듯한 아픔과 함께 끈적끈적 들러붙은 것처럼.

당연하지만 그날 이후 리키는 미다스로 발걸음을 옮기지 않았다. 그뿐인가, '사냥'의 '사'자도 입에 담지 않았다. 묵묵히 입을 다문 탓인지 미간의 주름만 나날이 깊어질 뿐이었다.

껄끄러운 기억을 전부 봉인해버릴 수 있다면 얼마나 편할까.

눈을 감으면 남자의 차가운 미모가 각인처럼 뚜렷하게 뇌리에 떠올랐다.

『사냥감을 놓치면 항상 이런 식으로 남자를 유혹해서 돈을 버나?』

오만하다고 하기에는 지나치게 위압감을 풍기는 독특한 쿨 보이스가 지금도 고막에 달라붙어 있다.

'젠장.'

그저 신음할 수밖에 없는 비참함이 뼈아팠다.

화가 나는 것은 남자끼리의 성생활이 상식인 슬럼의 풍습을 역이용해서 자신을 비웃었기 때문만이 아니다.

변두리 창관에서도 기품이 흘러넘치는 위엄은 조금도 손상되지 않았다. 그뿐인가, 압도적인 여유마저 느껴지던 타나그라의 블론디에게 자신은 언제나 남자를 유혹해서 푼돈을 버는 남창으로 오해받은 것이다.

굴욕이었다. 물론 그를 억지로 끌고 가서 도발까지 한 것은 자신이다.

하지만 오기도 자존심도 남자의 눈에는 그저 천박한 근성으로만 비쳤으리라고 생각하면 목이 타들어가는 것 같았다.

『착각하지 마라, 잡종. 너는 내게 원하지도 않는 입막음의 대가를 억지로 떠안겼다. 그러니까 너는 내가 명령하는 대로 그저 울기만 하면 된다. 그뿐이다. 그 이상은 필요 없어.』

게다가 폭언이나 다름없이 냉혹한 말은 여전히 머릿속에 선명하게 박혀 있었다.

그곳에서 곪아버린 독은 때때로 머릿속에 떠올라 욱신거리며 리키의 자존심을 할퀴었다.

으드득 이를 악물었다. 욱신욱신 관자놀이가 경련했다.

'이렇게 기분이 더러운 건 가디언에서 지낼 때 이후로 처음이다….'

리키는 알고 있었다. 이렇게 몸 안에서 열을 품고 욱신거리는 기억은 쉽게 가라앉지 않는다는 사실을.

어린아이밖에 없는, 어떤 의미로 무서울 만큼 억압당했던 환경 속에서라면야 보고 싶지 않으면 시야 밖으로 쫓아 버리고, 듣고 싶지 않으면 귀를 막기만 하면 그만이었다.

'가디언'에서는 그것이 '미숙한 아이들'에게 허락된 유일한 특권이었다.

그러나 지금은 다르다.

미숙하든 미숙하지 않든 어떤 변명도 우는 소리도 통하지 않는다. 슬럼이라는 약육강식의 세계에서 그런 말과 행동은 전부 자신에게 되돌아온다.

그런 것쯤은 알고 있는데.

이미 벌어진 일을 없었던 일로 만들 수 없는 현실이 너무나도 무거웠다. 꼴사납다.

지긋지긋한 기억을 모두 일상 저편으로 묻어버리기에는 아직 시간이 부족하다. 그렇게 억지로 납득해야 하는 자신의 처지가 말할 수 없이 비참했다. 얼마나 시간이 지나야 흉하게 벌어진 감정의 상처를 추스를 수 있을까. 그조차 알 수 없다.

물론 일전의 만남은 우연이 아니라 기적에 가까운 확률로 일어난 일이었다. 앞으로 이름도 모르는 그 남자를 다시 만나기는커녕 타나그라의 블론디를 가까이에서 볼 기회조차 두 번 다시 없을 터였다.

그렇다고 깨끗이 잊어버릴 수 있을 만큼 리키의 성격은 태평하지 못했다.

당연한 듯이 '슬럼의 쓰레기'라고 부르며 감정 없이 차가운 눈으로 바라보는 남자에게 희롱당하고 멸시당한 굴욕.

통렬한 타격을 받아 금이 가버린 자존심은 좀처럼 아물지 않는다.

그뿐인가, 지독하게 희롱당한 굴욕이 선명하면 선명할수록 그 기억은 가이와 익숙한 섹스를 할 때조차 리키를 비웃는 것처럼 집요하게 들러붙어 떨어지지 않았다.

『이 정도로 사정하다니 어처구니가 없군.』

시끄러워.

『기운이 넘치는 건 입뿐인 것 같군.』

그만해.

『너의 쾌락의 샘은—여기인가?』

꺼져!

『아직이다.』

머릿속에 들러붙은 목소리가 끈적끈적하고 집요하게 비웃는다. 기분이 더러워질 만큼 미열을 품고….

젠장, 젠장, 젠자아아아앙—.

비참하고 한심한데도 이를 악물며 으르렁거릴 수밖에 없는 자신이 참을 수 없이 싫었다.

'이런 건 내가 아니야!'

힘껏 깨문 입술이 경련했다.

깨지 않는 꿈은 없다. 그렇게 생각하려고 애를 써도 마치 질 나쁜 마약에 취해 배드 트립에 빠진 듯한 기분이었다. 그런 리키의 불편한 심기를 가이가 눈치채지 못할 리 없었다.

"왜 그래, 리키."

팔다리를 추욱 늘어뜨린 채 아직 거친 숨을 몰아쉬고 있는 리키의 귓가에서 가이가 속삭였다. 평소와는 달리 시큰둥한 리키의 태도에 가이도 초조함을 느낀 모양이었다.

"무슨 일… 있었어?"

그러면서도 가이의 목소리는 온화했다. 이마에 흘러내린 머리카락을 만지작거리며 천천히 쓸어 올려주는 손의 온기는 여전히 기분 좋았다.

자신이 있을 곳은 분명 '여기'다. 그 사실을 실감하기에는 충분하고도 남을 정도인데.

'…어째서?'

어째서 그런 극악무도한 남자 생각에만 사로잡혀 있는 걸까. 스스로도 이해할 수 없었다.

"아니, 별일 아니야."

작게 중얼거리는 목소리에는 씁쓸함이 듬뿍 배어있었다.

그러나.

"정말?"

그렇게 묻는 가이도.

"응…."

어딘가 성의 없이 대답하는 리키도 사실은 알고 있었다.

무엇을 묻고 싶은지, 무엇을 걱정하고 있는지.

그래서 지금은 아무 말도 하고 싶지 않은 기분도.

그저… 말로 표현하지 않아도 서로를 생각하며 확인하는 몸의 온기에는 한 점의 거짓도 없었다. 가이는 리키의 목덜미에서 귓불까지를 듬뿍 핥으며 서로 밀착되어 있는 하반신을 찍어 누르듯 더욱 깊숙이 얽었다.

"그럼—하자."

열기를 머금은 젊은 육체는 정직하다.

"더 할 수 있지? 난 아직… 한참 부족해."

주체할 수 없는 정욕은 입 밖에 내자마자 순식간에 불이 붙는다. 리키를 상대할 때는 몇 번을 탐해도 아직 부족하다. 가이는 허기진 정욕을 잘 알고 있었다. 그것은 '가디언' 시절부터 조금도 변하지 않았다.

이렇게 리키를 자신의 것으로 만들 수 있었던 행운의 크기만큼이나 독점욕이 점점 더 자란다.

리키는 자신이 가이를 제멋대로 휘두르고 있다고 생각하는 모양이지만 사실은 그렇지 않다는 것을 가이는 잘 알고 있었다.

이유도 없이 질질 끌려다닐 만큼 자신은 호인이 아니다. 주위 사람들이 생각하는 만큼 인내심이 강하지도 않다.

리키… 니까.

상대가 리키니까.

가이는 리키에게만은 한없이 관대해질 수 있는 자신을 잘 알고 있었다.

어둠 속의 침대에서 무릎을 끌어안고 가늘게 떨던 작은 몸을 가이는 지금도 또렷하게 기억하고 있다. 눈에 보이는 모든 인간이 적이라고 주장하듯 사나운 빛을 발하는 검은 눈동자. 그 눈을 감기만 했을 뿐인데 마치 다른 사람처럼 앳되어 보였다.

그날 밤 자신이 내민 손을 꼬옥 잡으며 필사적으로 매달리던 리키는 이제 어디에도 없다.

자신의 보호 따윈 필요 없어진 지금도 가이는 마음속으로 했던, 반드시 리키를 지켜주겠다는 맹세를 잊지 않았다. 어떻게 잊을 수 있을까.

가이는 강렬한 자아와 자존심으로 똘똘 뭉친 리키의 맨얼굴을 알고 있는 사람이 자신뿐이라는 자부심을 갖고 있었다.

그리고 한편으로 명확하게 자각하고 있었다. 점점 더 깊어지는 리키에 대한 허기와 갈증을.

'좀 더….'

아직 부족해.

'그러니까 좀 더 나를 갈망해 줘!'

스스로도 주체할 수 없이 집착에 빠져드는 자신이 보였다. 가이는 '가디언' 시절과는 비교조차 할 수 없을 만큼 깊어진 욕심을 자각할 수밖에 없었다.

아무 말 없이 가이의 목에 천천히 팔을 감으며 리키는 스스로 유혹하듯 입을 맞췄다.

발돋움을 해서 입의 각도를 바꾸고 키스를 하며 몸을 교차하고, 혀를 얽고, 세차게 빨아올렸다. 가이의 의심과 불안의 뿌리를 송두리째 뽑으려는 것처럼.

아니, 몸 안에 달라붙어 떨어지지 않는 남자의 잔재를 오늘이야말로 깨끗이 지워버리고 싶어서….

그리고 보름 후.

여전히 몸 안에 고인 열을 발산하지 못하고 초조하게 시간을 탕진하던 리키는 허기를 때우기 위해 홀로 정크푸드 가게에 들렀다.

"여어, 리키. 혼자냐? 웬일이야."

그리고 미다스에서 훔친 카드를 뒤에서 처리해 돈으로 바꿔주는 장물아비 잭과 마주쳤다.

"요즘은 통 얼굴 보기 힘드네. 무슨 일 있냐?"

잭의 입장에서 그 말은 단순한 인사 대신이었을 뿐 딱히 악의는 없었다. 그러나 리키가 바로 눈썹을 찌푸렸다. 가까이 있던 사람들이 흠칫 놀라며 겁에 질려 재빨리 시선을 피했다. 하지만 잭은 딱히 신경 쓰지 않았다.

그뿐인가, 리키 옆 의자에 털썩 앉아서 얼굴을 바싹 들이대며 느닷없이 이렇게 말했다.

"리키. 너… 운반책 해보지 않을래?"

"운반책?"

무심코 눈을 가늘게 뜨며 리키는 장신의 근육질 몸을 비좁은 의자에 구겨넣고 있는 잭을 바라보았다.

"어째서? 댁은 장물아비잖아? 혹시 부업으로 중개업까지 시작한 거야?"

기름이 흐르는 합성육을, 핀이라고 부르는 크레이프처럼 얇은 빵에 돌돌 말아 입에 넣으며 리키는 거리낌 없이 반말로 물었다. 시건방진 리키의 말투에 잭의 등 뒤에서 은근히 주위를 위협하던 남자들이 노골적으로 눈썹을 찡그렸다.

갈색 피부에 끝이 뾰족한 귀를 강조하듯 백발을 짧게 깎은 잭은 슬럼의 주민이 아니다. 미다스를 찾아오는 관광객 중에는 어떤 이유에서인지 불법으로 눌러앉는 자들이 있다.

미리 신고한 체재기간을 넘겨도 돌아갈 의지가 없거나, 또는 돌아가고 싶어도 돌아갈 수 없는 불법체류자들은 '유민(流民)'이라고 불리며 손가락질받는다.

하지만 잭에게는 그런 자들 특유의 황량함이나 어두움, 절박한 비장감이 없었다.

정체를 알 수 없는 이방인이 왜, 언제부터 슬럼에서 '장물아비' 노릇을 하게 됐는가 하는 사연은 아무도 모른다.

설령 상대가 '미다스의 쓰레기를 주워 먹는 기생충'이라고 불리는 슬럼의 잡종이라 해도 결코 겁을 먹거나 우습게 보지 않고 모든 이를 평등하게 장삿속으로 대한다. 그게 바로 장사꾼 잭의 방식이었다.

독특한 외모가 간판을 대신할 정도로, 슬럼에서는 모르는 사람이 없는 유명인이기도 하다.

"아니, 그건 아니고…."

잭은 요란한 색깔의 탄산주를 단숨에 들이켰다.

"사실은 아는 사람한테 부탁받았어."

그리고 짐짓 목소리를 낮췄다.

"지금까지 일했던 녀석이 실수를 하는 바람에 당분간 써먹을 수 없다더군. 그래서 대신 일해 줄 사람을 찾고 있대."

"흐응… 혹시 위험한 일이야?"

"일의 내용까지는 나도 몰라. 하지만 심부름을 해 줄 어린애를 찾고 있는 건 아니니까 당연히 어느 정도 리스크는 있겠지. 하지만 그만큼 돈이 될 거야."

"슬럼의 잡종이라도 상관없다는 게 오히려 너무 수상한걸."

미다스의 공식 지도에는 '케레스'의 '케'자도 실려 있지 않지만 슬럼의 존재는 공공연한 비밀과도 같다. 미다스를 찾아오는 관광객은 슬럼의 현재 상태까지는 모르더라도 '가까이 가면 안 되는 레드 존' 또는 '슬럼의 주민은 교양 없고 흉포한 쓰레기'라는 인식이 확고하게 박혀있다.

그것이 케레스 주민에 대한 외부의 인식이다.

미다스는 케레스의 인권을 인정하지 않는다. 케레스가 독립할 때는 매우 밀접한 관계였다던 연방과의 교류도 지금은 흔적조차 남아있지 않다.

연방의 압력 단체라 불리는 각종 인권 수호 단체조차 성계에서 이름 높은 전뇌도시 '타나그라'가 미다스의 배후에 버티고 있다는 사실에 겁을 먹고 케레스 문제를 건드리고 싶어 하지 않는다.

아무리 일손이 부족해도 굳이 문제 많은 슬럼의 잡종을 고용하려는 특이한 사람은 없다. 그래서 슬럼은 언제까지고 고립된 상태로 신음하는 수밖에 없다.

"쓸모 있는 녀석이라면 어디의 누구든 상관없다고 하더군."

하지만 그런 세상의 상식을, 잭은 가볍게 일축했다.

"그렇다고 아무나 상관없는 건 아니야. 소개를 부탁받은 이상 사람을 보는 내 안목도 시험당하는 셈이지."

그리고 넌지시 "그래서 너를 선택한 거야"라는 뉘앙스를 풍기며 리키의 자존심을 자극했다.

그런 말투가 재수 없고 징그럽게 느껴지지 않는 것은 잭의 인품 덕분일지도 모른다.

"어때, 리키. 한번 만나보기라도 하지 않을래? 만나보고 싫으면 그 자리에서 거절하면 되잖아."

상대가 리키가 아니었다면 잭의 권유도 좀 더 노골적이고 집요했을지 모른다.

그런 점에서 잡종을 상대로 슬럼에서 얼굴을 팔아온 잭의 사람을 보는 눈은 그야말로 확실했다. 적어도 잭은 호의를 강매하지는 않았다.

'운반책이라….'

확실히 솔깃한 이야기이긴 하다.

만약 가이가 옆에 있었더라면 지나치게 솔깃한 얘기는 뭔가 꿍꿍이가 있을 게 분명하다고 의심하며 당장 리키의 팔을 잡아끌었을지도 모른다.

그러나 그 이야기가 평소와는 다르게 리키의 흥미를 끌었던 이유는 슬럼에 가득 찬 '눈에 보이지 않는 폐쇄감' 이상으로 최근 숨이 막히게 답답했기 때문이었다.

"그래서? 언제 어디로 가면 되지?"

미다스 표준시 15:10.

에어리어-2 'FLARE(플레어)'.

해가 지기에 아직 이른 시간대이긴 하지만 고급 부티크와 레스토랑이 늘어선 빌딩 숲에는 인파가 끊이지 않았다.

차도에는 관광용으로 디스플레이 된 자동 제어 캡슐카가 느긋하게 오가고 쓰레기 하나 없는 보도는 푸른 하늘과 어우러져 한없이 컬러풀하고 눈부셨다.

그날 이후 밤 사냥을 나가지 않았다. 하지만 불야성 미다스 외에는 좀처럼 거리를 돌아다닌 적이 없기에, 리키는 태양 광선이 내리쬐는 더블 링 바깥쪽의 경관을 신기해하기보다는 오히려 독기가 빠져 난잡하다고 느꼈다.

'어차피 거짓으로 가득 찬 허상의 세계니까.'

케레스가 폐쇄감에 질식할 것 같은 쓰레기장이라면 밤에 피어나는 미다스는 기만과 욕망이 소용돌이치는 끝없는 늪이다.

썩어 문드러진 자유만이 넘쳐나는 잡종과 보이지 않는 사슬에 묶여 유리 감옥 안에서 살아가는 미다스 시민 중 어느 쪽이 더 나은지 물어봤자 영원히 답은 알 수 없다.

'바꿀 수 없는 미래는 없다.'

먼 옛날 케레스가 독립할 때 내걸었던 표어 따위는 이미 사람들의 기억 속에서 사라진 지 오래다.

그래도 리키는 지금 생각지도 못하게 굴러온 기회를 진심으로 움켜잡고 싶었다.

현실이 아무리 무겁게 어깨를 짓눌러도 뭔가… 아주 작은 '계기'만 있으면 인간은 변할 수.있다.

리키는 그 사실을 알고 있다.

모든 것이 기만투성이였던 '가디언'의 유리 세공 낙원 속에서 질식하기 직전이었던 자신이 가이를, 무엇과도 바꿀 수 없는 소중한 존재를 만난 것처럼.

'바꿀 수 없는 미래는 없다'.

설령 기만으로 가득 찬 허세라 해도 자신을—적어도 자신의 삶을 바꿀 수는 있다. 아주 약간의 용기와 단 하나의 계기만 있으면….

자신부터 변하지 않으면 자신을 둘러싼 세계는 아무것도 변하지 않으며, 또 아무것도 시작되지 않는다는 사실 또한 리키는 잘 알고 있었다.

자신의 미래는 자신의 손으로 열어가는 것이다. 지금이라면 그 생각이 단순한 꿈으로 끝나지 않을지도 모른다는 생각이 들었다.

패셔너블하게 치장한 모가 거리 외곽에서 리키는 빌딩 사이 벽에 등을 기댄 채 손에 들고 있는 카드를 바라보았다.

'WED 15:30 MOGA—E—『R·B』 805 〈#07291〉'

잭이 건네준 카드에는 그것밖에 적혀있지 않았다.

그날 카드를 리키에게 건네준 후, 잭은 자신의 역할이 끝났다는 듯이 의미심장하게 씨익 웃으며 자리에서 일어섰다.

"잘해 봐라."

그 후 그가 건네준 카드를 물끄러미 살펴보며 리키는 작게 혀를 찼다.

날짜와 시간은 그렇다 치고.

'MOGA'라는 건 '거리'일까, '도로'일까 아니면 '빌딩'일까. 대체 어디 있는 걸까. 도통 짐작이 가지 않았다.

덕분에 리키는 반나절 내내 PC로 각 에어리어를 검색하며 미다스 지도와 격투를 벌여야 했다.

'내가 왜 이런 짓을 해야 되는 거냐.'

왜 쓸데없이 사람을 귀찮게 하는지 어이없고 화가 났다. 이대로 카드를 부러뜨려서 쓰레기통에 던져버릴까. 그런 생각이 언뜻 머릿속을 스쳐 지나갔다.

그러나 잭의 얼굴을 떠올리며 실컷 욕설을 퍼부으면서도 계속 PC단말기 키보드를 두드린 이유는 반쯤 오기 탓이었다.

잭의 의뢰인이 '어디'의 '누구'인지는 모르지만 지극히 평범한 백지에 검은 글씨가 인쇄된 그 카드에는 왠지 육안으로는 볼 수 없게끔 "어디의 누군지는 모르지만 출신은 묻지 않겠다. 단 쓸모없는 녀석은 필요 없다"라는 말이 적혀 있는 듯한 기분이 들었기 때문이었다.

슬럼의 잡종이라는 콤플렉스가 머릿속까지 들러붙어 있기 때문일까. 아니면 자기 혼자서 잘난 줄 아는 비뚤어진 근성이 보여주는 환각일까.

'빌어먹을….'

어쨌든 그 어느 때보다 리키의 의욕을 필요 이상으로 자극한 것만은 틀림없는 사실이었다.

평소 일상생활에서 진지하게 PC를 마주한 적이 거의 없었던 탓에 시간이 걸렸다.

'두고 보자. 꼭 찾고 말겠어.'

그래도 나름대로 영문을 알 수 없어 퍼즐을 풀어나가는 듯한 재미도 있었다.

미다스 시민권을 박탈당한 이후 빈곤과 폭력에 허덕이는 '쓰레기장' 케레스의 주민들은 인간으로서 품격도 지성도 없는 '최하층 야만인'이라고 낙인을 찍힌 거나 다름없다.

그러나 아이들에게 평등한 교육을 받을 권리가 주어지는 '가디언'에서는 일단 누구나 기본적으로 PC 정도는 다룰 수 있도록 강제로 교육을 한다.

다만 바깥세상과 격리된 '낙원'에서 강제로 자립한 후 삶의 터전으로 삼고 살아가야 하는 슬럼이 그 능력과 의욕을 활용할 수 있을 만한 환경이 아닌 것뿐이다.

그러다 보니 극히 일부 마니악한 녀석들을 제외하면 배운 지식을 활용하지 못하고 썩히는 녀석들이 차고 넘칠 만큼 많다.

참고로 신분제도에 얽매여있는 미다스에서는 취학률의 격차도 매우 크다. 자신의 생활권에서 살아가는 데 필요한 지식만 있으면 된다는 철저한 계급의식 때문에 개중에는 아예 글을 모르는 사람도 아주 많다.

그래도 그들은 미다스 시민 ID를 가진 자신들이 슬럼의 잡종보다 훨씬 가치가 있는 인간이라고 믿고 있다.

설령 지금 처해있는 상황이 결코 만족할 수 없는 수준이라 해도 자신들보다 열등한 자들이 존재한다는, 의식 밑바닥에 새겨진 일그러진 우월감. 그것이야말로 미다스를 지배하는 추악한 현실이었다.

결국 이번 일로 리키는 지식도 몸도 사용하지 않으면 녹이 슨다는 당연한 사실을 실감할 수 있었다.

그리고 현재 리키는 모가 거리에 있었다. 물론 그게 '정답'이라는 보장은 아무 데도 없다.

모가 거리 EAST 15—9—32 'RED BARON(레드 바론)'.

미다스 공식 관광지도에도 실려 있지 않은 그곳은 얼핏 보기에 깔끔한 비즈니스호텔 같았다.

그러나 그 실체는 남녀노소를 불문하고 어떤 손님에게도 화려한 꿈(…어떤 꿈인지는 모르지만)을 파는 '에스코트 클럽'이라고 한다. 클럽이 아무리 미심쩍고 수상해도 리키는 새삼 놀라지 않았다. 다만 음지의 사이트를 샅샅이 검색해서 'R·B'의 위치를 알아내기까지는 나름대로 수고가 필요했다.

수고에 보상이 따를지 말지는 또 다른 문제다. 공식 지도에 실려 있지 않으며, 잘 알려지지 않은 숨겨진 장소는 그 밖에도 얼마든지 있다.

그뿐인가, 마니악한 고정 팬을 거느린 독특한 회원제 플레이존은 나름대로 가입 심사도 엄격하다고 한다. 역시 인간의 '욕망'에는 끝이 없는 모양이다.

아무래도 시간대가 클럽 문을 열기에 너무 이르거나 정면 출입구 말고 다른 전용 통로라도 있는 게 아닐까 싶었다. 아까부터 드나드는 사람이 한 명도 없다.

약속 시간 5분 전이 되어서야 리키는 느긋한 걸음걸이로 걷기 시작했다. 어쩌면 출입구에서 보안 체크에 걸릴지도 모른다는 리키의 걱정은 그야말로 기우로 끝났다.

아무 고생 없이 검사조차 받지 않고 빌딩 안으로 들어간 순간, 리키는 반쯤 무의식적으로 휴우… 안도의 숨을 내쉬었다. 그리고 곧장 엘리베이터에 올라탔다.

룸 넘버 '805'.

문 앞에 도착하자 리키의 얼굴이 긴장으로 굳었다. 도어록에 비밀번호 '#07291'을 입력하고 잠시 기다렸다. 그러자 잠금이 해제되었음을 알리는 초록색 불빛이 깜빡거렸다.

리키는 저도 모르게 마른침을 꿀꺽 삼켰다. 반나절 동안 PC와 격투한 성과의 증거인 동시에 앞으로 좋든 싫든 인생의 전환점이 될지도 모르는 순간이라고 생각하니, 답지 않게 손잡이를 돌리는 손가락이 가늘게 떨렸다.

화려함을 배제하여 집무실을 연상시키는 방 안에서 사무용 의자에 깊숙이 기대어 앉아 리키를 기다리고 있던 사람은 얼핏 보기에 연령을 알 수 없었는데, 중성적인 분위기를 풍기는 미모의 남자였다. 왼쪽 뺨의 무참한 상처 자국만 없다면 미다스 최고급 클럽에서도 충분히 통용될 만큼.

그러나 역시 이자도 평범한 인간이 아닌 모양이다. 남자는 지독히 차가운 은회색 눈동자로 리키를 흘낏 바라보며 달콤함이라곤 털끝만큼도 없는 어조로 그렇게 말했다.

"정각이군. 좋아. 일단 합격이다."

그리고 리키는 새삼 깨달았다. 잭이 건네준 카드에서 지정하는 대로 이 방의 문을 여는 것이 '운반책'으로서 제1관문을 클리어하는 조건이었다는 사실을.

남자는 소파에 앉으라 권하지도 않고 여전히 포커페이스로 리키를 응시했다.

"이름은?"

"리키."

"나이는?"

"곧 열여섯."

솔직하게 대답했다.

'역시 몇 살 올려서 거짓말을 할 걸 그랬나?'

한순간 그런 생각도 들었지만 남자는 나이로 리키를 판단할 생각이 없는 모양이었다.

"일의 내용은? 들었나?"

"못 들었어. 잭은 이 일을 받아들일지 말지는 일단 당신과 만나보고 결정하라고 하더군."

그러니까 적어도 지금은 50대 50의 대등한 상황이라고 리키는 생각했다.

아니, 실은 그렇지 않다. 내심 리키는 미칠 듯이 간절하게 이 일을 원했다.

하지만 왠지 '그 남자'와 비슷하게 냉랭한 분위기를 풍기는 남자에게 필요 이상으로 자신이 이 일을 탐낸다는 내색을 하고 싶지 않았다.

남자는 마치 리키의 마음을 꿰뚫어본 것처럼 무표정한 얼굴로 이렇게 말했다.

"내가 원하는 건 용돈벌이를 원하는 애송이도 아니고 물건을 슬쩍해서 푼돈을 챙기는 교활한 인간도 아니다. 어떤 물건이든 정해진 시간에 확실하게 운반할 수 있는 내 수족이다. 머리가 좋고 배짱이 두둑하다면 더할 나위 없겠지만 내가 정한 룰조차 지키지 못할 정도로 쓸모없는 개는 필요 없다. 그래도 상관없다면 일해 볼 텐가?"

그래도 리키가 필요 이상의 혐오나 반감을 느끼지 않은 것은 잭과 마찬가지로 남자가 단 한 번도 '슬럼의 잡종'이라는 사실을 문제 삼지 않았기 때문이었다.

도량이 넓다기보다는 철저한 능력주의자인 모양이다. 그가 원하는 것은 출신의 우열이 아니라 일을 확실하게 해낼 수 있느냐 없느냐다.

그렇다면 리키도 아무 이의가 없었다. 갑자기 굴러들어 온 행운에 덥석 달려들기엔 정체를 알 수 없는 상처 자국의 남자가 지나치게 수상하긴 했다.

그러나 꿈의 파편을 주울 기회조차 없이 그저 무기력하게 시간을 허비해야 하는 슬럼의 잡종에게 이 일은 그야말로 코앞에 차려진 진수성찬보다도 큰 가치가 있었다.

마냥 기다리기만 해서는 아무것도 시작되지 않는다. 리키는 그 자리에서 즉각 대답했다.

"하겠어."

"그럼 이걸로 계약 성립이군."

남자는 그렇게 말하며 담배에 불을 붙이더니 한 모금 빨아들였다.

"나는 카체다."

그렇게 말하고는 가슴주머니에서 패스의 케이스를 꺼내 책상 위에 올려놓고 그걸 집으라고 눈으로 리키를 재촉했다.

리키는 어색하게 패스를 집어 들고 신기해하며 물끄러미 들여다보았다.

"쓸모없어지지 않아서 다행이군."

비로소 남자의 입가에 처음으로 희미한 미소가 맺혔다.

그것이 블랙마켓의 브로커로 이름을 떨치는 카체와 리키의, 운명이라고 할 수 있는 만남이었다.

부드럽고 섬세한 외모와는 달리 카체는 매우 비상한 두뇌를 지닌 데다 과묵한 남자였다. 인간을 싫어하지는 않지만 일로 관련된 관계 외에는 타인에게 아무런 관심이 없었다.

단순히 그런 척하는 것은 결코 아니었다. 그런 태도가 본래 카체라는 남자의 살아가는 방식이라고 생각하면 어딘지 모르게 자신과 비슷한 느낌이 들어서 리키는 왠지 신기한 기분이었다.

리키의 사생활을 깊이 캐묻지 않는 대신 카체는 자신에 대해서도 필요한 얘기밖에 하지 않았다.

'블랙마켓에서 살아가는 데 과거는 필요 없다.'

마치 그렇게 말하는 듯한 태도였다. 그런데 그런 카체가 어째서 뺨의 상처를 남겨둔 걸까. 최신 의료 기술이면 그 정도 흉터는 흔적조차 남기지 않고 깨끗하게 지워버릴 수 있을 텐데. 그런데도 굳이 그대로 남겨둔 것은—.

'역시 뭔가를 잊지 않고 되새기기 위해서일까?'

무심코 그런 억측이 리키의 머릿속을 스치고 지나갔다.

'뭐, 얼굴로 일하는 것도 아니니까.'

유능한 남자가 눈앞에 존재한다는 것만으로도 큰 자극이 되었다. 슬럼에서 빈둥거릴 때에는 조금도 느끼지 못했던 명확한 '욕심'이 생겼다.

언젠가 반드시, 하는 바람이 단순한 꿈이 아니게 될 날이 올 듯한 기분이 들었다.

리키는 카체에 대해 아무것도 모른다. 그래도 별로 상관없었다. 딱히 카체와 가까워지고 싶은 게 아니니까. 그런 건 아예 기대도 하지 않는다.

카체에게 자신은 많은 '운반책' 중 한 사람에 불과하다. 누가 말해주지 않아도 리키는 자연스레 그 사실을 자각하고 있었다.

그러나 과묵한 이는 카체뿐이었다. 대체 어디서 이런 녀석들을 모아놓은 걸까…. 그런 생각이 들 만큼 인종도 연령도 다양했고, 성격 또한 만만치 않아 보이는 운반책들은 좋든 싫든 쓸데없이 신참 리키에게 관심을 보였다. 리키가 싹싹하게 웃을 수 있는 귀여운 성격이었다면 아무 문제도 없었을 것이다.

그러나 역시 리키는 어디에 있어도 '리키'였다. 단언컨대 리키는 지금까지 눈에 띄고 싶어 했던 적이 단 한 번도 없다. 기이해하는 시선으로 쳐다보는 것에도 몹시 익숙해서 일부러 묵살할 필요도 없이, 웬만한 일로는 눈썹 하나 까딱하지 않았다.

그러나 지금까지의 경험을 통해 자신의 존재가 어떤 종류의 남자들(…그 조건이 뭔지, 거기까지는 모르지만)에게는 그냥 지나칠 수 없는 '뭔가'를 자극하는 유도제 같다는 사실만은 어느 정도 자각하고 있었다.

그러나 자각은 있어도 조심해서 말썽을 미연에 방지하려는 생각은 조금도 없었다. 그게 얼마나 쓸데없는 노력인지 지긋지긋할 만큼 잘 알고 있었기 때문이다.

아직 일어나지도 않은 일을 이것저것 생각하기도 귀찮았고, 무엇보다도 리키는 그런 일로 고민할 정도로 타인에게 흥미를 갖고 있지 않았다.

하지만 '동류는 동류를 알아본다'고 했던가. 리키가 굳이 자신의 입으로 떠들고 다니지 않아도 그의 출신은 곧 모든 운반책에게 알려졌다.

사실을 알고 나서 태도가 돌변하는 사람, 철저하게 방관하는 사람 등 여러 행태가 나타났지만 그들을 대하는 리키의 태도는 변하지 않았다.

그 태도가 다른 사람들의 눈에 오만하게 비치건, 고집을 부리는 것처럼 보이건 리키에게는 아무 상관없는 일이었다.

운반책은 '메디스트'라고 불리는 제복파와 '아토스'라고 불리는 용병파, 그렇게 두 파벌로 나뉜다. 대체로 '메디스트'는 리키를 끔찍하게 혐오하고 '아토스'는 철저하게 방관하는 편이었다.

그래도 미다스 공식 지도에서 영구 말소된 케레스의 주민, '슬럼의 잡종'이 신기하기는 했던 모양이다. 아니면 풋내나는 10대 중반의 애송이 따위는 처음부터 '동료'라는 인식조차 없었던 걸까.

언제 어디서나 그런 자들이 노골적으로 악의 어린 호기심의 시선을 던지는 것도, 농담의 탈을 쓴 경멸 섞인 악담과 욕설을 퍼붓는 것도 딱히 드물지 않았다.

그리고 깨닫게 된다. 블랙마켓에서 일하는 데 과거는 필요 없지만 리키가 리키인 이상 결국 과거는 용서 없이 그를 따라다닌다는 사실을.

무조건적인 멸시, 생리적인 혐오, 이유 없는 편견. 그런 반응은 태어날 때부터 익숙하다. 지금 리키에게는 일일이 과민반응하고 화를 낼 여유가 없었다.

'최연소 말단 일꾼'.

그 말대로 모든 게 처음투성이인 운반책 일은 배워야 할 사항이 산더미처럼 많았다.

그러나 본래 아무리 시비를 걸어도 좀처럼 걸려들지 않는, 귀여운 구석이라고는 털끝만큼도 없는 시건방진 애송이 괴롭히기는 연장자의 특권이다. 결국 리키는 짜증 나는 괴롭힘에 질려 폭발하고 말았다.

그리고 놈들이 결코 예상치 못했을 요란한 주먹다짐이 벌어졌을 때 실실 웃으며 흥미진진하게 지켜보던 방관자들도 어느 정도

깨닫게 되었다.

항상 최저, 최악의 대명사로 불리는 '슬럼의 잡종'이라는 카테고리가 특수한 게 아니라, 시건방지고 사나운 눈빛을 지닌 '리키'라는 존재 자체가 희귀종이라는 사실을.

카체는 자신보다 훨씬 덩치 큰 남자들에게 달려드는 리키의 무모함에 어이없어하거나, 싸움에 익숙한 데다 의외로 강한 실력에 감탄하지 않았다. 그렇다고 체격의 핸디캡을 메우기 위해 가차 없이 급소를 노리는 잔인함을 비난하지도 않았다. 그저 평소와 다름없이 서늘한 어조로 아무렇지 않게 말했을 뿐이다.

"역시 '바이슨의 리더'라는 이름은 겉멋이 아니다… 이건가."

설마 이곳에서 '바이슨'이라는 이름을 들을 줄은 몰랐던 리키는 찢어진 입술의 피를 닦으며 카체를 노려보았다.

"싸움은 강한 녀석이 이기는 게 아니야. 이긴 녀석이 강한 거야. 해치우지 않으면 당하는 상황에서 비겁하고 말고가 어디 있어. 지고 나서 징징거리며 우는소리나 하는 녀석은 한심한 패배자일 뿐이야."

"명언이군. 녀석들도 설마 체중이 제놈들 절반도 안 나가는 애송이한테 이렇게 당할 줄은 생각도 못 했겠지."

'시건방진 애송이를 살짝 손봐 주자.'

그들 입장에서는 딱 그 정도의 생각이었을지도 모른다. 다만 운 나쁘게도 그 애송이가 생각보다 훨씬 흉포한 이빨을 숨기고 있었을 뿐이다. 평소 큰소리를 치다가 보기 좋게 당한 충격은 매우 컸다. 그야말로 창피를 사서 당한 셈이다.

스포츠센터에서 헬스 트레이닝으로 만들어낸 근력은 그저 장식품일 뿐, 실전으로 단련된 리키를 당해낼 리 없다.

"겉모습에 속아서 우습게 보고 덤볐다가 생각지도 못하게 큰코다친 셈이지. 녀석들에겐 너무 비싼 수업료였는지도 몰라."

굳이 카체에게 그런 말을 듣지 않아도 그 사실을 누구보다 통감하고 있는 건 분명 리키를 평범한 애송이라고 우습게 봤다가 호된 꼴을 당한 녀석들일 것이다.

"그렇다고 네가 아무에게나 닥치는 대로 이빨을 드러내는 광견이라고 생각하지는 않는다."

카체가 왠지 의미심장한 어조로 작게 말했다.

눈에는 눈. 그리고 뼈와 살까지…. 그것이 슬럼의 철칙이다. 태어나고 자란 곳이 다르다고 해서 모든 걸 상대에게 맞춰 줄 필요는 없다.

저쪽에서 걸어오는 싸움에 응할 것이냐 말 것이냐는 그날의 기분에 달려있지만 일단 싸움을 시작한 이상 확실하게 결판을 낸다. 그것이 리키의 신조였다.

"오물통을 기어 다니는 슬럼의 쓰레기라는 말이 그렇게 마음에 안 들었나?"

그렇지 않다.

'오물통의 쓰레기'라고 불려서 기분이 상한 게 아니다. 시시한 짓거리—꽉 막힌 편견에 사로잡혀 독을 뿜어대며 끈질기게 시비를 거는 놈들의 썩어빠진 근성이 싫었을 뿐이다.

하지만 그렇게 말해 봤자 이제 와서 뭔가 변하지는 않는다. 그렇다면 놈들도 뼈저리게 느끼게 해주면 된다. 입은 재앙의 근원임을.

몸으로 겪은 아픔은 결코 잊을 수 없겠지. 리키는 그렇게 생각하며 노려보았다.

"무섭군. 그렇게 노골적으로 노려보지 마라."

카체는 한쪽 뺨을 올리고 태연하게 웃으며 담배에 불을 붙였다.

"편견이라는 차별 의식은 그렇게 간단히 사라지지 않아. 입으로는 아무리 훌륭하고 바른말을 떠들어도 속으로 무슨 생각을 하는지 알 수 없는 녀석은 썩어 넘칠 만큼 많지. 아무리 시대가 바뀌어도 세상은 원래 그렇게 만들어져 있는 거야."

느긋하게 담배 연기를 내뱉으며 말하는 카체의 목소리는 실로 담담했다.

"케레스의 잡종은 너저분하게 살다가 죽는 것밖에는 아무 재주가 없는 최악의 쓰레기니까. 그런 건 새삼 남에게 듣지 않아도 알고 있지 않나? 그러니까 마켓의 방식에 익숙해져라. 배짱만으로 살아남을 수 있을 만큼 마켓은 만만하지 않아."

그렇지만 리키의 검은 눈동자를 바라보는 눈빛은 뜻밖에도 진지했다.

"그러니까… 언제나 귀를 기울이고 안테나를 세워라. 무슨 일이 있어도 현실에서 눈을 돌리지 마. 하지만 입은 다물고 있어라. 위로 기어오르려면 그래야 한다. 알겠나?"

그 말이 카체의 삶을 고스란히 말해주는 듯해서 리키는 잠시 카체에게서 눈을 뗄 수 없었다.

그리고 얼마 후. 카체가 리키와 마찬가지로 슬럼 출신이라는 항간의 소문을 들었을 때에는 몹시 놀라지 않을 수 없었다.

'정말일까?'

오랜만에 머릿속까지 욱신욱신 아팠을 정도로 커다란 충격이었다.

왠지 리키는 카체가 뺨의 무참한 상흔을 드러내고 있는 데에 그 이유가 있는 것처럼 느껴졌다.

'슬럼에서 기어오른다는 건 바로 이런 거다.'

바로 그렇게 말하기 위해서라고.

'너에게는 그럴 각오가 있나?'

그렇게 묻기 위해서인 것처럼도 느껴졌다.

'있어.'

리키는 마음속으로 작게 중얼거렸다. 슬럼의 오물에 범벅되어 무기력하게 늙어갈 수밖에 없다면 기껏 움켜잡은 기회를 헛되이 하고 싶지 않았다.

슬럼에서 패권을 다투고, 항쟁을 되풀이한다. 물론 그것도 몸 안에 쌓인 열기를 발산하는 분출구가 되어주긴 했지만 머리도 몸도 사용하지 않으면 언젠가 녹슬어 버린다. 리키는 그 사실을 몸서리가 쳐질 만큼 통감하고 있었다.

'기어오르고 말 거야. 반드시.'

새롭게 결의를 다지며 리키는 내일의 자신을 응시했다. 한 점 어둠 없는 눈동자로.

『내가 원하는 건 심부름을 할 어린아이가 아니라 확실하게 물건을 운반해 줄 내 수족이다.』

카체는 그렇게 말했지만 리키 같은 최연소 말단 운반책은 처음 한동안 당연히 단순한 심부름만 해야 했다.

그러다 곧 하나를 가르치면 열을 아는 뛰어난 두뇌와 두려움을 모르며 지기 싫어하는 성격이 어우러져 차츰 값나가는 물건을 맡게 되었다.

같은 슬럼 출신이니까 카체가 특별히 챙겨줄지도 몰라—하는 안일한 기대는 아예 없었다. 카체가 그런 식으로 공사를 혼동하는 인물이 아니라는 사실쯤은 누구나 알고 있었다.

아니, 자신의 재능만으로 블랙마켓의 브로커라는 위치까지 기어올 라 간 카체이니만큼 같은 처지의 리키를 바라보는 눈은 더욱 엄격할지도 모른다. 그런 생각이 들었다.

그래도 리키는 어느덧 아무도 트집 잡을 수 없을 만큼 실적을 올리기에 이르렀다. 그렇게 되자 일이 재미있어서 견딜 수 없었다.

리키는 마치 물 만난 물고기처럼 블랙마켓을 누볐다.

'다크 리키'.

그런 닉네임으로 불리며….

10장

바다를 건너 울창한 수목이 늘어선 그린벨트를 지나치는 바람이 조금씩 습기를 머금기 시작한 어느 날.

리키는 에어리어-2 'FLARE(플레어)'와 에어리어-6 'JANUS(야누스)'의 경계선을 겸한 오렌지 로드까지 에어 바이크를 타고 달렸다. 평소대로 퍼플 가 외곽의 전용 차고에 바이크를 처박아놓고 그대로 혼자 터덜터덜 보도를 걷기 시작했다.

화창한 햇빛이 짙은 그림자를 드리우는 거리는 아직 정오도 되지 않은 시간 탓인지 지나다니는 사람이 얼마 보이지 않았다.

그 때문일까, 빛과 그림자가 교차하는 낮익은 빌딩 숲도 평소와는 달리 어딘가 나른해 보였다. 어쩌면 미다스에서는 밤새 소란을 피우던 관광객들이 얌전히 잠자리에 든 이 시간대가 가장 평화로울지도 모른다. 문득 그런 생각을 떠올리며 리키는 느긋하게 걸음을 옮겼다.

미다스의 에어리어 사이를 제한속도를 지켜가며 바이크로 달리는 것도, 대낮에 쓰레기 하나 없이 깨끗한 거리를 바라보며 산책하는 것도 처음에는 왠지 위화감이 느껴져서 걸음걸이조차 어색하기 짝이 없었지만 지금은 완전히 익숙해지고 말았다.

큰길에서 뒷길로 들어선 리키는 자연스럽게 주의를 기울이며 24

시간 영업 중인 합법 드럭 스토어의 문을 열었다. 그곳은 리키 같은 운반책 전용 출입구인데, 문을 열려면 미리 등록해놓은 오른손의 장문(掌紋)을 체크해야 한다.

그 지하가 카체의 아지트였다. 2시간 전에 카체에게 호출을 받았다. 딱히 급한 일이라고 하지 않았기 때문에 리키는 평소대로 약속 시간 10분 전에 얼굴을 내밀 생각이었다.

지하로 내려갈 때는 전용 엘리베이터를 이용한다. 다른 녀석들은 이에 대해 불평이 많았다.

"요즘 이런 구식을 사용하는 곳은 아무 데도 없을걸."

"…하여간 우리 보스의 골동품 취미는 진짜 못 말려."

"이제 좀 최신식으로 바꿔주면 안 되나."

지금은 부품을 교체하고 싶어도 특별주문을 하지 않으면 구할 수 없을 만큼 오래된 전동 엘리베이터라 했다. 철저한 능력주의자로 불리는 카체가 어째서 이런 구식에 집착하는 걸까…. 지금도 수수께끼다.

카체가 건네준 카드키를 꽂자 곧 엘리베이터 문이 열렸다. 느릿느릿한 걸음걸이로 엘리베이터에 올라타자 문이 닫혔다. 이미 몸에 익숙해진 특유의 진동에 하품이 흘러나왔다.

카체의 아지트가 지하 몇 층인지 리키는 모른다. 엘리베이터에는 층수를 나타내는 표시가 아무 데도 없기 때문이다.

엘리베이터가 멈춘 곳이 카체가 거주하는 성. 그 점만 알고 있으면 충분하므로 딱히 불만은 없다.

심플하다기보다는 쓸데없는 요소를 모두 배제한 듯한 카체의 집무실은 마치 무기질적인 블랙 박스 같아서 몇 번을 봐도 익숙해지지 않았다.

처음으로 이곳에 발을 들여놓았을 때.

'혹시 카체는 지독한 결벽증 아닐까?'

리키는 너무나도 강렬한 이질감에 옆구리가 가볍게 경련하는 줄 알았다.

반면 슬럼의 난잡함에 뼛속까지 물들어있는 리키에게는 불편하기만 한 이 방도 예리하고 중성적인 분위기를 풍기는 카체와는 지나치리만치 잘 어울렸다.

같은 슬럼 출신이면서도 리키는 이곳에 올 때마다 자신과 카체 사이의 메울 수 없는 차이를 느끼지 않을 수 없었다.

'출세한 사람과 아직 밑바닥에 있는 사람의 격차일까?'

카체는 리키를 발견하자 여느 때처럼 눈으로 인사를 건넸다. 그러나 평소와는 달리 책상 위의 PC에서 눈을 떼지 않는 걸 보면 타이밍이 안 좋은지도 모른다.

그렇게 생각하며 리키는 흘낏 구석 쪽을 바라보았다.

이 방에서 유일하게 편히 쉴 수 있는 소파가 그 위치에 있었는데, 평소 리키의 특등석인 그곳에 서로 몸을 기대고 앉아있는 두 개의 얼굴을 발견했기 때문이었다.

'흐응—. 웬일이람. 이런 건 처음 아닌가?'

리키가 알고 있는 한 평소 카체는 일 관계자 외에는 결코 방 안에 들여보내지 않는다. 하물며 아이들은 말할 것도 없다.

두 아이 모두 사랑스럽다기보다는 단정한 얼굴이었다. 눈가와 입가에는 아직 앳된 티가 남아있지만 언뜻 보아서는 나이도 성별도 알 수 없었다. 그런 류의 아름다움이었다.

그런 두 사람이 몸을 바싹 붙이고 앉아있는 모습은 마치 살풍경한 방 안을 유일하게 장식하는 한 쌍의 인형 같기도 했다.

'설마 이 방에 장식해 놓을 생각은… 아니겠지.'

리키가 저도 모르게 마음속으로 그런 웃기지도 않은 말을 중얼거렸을 정도였다. 둘 다 고풍스럽고 짙은 감색 로브로 발목까지 몸을 감싸고 있었다. 차림새 탓에 두 사람의 정체가 더욱 수수께끼처럼 보였다.

그래서 리키는 아직 아무 설명도 없이 PC 단말기만 두드리고 있는 카체가 뭔가 심술궂은 수수께끼라도 내려는 건 아닐까 하는 억측마저 떠올렸다.

양쪽 귀에 핏방울 같은 루비 피어스를 한 쪽은 찰랑거리는 생머리에 부드러워 보이는 금발이었다.

그래서일까, 한순간 그 남자의 길고 화려한 황금빛 머리카락이 떠오른 것은.

리키는 아직도 작은 가시처럼 목에 박혀있는 기억에 씁쓸한 아픔을 느끼며 내심 혀를 찼다.

또 한 사람은 윤기가 흐르는 멋진 흑발이었다. 리키의 검은 머리와 비교해도 손색이 없을 만큼 탐스러운 머리카락은 어깨보다 약간 아래에서 가지런하게 다듬어져 있었다.

윤곽이 또렷한 외모를 더욱 돋보이게 하기 위해서일까. 아니면 무언가 다른 사정이 있는 걸까. 이마에는 커다란 사파이어가 박혀 있었다.

리키는 보석을 보는 눈도 없고 가치도 잘 모르지만 어째서인지 그들의 루비 피어스와 이마의 사파이어가 진품이라는 확신이 들었다.

바꿔 말하자면 두 사람에게는 그렇게 생각하게 만드는 무언가가 있다는 뜻이다.

두 사람은 모두 두 눈을 굳게 감은 채 단 한 번도 리키를 쳐다보지 않았다.

이윽고 카체가 입을 열었을 때에는 솔직히 말해서 휴우… 하고 안도의 한숨이 흘러나왔다.

"기다리게 해서 미안하다. 하던 곳까지만 마저 처리할 생각이었는데… 늦어졌군."

"알렉은?"

알렉이란 현재 리키의 파트너인 남자의 이름이다.

"제3격납고에 있다."

카체는 간단명료하게 대답했다.

즉 일찌감치 이번 운송을 위해 화물 함선을 체크하러 뛰어다니고 있는 모양이다.

리키와 처음 파트너가 됐을 때 알렉은 말단 신참을 친절하게 가르치고 이끌어 주었다.

『백문이 불여일견. 무슨 일이든 실제 해보는 게 제일 좋아. 뭐든 경험이 중요한 법이지.』

그 말이 입버릇인 알렉은 최근 사전 준비나 협의 등 자잘한 잡무는 전부 리키에게 맡기고 운송을 위한 물자 조달에만 전념하고 있었다.

무슨 일이든 경험이 중요하다는 말은 리키에게도 몹시 달가운 소리였지만 툭하면 이리저리 부림을 당하는 말단 입장에서는 결국 이 낙천주의 파트너의 의중을 달리 해석하게 되었다.

'그냥 자기가 편해지고 싶어서 그러는 거 아니야?'

리키는 이번 일이 변경의 라오콘까지 물건을 운송하는 내용이라는 말을 들었을 때도 그다지 놀라지 않았다.

그러나 그 '물건'이 이 두 사람이라는 말을 들은 순간 저도 모르게 눈살을 찌푸렸다.

정규 루트가 아닌 마켓 화물 함선으로 옮겨지는 걸 보면 두 사람의 정체는 듣지 않아도 뻔하다.

'쳇, 아직 어린애잖아.'

리키 본인도 새삼 타인의 성적 취향을 왈가왈부할 만큼 도덕적인 인간은 아니었다.

그러나 아직 음모도 나지 않은 어린아이를 좋다고 안는 인간들에게는 구역질이 치밀었다.

그렇다고 일개 운반책에 불과한 자신이 분노해 봤자 변하는 건 아무것도 없다.

'그건 그렇고…….'

또다시 두 사람을 바라보며 리키는 뭔가 이해할 수 없는 기분에 고개를 갸웃거렸다.

피어스도 그렇고 이마의 보석도 그렇고, 두 사람이 평범한 할렘

출신이 아니라는 사실은 일목요연했다. 살짝 노출된 용모는 고급 펫만큼 아름다웠다.

암시장 루트로 거래되는 이유도 알 수 없지만 손님에게 파는 '상품'은 철저하게 품질을 관리하는 것이 상인의 철칙이다.

그런데 두 사람 모두 '장님'인 이유를 도저히 이해할 수가 없었다. 그렇다고 두 사람에게 가서 직접 어떻게 된 거냐고 캐물을 수도 없고—.

일단 앞으로의 일정을 듣고 나서 두 사람이 다른 스태프에게 안겨 밖으로 나간 후 리키는 카체에게 의문을 털어놓았다.

'쓸데없이 캐묻지 말고 네 일이나 잘해라.'

어쩌면 그런 식으로 단호하게 대답을 거절당할지 모른다는 사실을 알면서도.

그러나 카체는 아무렇지도 않게 대답했다.

"그들은 '라나야'의 특별주문품이다."

순간 리키는 숨을 삼켰다.

"거긴… 오래전에 문을 닫았잖아? 아니야?"

"표면상으로는 그렇지. 하지만 큰돈을 쏟아 부어서라도 살아 있는 인형을 손에 넣고 싶어 하는 호사가들은 어디에나 있는 법이지. 타고난 성적 취향만은 어쩔 수가 없으니까. 그래서 지하로 숨었지. 그렇게 된 거다. 비즈니스란 수요가 있어야 비로소 성립되는 거니까."

카체는 사적인 감정을 전혀 끼워 넣지 않고 담담하게 말했다. 그와는 대조적으로 리키는 노골적인 혐오감을 감추려고 하지 않았다. 그 표정을 본 카체는 쓴웃음조차 짓지 않고 변함없는 어조로 따끔하게 말했다.

"마켓의 일에 깨끗하고 더럽고를 따지지 마라. 너는 네 할 일만 잘하면 된다. 쓸데없는 생각하지 마."

"나도 알아, 그쯤은…."

리키는 짧게 내뱉었다. 목구멍으로 치밀어 오르는 더러운 기분을 억지로 삼키려는 것처럼.

'라나야 우고'.

지금은 전설처럼 이름만이 남아있는 그곳을 리키는 소문으로밖에 알지 못한다.

과거 화려한 네온이 흘러넘치는 미다스에서 그곳은 유일하게 이질적인 느낌을 자아내는 곳이었다고 한다.

단순히 욕구를 채우기에는 그 '이름'은 너무나도 어둡다. 그리고 언제나 무거운 이미지가 따라다닌다. 향락을 탐하는 데 몹시 관대한 방문자들도 일종의 생리적 혐오를 품지 않을 수 없는 '마성의 관(館)'이었다.

신사도, 숙녀도, 고매한 사상을 품은 인격자도, 고결한 성직자도 그곳에서는 평범한 남자와 여자보다 훨씬 하등한 '수컷'과 '암컷'으로 전락한다. 인간다운 이성도 품위도 모두 던져버리고 그저 본능이 명하는 대로 행동한다.

시간 단위로 성을 매매하는 '라나야 우고'의 소년, 소녀들은 모두 눈이 휘둥그레질 만큼 아름답다.

그러나 사지가 멀쩡한 자는 단 한 명도 없다. 우연히 태어난 선

천적인 기형아도, 돌연변이 키메라도 아니다. 유전자를 조작하여 일부러 그렇게 만든 것이다.

그들은 단정한 용모 탓에 더욱 애처로워 보였다.

신기한 구경거리 취급하며 사람들 앞에 전시하려는 용도는 아니다. 그러나 '애완구(愛玩具)'라고 불리며 이단의 섹스 돌이라는 사실만은 변함이 없다.

그들이 모두 맹인인 것은 손님을 가리지 않도록 하기 위해서라기보다는 오히려 그들 자신이 이단이라는 사실을 자각하지 못하도록 하기 위해서다. 동시에 눈이 보이지 않는 만큼 다른 감각을 더욱 예민하게 만들기 위해서이기도 하다.

또한 실수로 깨물어서 손님의 몸에 상처를 내지 못하게, 특히 구강성교를 할 때 상대의 성기를 상하게 하지 않도록 어느 정도 나이가 되면 이를 모두 뽑아버린다. 그리고 아주 어린 시절부터 섹스의 기술만 철저하게 가르치는 것이다.

일생 주어진 방에서 한 발자국도 나갈 수 없는 기형의 섹스 돌.

그들을 떠올린 순간 리키는 슬럼의 악취와 똑같은 것을 느꼈다. 사는 것도, 죽는 것도 아닌 상태로 그저 '자유'라는 이름의 우리 속에서 하릴없이 썩어가는 절망.

평범한 섹스로는 만족할 수 없는 호사가라는 이름의 변태는 썩어 넘칠 만큼 많다.

그들의 욕구불만과 이기적인 욕망으로 범벅된 정욕을 모두 받아주고 돈만 내면 확실하게 구현시켜주는 곳이 바로 미다스 환락가다.

게다가 지극히 개인적인 성적 취향을 타인에게 들킬 염려도 없다. 남에게 손가락질을 받지도 않고 위험한 도박을 할 필요도 없이 원하는 것을 마음껏 즐길 수 있는 유토피아. 이곳을 찾아온 자는 그 매력에 사로잡혀 단골이 된다.

그것이 바로 미다스가 불멸의 '불야성'이라고 불리는 까닭이다.

그런 미다스에서도 최고의 이단으로 손꼽혔던 '라나야 우고'가 환락가에서 모습을 감춘 원인은 어떤 사건 때문이었다.

연방에 가입되어 있는 성계의 대부호이자 고명한 귀족이 기형의 섹스 돌에 집착한 나머지 몸도 마음도 병들어서 동반 자살을 꿈꾸며 폭탄을 터뜨려 자살을 기도한, 너무나도 충격적인 스캔들이 바로 그 원인이었다.

돈이나 지위가 없고 미다스와는 평생 인연이 없을법한 성계 전역까지 '라나야 우고'라는 이름이 알려질 정도로 유명해진 것은 폭탄 자살한 귀족이 표면적으로는 평화주의를 부르짖는 고결한 인격자로 유명한 인물이었기 때문이다.

조용히 동반 자살했다면 사건이 이렇게까지 엄청난 스캔들로 번지지는 않았을 것이다. 남자의 명예와 가문의 체면을 생각해서 죽음의 진상은 어둠 속에 묻혔을지도 모른다.

그러나 남자는 기형의 섹스 돌을 길동무하여 폭탄 자살하는 방법을 택했다.

몸도 마음도 병든 남자가 무슨 생각으로 그토록 요란한 죽음을 연출했는지… 영원히 풀리지 않을 수수께끼다.

당초 남자의 혈족은 사건에 말려든 게 분명하다고 생각했던 모양이다.

테러일까 아니면 단순한 사고일까. 전 우주의 매스미디어가 미다스로 시선을 집중시켰다.

미다스의 고관들은 환락 도시의 안전 신화가 깨지고 이미지가 무너지는 사태를 두려워하여 어떻게든 조용히 수습하려 애썼다.

'성계 연방의 걸어 다니는 광고판'이라고 불리던 남자의 괴이하고 충격적인 죽음에 연방 관계자들은 체면을 잃고 새파랗게 질렸다. 이걸 계기로 타나그라와의 관계마저 단숨에 악화될까 두려움에 떨었다.

그러나 그들의 절박한 심정 따윈 아랑곳없이 진상을 모르는 남자의 유족들은 이 사건을 철저하게 규명해 달라고 강경하게 주장했다.

유족들은 일족의 재력과 특권을 이용하여 미디어를 부추겼다. 또한 그들과 미다스의 중개 역할을 맡은 연방 고관들의 미적지근한 태도에 분노하여 결국 직접 진두지휘를 맡기 위해 일족과 측근들을 이끌고 미다스로 쳐들어왔다.

사건해명을 주장하며 철저한 비밀주의로 일관하는 미다스를 규탄하고 정의를 관철하겠노라는 망집에 사로잡힌 그들을 막을 이는 아무도 없었다.

아니, 어쩌면 성계 전체에 영향력을 미친다고 일컬어지는 일족의 위광이 유일하게 닿지 않는 행성 '아모이'를 자신들의 발밑에 무릎 꿇게 할 절호의 기회라는 생각에 잔뜩 우쭐했는지도 모른다.

그래서 기어코 책임의 일부와 어마어마한 배상금을 타나그라에

요구하는 어리석은 만행을 저질렀다.

그러자 그동안 철저하게 침묵을 지켰던 미다스 측에서 기다렸다는 듯이 사건의 진상을 일제히 폭로했다. 그들은 망연자실하여 입술을 경련하며 소리 없이 졸도했다.

그 후 남자의 일족은 매스미디어를 통해 억울함을 호소했다.

『이번 사건은 우리 일족을 함정에 빠뜨리기 위한 음모다!』

그렇게 나름의 주장을 되풀이했지만 히스테릭한 아우성은 공허하게 헛돌기만 할뿐, 결국 땅에 처박혀 오물로 범벅된 가문의 명예를 회복할 수는 없었다.

전대미문의 스캔들로 인해 마성의 관이라 불리던 '라나야 우고'는 결국 폐관되고 말았다. 또한 비슷한 신세라고 하기에는 너무나도 많은 것을 잃어버린 남자의 일족은 현재 과거에 누렸던 영광의 흔적조차 찾아볼 수 없을 만큼 몰락했다고 한다.

관광객들 사이에 사소한 소란은 일어도 그렇게 엄청난 스캔들로 얼룩진 과거 따위는 조금도 느껴지지 않는 미다스지만, 그런 사건이 분명 있었다고 카체가 담담하게 말했다.

그리고 지금 '라나야 우고'는 지하에서 되살아나 특별 주문한 '애완구'를 수주받아 생산할 정도로 부활했다고 한다.

재력이라는 권위로 연방을 좌지우지하던 남자의 일족이 급속히 몰락함으로써 연방 내부의 패권 다툼이 치열해진 것 또한 사실이다.

남자의 일족이 소리 높여 주장했던 '음모'란 과연 단순한 거짓말일까.

—아니면 진실일까.

뒤에서 몰래 간계를 부리던 자는 정말 존재하지 않았을까.

—아니면 존재했을까.

어느 쪽이든 진실은 완전히 어둠 속에 묻히고 말했다.

"아무리 고결한 '피'라도 탁해지면 썩어버리기 마련이지. 거대한 조직 속에서 약자는 가차 없이 짓밟히지만 반대로 단 한 사람의 존재가 조직을 무너뜨리는 경우도 있어."

"하지만 누군가가 상자 속 썩은 사과인지 아니면 숨은 영웅인지, 그걸 결정하는 건 본인이 아니라 다른 사람들이잖아?"

"불합리하다고 생각하나?"

"글쎄. 사람들이 생각하는 정의가 유일한 진실이 아니라는 것만 알면 그걸로 충분해. 그러니까 난 하고 싶은 대로 할 거야."

"만약… 그러다 가까운 누군가에게 미움을 사게 되더라도?"

카체의 은회색 눈동자가 지독히 진지한 눈빛으로 리키를 응시했다.

순간 어째서인지 숨이 막히는 듯한 기분이 들어서 리키는 시선을 피할 수조차 없었다.

어째서 카체가 갑자기 그런 말을 꺼냈는지는 알 수 없지만. 그래도 카체가 말하는 그것이 일족을 괴멸로 몰아넣은 남자의 이야기와는 또 다른 '무언가'처럼 느껴졌다.

평소의 카체와는 다르다. 결코 벗지 않는 차가운 가면 너머에서 뭔가… 카체의 속마음 같은 것이 들여다보였다.

—그런 기분이 들었다.

그래서일까.

"만약… 만약 그게 나한테는 도저히 양보할 수 없는 거라면 어쩔 수 없지 않을까? 평생 미움받아도 좋다는… 그 정도 각오라면 어중간하게 착한 사람인 척할 필요 없잖아?"

평소 같으면 좀처럼 하지 않을 말이 리키의 입에서 튀어나왔다.

"소중한 걸 움켜쥘 수 있는 손은 두 개밖에 없어. 그러니까 아무리 아까워도 세 번째는 버릴 수밖에 없어."

욕심이 과하면 화를 부른다. 그것은 만국 공통의 격언이다. 애초에 욕심이고 뭐고 슬럼의 인간에게는 양손으로 움켜쥘 꿈도 희망도 없다는 게 현실이지만.

무엇보다도 리키의 머릿속에는 선명하게 새겨진 하나의 기억이 있었다.

『소중한 걸 움켜쥘 수 있는 손은 두 개밖에 없어.』

그렇게 말한 인물의 얼굴과 말의 무게가 지금까지도 뇌리에 남아 있다.

"두 개의 손으로 움켜쥘 수 없는 건 버릴 수밖에 없다… 라."

카체도 그 말의 의미를 곱씹듯 중얼거리며 한쪽 뺨을 일그러뜨렸다.

그 순간 무슨 일이 있어도 무너지지 않는 차가운 포커페이스 탓에 마켓에서는 '얼음의 스카페이스'라는 이명으로 불리는 카체의 미모를 가르고 자리한 상처 자국마저 일그러진 듯했다. 그 생생함에 리키의 가슴이 철렁 내려앉았다.

카체는 애용하는 담배 케이스에서 한 개비를 꺼낸 후 익숙한 손놀림으로 불을 붙였다.

그리고 한 모금 깊이 들이마신 후 천천히 연기를 내뱉었다. 그런 모습도 지금은 완전히 눈에 익숙해졌다.

"그렇군. 그게 너의 흔들림 없는 신조인가 보군."

그렇게 말하는 카체는 이미 평소의 모습으로 돌아와 있었다.

"가디언에서 그런 격언이나 설교는 들은 적이 없는데…. 네 생각이냐? 아니면 누군가한테… 들은 말인가?"

리키는 느닷없이 튀어나온 '가디언'이라는 말에 당황하고 말았다. 평소 카체는 리키와 얼굴을 마주쳐도 슬럼의 'S'자도 꺼내지 않는다. 무엇보다도 이만큼 길게 일과 관계없는 얘기를 나눈 적은 없다.

왠지 모르겠지만 오늘 카체는 평소와 달랐다. 아까부터 자꾸 의미를 알 수 없는 수수께끼를 던지는 듯한 느낌이 드는 건 리키의 기분 탓일까.

하지만 이상하게도 리키는 그게 싫지 않았다. 블랙마켓에서 유일하게 자신과 똑같은 아이덴티티를 지닌 동포. 그런 걸 마음의 의지처로 삼을 생각은 전혀 없지만 '카체'라는 확고한 존재가 있다는 것은 리키에게는 하나의 지침인 동시에 마음에 위로가 되어준다는 점 또한 사실이었다.

"가디언을 떠날 때 아이레가 나한테 했던 말이야."

"아이레? 아… 혹시 너와 같은 블록에 있던 BS(빅 시스터) 말인가?"

"아이레는 BS가 아니야. 아이레는… 내 동료야."

"그럼 블록메이트?"

"아니야. '도니(친구)'가 아니라 '마리에(동료)'."

리키는 한층 단호한 어조로 잘라 말했다. 미다스 공용어가 아닌 슬럼의 속어로.

잠시 카체가 의아한 얼굴로 말을 삼켰다. 그리고 기억 속의 뭔가를 더듬는 듯한 손놀림으로 담뱃재를 털었다.

"…'도니'가 아니라 '마리에'라. 꽤나 확실하게 선을 긋는군."

"선을 그은 건 내가 아니라 상대방이야."

리키는 조금 발끈한 얼굴로 말했다.

'가디언'을 떠난 지 몇 년이 지나도 그 사실은 변함이 없다.

카체는 그런 리키를 비웃지도 않고 빈정거리지도 않았다. 그저 조용한 눈빛으로 바라볼 뿐.

'가디언'에 리키의 '친구'는 없었다. 그곳에는 언제나 머뭇머뭇 자신을 멀리서 바라보는 '방관자'와 틈만 나면 이빨을 드러내는 '적', 그리고 자신을 치유해주는 유일한 '이해자'와 유년시절을 공유하는 '동료'뿐이었다. 순수하게 친구라고 부를 수 있는 관계는 없는 거나 마찬가지였다.

케레스에서 유일한 낙원이라고 불리는 '가디언'도 리키에게는 정을 붙이려야 붙일 수 없었던, 답답한 수용소에 불과했다.

"…그렇군. 그래서? 그 아이레라는 사람은 물론 너보다 연상이었겠지?"

"아마… 세 살 위였을 거야."

"가디언에서 세 살은 아주 큰 차이니까. 특히 여자는 언어능력이 뛰어나지. 그 정도 나이에 너한테 그런 설교를 한 걸 보면 꽤나 영리하고 어른스러운 소녀였겠군."

"글… 쎄. 조금 특이한 구석은 있었지만 아이레는 굉장히 예뻤어. 모두가 그 애를 '천사'라고 불렀지."

빛을 뿌려놓은 듯한 백금발의 곱슬머리와 커다란 보석을 박아놓은 듯한 선녹색 눈동자.

내니라고 불리는 여자 보모들이 아이레를 머리부터 발끝까지 정성껏 꾸미고 예쁜 옷을 입혀줬을 때는 마치 방 천장에 그려진 '천사'처럼 눈이 부셨다.

『리키, 아무 데도 가면 안 돼? 리키는 내 '부적'이니까…. 언제까지고 언제까지고… 내 곁에 있어 줘. 약속해. 응?』

체리핑크빛 입술에서 흘러나오는 말은 달콤한 설탕 과자 같았다. "잘 자"라며 사랑스러운 입술로 해주는 키스를 받고 잠드는 것이 그 무렵 리키의 가장 큰 행복이었다. 이미 오래 전 일인데도 어째서인지 리키의 기억은 전혀 빛바래지 않았다.

리키에게 아이레는 세상의 전부였다. 그날 시끄러운 욕설과 노성이 난무한 끝에 어디의 누군지도 모르는 어른들이 몰려와서 자신들의 '세상'을 찢어발기기 전까지는.

생각해 보면 그것이 '꿈'의 끝이자 모든 것의 시작이었다. 당시 리키는 아무것도 모르는, 그저 운명의 소용돌이에 몸을 맡길 수밖에 없는 무력한 어린아이에 불과했지만.

하지만 리키가 그런 감상을 곱씹을 틈도 없이 카체가 질문을 던졌다.

"호오, 그건 꽤나… 특이한 케이스로군. 그곳은 '아이들은 모두 평등하다'라는 기본 사상 때문에 그런 식으로 누군가를 애칭으로 부르며 특별 취급하진 않을 텐데…. 네가 지낼 무렵에는 또 달랐나 보지?"

무심한 카체의 말에 순간 리키의 가슴이 철렁 내려앉았다.

카체가 말하는 '그곳'과 리키가 무심코 입에 담은 '그곳'은 전혀 다른 곳이다.

내심 철렁했지만 리키는 당황하지 않았다.

"아이들은 모두 똑같이 귀엽고 평등하다—. 그건 순 거짓말에 위선일 뿐이야. 말 잘 듣고 손이 가지 않는 아이는 귀엽고, 다루기 힘들고 근성이 비뚤어진 아이는 귀엽지 않아. 그리고 제멋대로에 시건방진 꼬맹이는 최악이지…. 입으로 말하지 않아도 다 보이거든. 난 다른 블록 마더한테 '협조성은 눈곱만큼도 없는 문제아'라는 소리까지 들었어."

그렇게 말하며 리키는 불퉁하게 입을 내밀었다. 그러자 카체는 뭔가 짚이는 곳이라도 있는지 이렇게 말했다.

"마더도 시스터도 어차피 평범한 인간이니까. 상대가 어린아이라도 상성이라는 게 있는 법이지."

그러면서 담배를 비벼 껐다. 왠지 그 동작이 쓸데없는 이야기는 이만 끝내자는 신호로 보여서 리키는 그만 발걸음을 돌리기로 했다.

"그럼 난 곧장 제3격납고에 가볼 테니까 뒤를 잘 부탁해."

아니나 다를까, 카체는 더 이상 리키를 붙잡지 않았다. 엘리베이터에 올라탄 리키는 문이 닫힘과 동시에 무거운 한숨을 내쉬었다.

'마리에(동료)라….'

설마 이제 와서 그때의 기억을 떠올리게 될 줄이야…. 리키 자신도 생각조차 못 했던 일이다.

'가디언' 이외의 과거를 공유하는 단 8명의 동료. 자신들이 어디에서 태어났는지조차 확실하지 않다. 그러나 철이 들었을 무렵에는 이미 당연하다는 듯이 곁에 있었다.

천사와 신화 속의 환수들이 그려진 밝은 색조의 방. 푹신푹신한 침대, 달콤하고 포근한 낮잠, 구김살 없이 환한 웃음과 과자 냄새, 뭐든지 해주는 상냥한 내니들.

리키는 그곳이 어디인지도 몰랐다. 그리고 딱히 알고 싶지도 않았다. 어떤 의미에서 그곳은 충분히 충족된 '세계'였으니까.

때때로 찾아오는 남자들은 리키와 아이들을 '캔디'라고 불렀다. 리키는 남자들이 오는 날이 싫었다. 그날은 모두 각자의 방에서 나오는 걸 금지하는 바람에 하루 종일 혼자 놀아야 했기 때문이다.

게다가 그날 내니가 갖다 주는 주스는 지독히 맛이 없었다. 그걸 마시면 리키는 언제나 속이 울렁거리곤 했다. 그것들이 대체 무엇을 의미하는지… 자신들이 살던 '꿈의 세계'가 느닷없이 붕괴한 후에야 리키는 비로소 알았다.

아니, 원치 않아도 진실을 직면할 수밖에 없었다.

자신들을 '어른들의 욕망에 희생된 가엾은 아이들'이라고 동정하는 '가디언'의 어른들 때문에.

지금까지의 가치관을 정면으로 부정당하는 충격을 받은 리키와 아이들은 멈춰선 채 움직일 수 없게 되고 말았다.

『우리가 너희들의 새로운 가족이란다.』

『이제 아무것도 걱정할 필요 없어요.』

그렇게 말하며 자신들을 바라보는 동정 어린 눈빛이 실은 이런 뜻을 담고 있는 것만 같았다.

'이미 벌어진 일을 없었던 일로 만들 수는 없다'.

그 속뜻이 끊임없이 그들을 옭아맸다.

리키가 가장 나이가 어렸기 때문일까. 아니면 카운슬링이라는 치료의 일환 때문일까. 가끔 돌아오는 기억은 군데군데 안개가 낀 것처럼 지독히 애매했다.

그래도 6살부터 11살까지 함께 지낸 블록메이트의 얼굴조차 제대로 기억나지 않건만.

어째서인지… '동료'들의 이름과 얼굴만은 지금도 선명하게 떠올릴 수 있다.

백금발의 아이레.

창흑색 머리카락과 아주 옅고 푸른 눈동자를 지닌 린.

타오르는 듯한 붉은 머리와 호박색 눈동자를 지닌 시이라.

새하얀 백발과 진홍색 눈동자를 지닌 길.

진한 금발의 생머리와 갈색 눈동자를 지닌 히스.

보라색 머리카락과 옅은 보라색 눈동자를 지닌 나리스.

은발에 은회색 눈동자를 지닌 레빈.

기억 속 얼굴들은 모두 앳되고, 아무리 시간이 흘러도 나이를 먹지 않는다.

그 '동료'들도 리키가 13세가 되어 '가디언'을 떠날 무렵에는 5명밖에 남지 않았다.

장래 아이를 낳을 수 있는 '여자'인 소녀들은 '가디언'의 공유 재산이 되어 매사에 극진한 보살핌을 받았고, 덕분에 정신적으로 조금 문제가 있긴 해도 그럭저럭 '가디언'이라는 새로운 '가족'에 적응할 수 있었다. 그러나 레빈의 표현에 따르면 '남자'들은 '여자아이들의 덤'으로 함께 거둬들인 아무 쓸모 없는 존재. 그 쓸모없는 '남자'들 중에서 살아남은 사람은 결국 동료들 가운데 리키 한 사람뿐이었다.

히스도, 길도, 레빈도 환경의 격변에 따른 정신적인 중압감과 스트레스로 덧없이 세상을 떠났다. '평등'이라는 이름의 규칙에 칭칭 얽매여있는 형무소에서 자신들은 너무나도 이질적인 이단아들이었다.

아이레와 동갑이었던 히스는 "나처럼 되지 마. 응? 약속해 줘"라며 살짝 눈물 고인 눈으로 리키의 손을 꼬옥 움켜잡았었다.

레빈은 유리알 같은 눈동자와 거칠게 갈라진 목소리로 "난 이제… 지쳤어"라는 말을 남겼다.

그리고 "난 절대 히스나 레빈처럼 되지 않을 거야!" 하고 말했던 길은 비쩍 말라서 다른 사람처럼 변해버렸다.

"미안해…. 미안, 리키…. 나… 필사적으로 애썼는데… 애썼…는… 데…."

그리고 리키에게 매달려 울었다. 오열을 삼키고, 목소리를 죽이며….

자신에게 매달려 울음을 터뜨리던 길의 팔은 너무나도 가늘고 애처로웠다. 손을 잡으면 그대로 부러져 버릴 것만 같았다. 그게 너무나도 두려웠다.

그래도 무슨 말이든 해야 했다.

"괜… 찮아…. 이제 괜찮아…. 애쓰지 않아도… 돼."

리키는 버석거리고 빛바랜 길의 머리카락을 몇 번이나 쓰다듬었다.

그 다음 날 마치 잠든 것처럼 길이 세상을 떠났다는 이야기를 들었을 때 리키는… 소리 죽여 울었다.

자신이 "애쓰지 않아도 된다"고 하는 바람에… 그래서 길이 기력을 잃고 죽어버린 게 아닐까? 그렇게 생각하면 심장이 찢어질 듯이 아팠다. 너무 아파서… 견딜 수 없었다.

그때 가이는 이렇게 말해 주었다.

"아니야, 리키. 리키는 길에게 '잘 자'라는 키스를 해준 것뿐이야. 길은 아마 리키한테 '이제 쉬어도 돼'… 라는 말을 듣고 싶었을 거야. 그러니까 분명히 마음이 편해졌을 거야. 분명히 그럴 거야."

그러면서 리키를 끌어안았다.

한 명이 사라지고, 두 명이 사라지고, 세 번째 동료가 사라지고 마지막으로 리키만이 남았다.

과연 그것을 '행운'이라고 할 수 있을지 어떨지는 모른다.

뭐니 뭐니 해도 리키는 '가디언 역사상 최고의 문제아'라고 불리며 마더와 시스터들의 두통을 유발시키는 존재였으니까.

그래도 리키는 분명 운이 강하다고 할 수 있었다.

기만으로 가득 찬 거짓투성이 '낙원'에서 리키는 동료들 외에도 인생을 함께할 수 있는 유일한 이해자—가이를 만났으니까.

그리고 가이와 함께 '가디언'을 떠나기 전날 아이레가 면회를 하러 왔다.

"리키, 잊지 마. 소중한 걸 움켜쥘 수 있는 손은 두 개밖에 없어. 그러니까 아무리 소중해도 세 번째는 버릴 수밖에 없단다. 제일 소중한 건 절대 놓으면 안 돼. 착각하지 마, 리키. 한 번 버린 건 두 번 다시 손에 넣을 수 없으니까."

초경이 시작된 소녀는 다른 구역으로 옮겨져서 평소에는 얼굴조차 볼 수 없었다.

그래도 여행을 떠나기 전날 특별히 허락을 받고 아이레를 만날 수 있었다. 오랜만에 보는 아이레는 무척 어른스러워져서 리키는 한순간 눈을 크게 뜬 채 굳어버리고 말았다. 소녀였던 그녀가 미처 못 알아볼 만큼 눈부신 '여인'이 됐기 때문만은 아니었다.

아이레에게서는 생생한 '여자'의 냄새가 나지 않았다. 어쩌면 아름답던 모습 그대로 천사가 부화하여 여신이 된 게 아닐까. 문득 그런 생각이 들 만큼….

어쩌면 언젠가 그녀도 길과 다른 아이들처럼 등에 날개가 돋아나서 멀리 천상으로 날아가 버리는 건 아닐까. 그런 착각에 사로잡혀버릴 정도였다.

그런 리키를 그 무렵과 똑같이 부드럽게 끌어안으며 아이레는 말했다.

『잊지 마.』

『놓지 마.』

『착각하지 마.』

한 마디 한 마디가 가슴속 깊이 스며들 만큼 진지했다. 그것만으로도 가슴이 메어서 리키는 아무 말도 할 수 없었다.

그래서 두 팔로 힘껏 끌어안았다.

그리고 그것이 아이레와의 영원한 이별이 되었다.

베란 성계 변경 라오콘까지 공인된 공식 루트 '점프 게이트'를 풀 스피드로 비행한 지 3일째.

그동안 리키는 평소와 마찬가지로 그들을 '상품'으로 취급했다. 쓸데없는 대화를 나누지 않고 모든 일을 실수 없이 처리하며 사무적으로 일정을 소화했다.

그들을 돌보는 일은 전임 안드로이드가 맡고 있기 때문에 리키나 다른 운반책들은 함내에서 일상생활을 했고, 번거로운 일도 딱히 없었다. 하지만 리키는 내내 의식할 수밖에 없었다. 결코 표면에 드러날 리 없는 기만으로 가득 찬 추악함을.

종의 영역도 생명의 신비도 더이상 '신'의 영역이 아니지만 이런 시대에서조차 운명의 무게는 누구에게나 평등하게 분배되지 않는다.

그러나 주어진 우리 안에서밖에 살아갈 방법을 모르는 새끼 양은 모든 걸 있는 그대로 받아들이며 순응할 수밖에 없다. 아무것도 바라지 않으면 더 이상 절망할 필요가 없다고 말하는 거나 마찬가지였다.

일주일 후.

무사히 '상품'을 운반하고 미다스로 돌아온 리키는 알렉의 권유로 울적함을 달래기 위해 미친 듯이 술잔을 기울였다.

그렇게라도 하지 않으면 이번만큼은 아무래도… 우울해서 견딜 수 없을 듯한 기분이었다.

술에 취한 김에 오랜만에 가이를 찾아갔다. 아니… 술이라도 들어가지 않으면 가이의 얼굴을 똑바로 쳐다보기가 힘들었다. 그쪽이 올바른 표현이리라.

카체 밑에서 운반책 일을 하기로 결심한 후 곧 리키는 '바이슨'을 탈퇴했다.

처음에는 단순한 심부름꾼 노릇이나 했지만 카체의 수하쯤 되면 다른 일을 함께할 여유 따윈 없을 것 같았기 때문이었다. 다른 운반책들에게도 카체에게도 그런 식으로 보이기는 싫었다. 어디까지 할 수 있을지는 모르겠지만 하기로 결심한 이상 확실하게 잘하고 싶었다.

물론 나름대로 눈에 보이는 성과도 내고 싶었다.

그리고 그게 현재 리키의 목표였다. 실패가 두렵지는 않다. 슬럼의 잡종에게 잃을 건 아무것도 없다. 미래가 없는 슬럼에서 썩고 있는 지금이 최악의 밑바닥이다. 그러니까 이제 앞을 똑바로 바라보며 기어올라 가기만 하면 된다.

그렇게 생각했다.

사실 리키는 나름대로 '바이슨'에 애착이 있었다. 하지만 '리더'라는 자리에는 이렇다 할 감정이 없었다. 당연히 '핫 크랙의 패자'라는 이름에도 아무 미련이 없었다.

잃고 싶지 않은 것은 내가 나라는 존엄성, 지키고 싶은 것은 가이와의 인연. 굳이 꼽자면 그뿐이었다.

스스로 앞장서서 세력 다툼에 끼어들 생각도 없었고 옆에서 부스러기를 주워 먹거나 기회를 틈타 이익을 가로챌 생각도 없었다.

그저 누가 싸움을 걸어오면 확실하게 상대해 줬던 것뿐이다. 그런데 설마… '바이슨'이라는 이름이 이렇게까지 유명해질 줄은 몰랐다.

본래 리키는 몰려다니기를 좋아하지 않는다. 이단이기를 바라거나 고고한 척하는 것도 아니다. 자아를 죽이고 타인과 협조하는 것도 질색이고 원치 않는 호의에 시달리는 건… 더욱 싫었다.

어쩌다 보니 '바이슨'의 리더가 되어 하고 싶은 대로 하며 살아왔지만 리키 혼자만의 힘으로는 이루어지지는 않았다.

리키에게 부족한 부분을 가이가 메워 주고, 루크가 지탱해 주었으며, 시드가 하나로 묶어, 노리스가 다독거렸다. 그렇게 해서 '바이슨'이 강해졌다.

그러나 리키는 다른 사람의 뜻대로 움직이면서까지 '바이슨'이라는 이름에 집착하고 싶지는 않았다. 자신의 생각 하나로 '바이슨'을 없애버리고 싶은 것도 아니었다.

그래서 리키는 지금이 물러날 때라고 생각했다. 자신이 '바이슨'을 떠난 후 새로운 '리더'를 뽑는다면 그것도 좋고, 이번 기회에 각각 다른 '그릇'을 찾아도 좋다.

리키는 '바이슨'이 계속 '바이슨'으로 존재하는 데 집착하지 않았다. 물론 그러면서도 '바이슨'을 빠지겠다는 리키의 결의는 변함없었다.

그러나 설마 다른 멤버들까지 단번에 '바이슨'을 버릴 줄은 생각지도 못했다.

'바이슨'은 해산했지만 그렇다고 가이와의 페어링까지 그만두지는 않았다. 요즘은 거의 그만둔 거나 마찬가지일 정도로 소원해지긴 했지만 리키에게 가이가 마음의 안식처라는 사실만은 변함이 없었다.

『제일 소중한 건 절대 놓으면 안 돼.』

아이레의 말이 귀에 달라붙어 있었다.

가이에게 상의 한마디 없이 '운반책'이 되었다. 이제 와서 제멋대로인 자신의 행동을 후회할 생각은 없다. 그러나 리키는 가이의 온기만은 잃고 싶지 않았다.

그래도 소중한 것을 움켜쥘 손은 두 개밖에 없다.

'내가 나로 존재하기 위한 자존심.'

'가이와의 인연.'

'보람 있는 일.'

그렇다면 뭘 버려야 할까.

카체에게는 제법 그럴듯한 허세를 부렸지만 실제로 그걸 생각하면 머릿속이 욱신욱신 아프기만 할 뿐, 도저히 마땅한 답을 찾을 수 없었다.

『착각하지 마, 리키. 한 번 버린 건 두 번 다시 손에 넣을 수 없으니까.』

아이레의 말이 날카로운 송곳이 되어 가슴에 박혔다. 아무리 애써도 선택할 수 없다는 딜레마가 리키를 옭아맸다.

그렇다면 차라리 머릿속에 들러붙어 있는 '신조'를 버리면 되지 않을까. 그러면 아무것도 버리지 않아도 된다.

리키는 그런 생각을 하다가 문득 자조에 빠졌다. 내가 나이기를 그만두면 대체 뭐가 남을까….

가이는 느닷없이 비틀거리며 나타난 리키의 얼굴을 보고 눈살을 찌푸리며 물었다.

"리키… 왜 그래? 무슨 일이야?"

그래도 그는 제멋대로 구는 리키를 나무라거나 따지지 않았다. 리키가 마치 제집인 양 유일하게 편히 쉴 수 있는 침대 위로 기어올라 와도 변함없이 편안하게 맞이해주었다.

"기분이 굉장히 좋아 보이네. 좋은 일이라도 있었어?"

'좋은… 일?'

일은 무사히 완수했다. 그만큼 돈도 듬뿍 들어왔다. 그래서 가이에게도 슬럼에서는 구경조차 하기 힘든 극상의 스타우트를 선물로 가져올 수 있었다.

그러니까 아마… 분명 '좋은 일'일 것이다.

그런데도 기분 좋게 취할 수 없다. 머릿속이 묘하게 서늘하고 몸 안이 묘하게 욱신거렸다.

"가이, 나는 기어올라 가고 말 거야. 이곳에서…."

알 수 없는 위화감에 그런 말을 내뱉었는지도 모른다.

아니, 가이에게 확실하게 선언함으로써 되돌아갈 수 없는 자신을 격려하고 싶었던 것뿐인지도 모른다.

셋 중 하나.

선택하고 싶어도 선택할 수 없게 만드는 신념을 떨쳐버리는 것만 생각하는 자신이 싫었던 걸지도 모른다.

소중한 것을 움켜쥘 손은 두 개밖에 없다, 그렇다면.

'그렇다면 나는 세 번째를 억지로 버리진 않을 거야. 입에 물고 질질 끌어서라도 지키고 말 거야.'

그리고 가이는 순간 말을 고르듯 리키를 바라보며 작게 중얼거렸다.

"그렇, 구나…."

희미하게 입가를 일그러뜨렸지만 변함없이 온화한 목소리였다.

어리석게도 리키는 그 사실을 눈치채지 못했다.

그리고 앞으로 그것이 독가시처럼 가이의 마음을 서서히 갉아먹게 되리라는 사실을 전혀 모르고 있었다.

11장

그 남자의 머리는 특권계급—그것도 최상급 엘리트의 증거인 길고 화려한 황금빛 머리카락이었다.

미의 신처럼 눈부신 미모는 가까이하기 어려운 기품을 풍겼으며 눈빛은 온몸이 떨릴 만큼 위압적이었다.

깊은 쿨 보이스는 냉혹한 독으로 가득 차서 리키의 자존심을 가차 없이 짓밟았다.

리키 입장에서는 '극악무도한 개자식'이라고밖에 할 수 없는 인물이다.

그 남자가 타나그라의 블론디라는 점 외에는 아무것도 모른다. 남자의 이름조차….

물론 마음먹고 조사해보면 남자의 프로필 정도는 의외로 쉽게 알아낼 수 있을지 모르지만 새삼 알고 싶은 마음도 없었다.

당한 게 분해서만이 아니다. 이름까지 알게 되면 더더욱 남자의 환영에 사로잡힐 것 같아서였다. 사실은 이렇게까지 생각하는 자신에게 너무나 화가 났다.

블랙마켓에서 활약하는 리키에게 그날 밤의 기억은 굴욕으로 점철된 유일한 오점이었다.

두 번 다시 떠올리고 싶지도 않다. 그런데 일하는 틈틈이, 긴장의 실이 슬쩍 느슨해졌을 때.

어째서인지… 숨 막히던 그의 미모가 문득문득 뇌리를 스치고 지나갔다.

마치 머릿속 어딘가에 새겨진 것처럼 불쑥 나타나서 리키의 신경을 따끔따끔하게 휘저어놓는다.

빼려야 뺄 수 없는 작은 가시. 아픔이 흐려져도 곪고 화끈거리는 응어리는 사라지지 않는다. 그때마다 리키는 반쯤 무의식적으로 주머니를 뒤적거려 키홀더를 움켜쥐며 이를 악물었다.

손가락 끝에 닿는 것은 황금색 동전이었다.

『억지로 떠안긴 입막음 값의 거스름돈이다.』

그날 남자가 사라지며 그따위 말과 함께 남기고 간 물건.

이따위 재수 없는 동전, 시궁창에 던져버릴까… 하는 생각도 했지만 어째서인지 아직까지 버리지 못한 채 가지고 있었다.

차라리 잭한테 넘겨서 돈으로 바꿔달라고 할까―. 그렇게 생각한 적도 있었다.

하지만 지금까지 한 번도 본 적 없는 동전이 대체 어느 정도 가치가 있는지도 모를뿐더러 눈치 빠른 잭이 어디서 났느냐고 꼬치꼬치 캐물을까 봐 그것도 내키지 않았다. 그러다 보니 어영부영 손에서 떠나보낼 기회를 놓치고 말았다.

기분 좋게 손에 넣은 전리품이라면 몰라도 최악의 경험을 한 증거인 이 동전을 언제나 몸에 지니고 다니는 자신의 마음을 이해할 수 없었다.

그러던 어느 날 생각지도 못하게 '운반책'이 되는 행운을 움켜잡고 카체를 만났다. 일부러 빰의 흉터를 지우지 않는 그를 보며 리키는 생각했다.

어쩌면 자신도 스스로 깨닫지 못했을 뿐 세상 물정 모르고 멍청한 애송이였던 자신의 어리석음을 잊지 말자는 '경고'의 표시로 이 굴욕적인 동전을 갖고 다닌 걸지도 모른다고.

하지만 왠지 억지로 갖다 붙인 이유인 것 같기도 하고….

'…젠장, 한심하군.'

내심 혀를 차며 별생각 없이 눈앞으로 동전을 들어 올렸다. 아무 특징 없는… 이라고 하기에는 생소한 문양의 빛이 유달리 눈부시다.

'무슨… 문장 같은 건가?'

그러고 보니 이렇게 물끄러미 들여다보는 것도 처음일지 모른다는 생각에 리키는 깊은 한숨을 쉬었다.

그때 현재 운반책 파트너인 알렉이 의자에 털썩 앉으며 내뱉듯이 말을 건넸다.

"호오, 이거 참… 굉장한 물건을 갖고 있네."

그렇게 말하며 알렉은 두 눈을 가린 선글라스 너머 리키의 손을 들여다보았다.

"어디서 난 거냐, 그거."

여느 때처럼 리키를 놀리며 재미있어하는 게 아니라 웬일로 순수하게 놀란 눈치였다. 물론 선글라스에 가려져 두 눈의 표정까지는 읽을 수 없기 때문에 어디까지나 목소리 톤으로 상상할 수밖에 없지만.

솔직히 말해서 리키는 선글라스 너머로 바라보는 시선이 싫었다.

그 사람이 어디를, 또는 무엇을 보고 있는지 알 수 없는 것도 싫거니와 이쪽의 감정은 다 드러나는데 상대의 표정은 전혀 읽을 수 없는 것도 싫었다. 그게 파트너라면 더더욱 그렇다.

카체에게 알렉과 파트너가 되라는 말을 들었을 때. 딱히 상대가 누구든 리키에겐 별 상관없었지만 유일하게 마음에 들지 않는 점이 알렉의 선글라스였다.

쳐다보고 있다는 느낌은 있지만 알렉의 시선이 보이지 않는다는 게 거슬려서 견딜 수 없었다.

신체적 결함 때문에 어쩔 수 없이 선글라스가 꼭 필요하다면 몰라도, 그렇지 않다면 얼굴을 맞대고 대화할 때 정도는 상대의 눈을 보며 이야기하고 싶었다.

그래서 리키는 어느 날 분명하게 자신의 뜻을 밝혔다.

"알렉. 그 선글라스는 그냥 패션이야? 아니면 시력에 문제가 있어서 꼭 쓰고 다녀야 하나? …어느 쪽이지?"

앞으로 파트너로서 잘해 나가려면 마음에 걸리는 점은 흐지부지 넘겨버리지 말고 빨리 해결하는 게 좋다고 생각했기 때문이었다.

"왜… 그런 걸 묻는 거지?"

"선글라스를 쓰고 있으면 어딜 쳐다보는지 알 수 없어서 별로야. 필수품이라면 할 수 없지만 그게 아니라면 나는 당신과 눈을 마주 보며 대화를 나누고 싶어."

알렉은 잠시 입을 다물었다. 그리고 곧 입가에 희미한 미소를 지었다.

"내가 카린 성인이라는 사실은… 알고 있냐?"

"몰라."

"그렇군. 하긴 알았으면 그런 폭탄 발언을 할 리가 없지."

순간 리키는 작게 숨을 삼켰다.

혹시 저도 모르게 알렉의 지뢰를 밟은 건 아닐까. 그러나 이미 뱉은 말을 주워담을 수는 없다. 이렇게 된 이상 뻔뻔하게 밀고 나갈 수밖에 없다.

"당신이 카린 성인이면 무슨… 문제라도 있어?"

"아니. 내 눈을 보고 싶다니 배짱 한번 좋구나… 하는 생각이 들어서."

그렇게 말하며 알렉은 테이블 너머에서 스윽 몸을 내밀었다.

"정말 보고 싶냐?"

코앞에서 그렇게 묻는 말에 겁이 나기는커녕 갑자기 흥미가 솟았다.

'카린 성인의 눈에는… 뭔가 특별한 비밀이라도 있나?'

짙은 선글라스 속에 가려진 두 눈.

'설마… 갑자기 돌이 되거나 그런 건 아니겠지.'

어디선가 들었던 고전 신화에 그런 얘기가 있었던 것 같은데….

"뜸 들이지 말고 빨리… 벗어 봐."

그러자 알렉은 다시 의자에 털썩 앉으며 재미없다는 듯이 투덜거렸다.

"아… 이래서 어린애들이란. 이럴 땐 좀 더… 두근두근, 야릇한… 그런 리액션 없냐. 하긴 너한테 그런 섹시한 반응을 기대한 내가 잘못이지."

리키는 어이없다는 표정을 지었지만 그 직후, 얼굴에서 화악 불이 뿜어 올랐다.

"알렉."

그때 알렉이 별안간 선글라스를 벗었다.

"자자… 오래 기다리셨습니다."

그리고 한쪽 뺨으로 웃으며 그 눈으로 리키를 응시했다.

순간—.

"……!"

리키는 저도 모르게 숨을 삼켰다.

세로로 길게 찢어진 홍채가 이채를 발하는 진홍빛 눈동자.

진홍의 선혈을 응축해서 박아놓은 듯한 한 쌍의 보석에서 리키는 지난날 길의 모습을 떠올렸다. 가슴이 지끈 아팠다.

미안해, 리키.

나… 애썼는데.

애썼… 는… 데….

미안해.

왠지 가냘픈 환청마저 들려오는 듯한 기분에… 리키는 검은 눈을 크게 뜨며 알렉의 두 눈을 응시했다.

그런 일이 있고 나서 선글라스를 쓰고 쳐다보는 것은 여전히 마음에 안 들지만, 그래도 리키는 알렉의 진홍색 눈동자가 차광 글라스에 가려져 있다는 사실에 약간이나마 안도감을 느끼는 자신을 깨달았다.

그리고 답지 않게 감상에 빠져있을 시간이 없다고 스스로를 타일렀다.

사실 지금 리키는 전형적인 낙천주의자이자 언제나 가볍고 장난스러운 어조로 말하는 알렉이 유난히 진지하게 놀라는 모습이 더욱 의외였다.

"굉장하다니… 뭐가?"

"뭐긴. 그거 아우로라 코인 아냐?"

"아우로라…?"

생소한 이름에 리키는 검은 눈을 가늘게 떴다.

"뭐야. 진짜 모르냐?"

선글라스 너머 리키의 얼굴과 동전을 번갈아 바라보던 알렉이 잠시 입을 다물었다가,

"이러니까, 하여간."

곧 보란 듯이 커다란 한숨을 쉬었다.

'뭐야. 설마 평범한 동전이 아닌가?'

"아, 뭐…. 나도 실물을 보는 건 처음이니까 남한테 뭐라고 할 처지는 못 되지만. 게다가 피차 평생 인연이 없는 세계니까."

"그래서 대체 뭔데?"

뜸을 들이는 알렉의 말투에 짜증이 난 리키가 살짝 언성을 높

였다.

"아우로라 코인은 펫 주화. 즉 펫한테 용돈을 줄 때 사용하는 전용 동전이야."

"……!"

리키는 두 눈을 커다랗게 떴다.

'펫… 주화라고…?'

생각지도 못했다기보다는 아예 머릿속에 존재하지 않았던 단어.

그 말이 뇌수까지 마구 뒤흔드는 기분이 들어서 한순간 눈앞이 새하얘졌다.

평소 시건방진 성격이 얼굴에 훤히 드러나고, 귀여운 구석 따윈 털끝만큼도 없는 리키의 그런 표정이 어지간히 신기했던 것일까. 아니면 자신의 말에 생각지 못하게 과잉반응을 보이는 리키의 얼굴이 놀라웠던 걸까. 알렉이 잠시 눈을 크게 뜨고 물끄러미 리키를 바라보았다.

그리고 무얼 생각한 건지… 입가에 살짝 미소를 지었다.

"…그래봤자 사용할 수 있는 사람과 장소가 한정된 특수한 주화라 시장에서의 통화 가치는 전혀 없지만. 그러니까 보통 펫 주화는 '코인'이 아니라 '메달'… 이라고 부르지."

알렉의 입에서 흘러나온 연속 펀치가 리키의 안면을 통렬하게 가격했다.

'…그 자식….'

리키의 얼굴에서 핏기가 가셨다.

펫 주화라니, 이런 물건이 존재한다는 사실조차 몰랐다.

"말하자면 위조 화폐 같은 건가?"

애써 억눌러도 자꾸만 뾰족한 목소리가 튀어나왔다.

"아니. 그런 건 아니야."

"왜? 돈으로는 전혀 가치가 없는 동전이라면서? 그게 뭐가 대단한데?"

괜한 화풀이를 하듯 알렉을 노려보는 리키의 눈꼬리가 사납게 치켜 올라가 있었다.

그러자 알렉은 어깨를 으쓱하며 아무렇지도 않게 말했다.

"돈으로 써먹을 수는 없지만 펫을 키울 수 있을 만큼 돈이 많다는 재력의 증표니까 그만큼 부가가치가 있지."

'재력의 증표로서… 부가가치?'

지금 리키에게는 아니꼽기 짝이 없는 말이었다.

'부'와 '권력'을 구현화한 듯한 그 남자의 얼굴이 자꾸만 머릿속에 떠올라서 입안이 씁쓸했다.

'정말… 딱 들어맞는군.'

저도 모르게 입술을 일그러뜨리지 않을 수 없을 정도였다.

"디자인도 나름 예쁘겠다, 코인에 따라 다르긴 하지만 호사가들 사이에서는 제법 비싼 가격에 거래된다더군."

"칫, 바보 같긴…."

내뱉듯이 말하는 목소리에 혐오가 담겼다.

펫에게 용돈을 주기 위해 굳이 돈으로 써먹을 수도 없는 전용 동전을 만드는 금전 감각을, 리키는 이해할 수 없었다. 그런 걸 손에 넣기 위해 쓸데없이 돈을 뿌리는 인간들의 썩어빠진 정신 또한 마찬가지였다.

알렉은 그런 리키의 마음속 중얼거림을 마치 음성으로 듣기라도 한 것처럼 입을 열었다.

"돈이란 결국 돌고 돌아서 부자들 주머니에 쌓이기 마련이거든. 도락 하나쯤은 있어야 진정한 부자라고 할 수 있다나…."

그러고는 한쪽 뺨을 일그러뜨리며 웃었다.

"그리고 네가 가진 동전은 '아우로라 코인'이라고… 에오스에서 기르는 펫 전용이야. 밖에서는 거의 구할 수 없는, 마니아들이 침을 흘리는 주화지. 그걸 어디서 손에 넣었는지는 모르지만 인터넷 옥션에 올리면 아마 사겠다는 사람이 줄을 설걸. 제법 짭짤한 용돈벌이가 될지도 몰라."

"에오스라면… 타나그라의?"

"그래. 타나그라의 엘리트 님들이 사는 팰리스 타워. 보이지? 여기 새겨진 이 문장이 타나그라의 깃발 문장과 같은 디자인이야. 게다가 순도 99퍼센트의 라리오트(lariot) 금화인 것 같은데? 마니아가 아니어도 눈이 뒤집히겠네."

아우로라 코인이라는 게 얼마나 희소가치가 있는지 알렉은 청산유수처럼 설명해주었다.

'그… 빌어먹을 자식. 잘도 이따위 짓을….'

그렇지만 분노에 불타는 리키의 머릿속에는 그 말의 절반도 들어오지 않았다.

실컷 사람을 장난감처럼 희롱해놓고 거스름돈이라고 지껄이며 던진 동전이 돈으로는 써먹을 수도 없는 가짜 동전이라니.

'대체 사람을 얼마나 엿 먹여야 직성이 풀리는 거냐.'

분노가 부글부글 끓어올랐다.

'젠장….'

『슬림의 잡종을 타나그라의 펫처럼 다뤄주겠다는 말이다. 그 정도로는… 부족한가?』

머릿속에 들러붙어 있는 그 말마저 서늘한 조소를 머금고 기억 속에 되살아났다.

'젠장.'

힘껏 깨문 입술이 경련했다.

'젠장.'

욕설을 내뱉을 때마다 혀가 타들어가는 것 같았다.

만약 이걸 잭에게 가져가서 돈으로 바꿔달라고 했다면 엄청난 창피를 당했을 것이다.

'젠장—!'

뇌수까지 부글부글 끓어오르는 듯했다.

'그 자식…. 두고 보자. 다음에 만나면 꼭 세 배로 갚아 주마.'

두 번째 기적 따윈 하늘과 땅이 뒤집히지 않는 한 일어날 리 없다는 걸 알기에 리키는 힘껏 움켜쥔 주먹을 떨며 으르렁거릴 수밖에 없었다.

그리고 알렉은 뭐가 어떻게 된 건지 도통 영문은 알 수 없지만… 이야기 중간부터 입을 다물어버린 리키가 느닷없이 험악한 표정으로 분노를 뿜어내는 모습을 바라보며 슬그머니 말을 삼켰다.

'아오, 뭐야…. 일도 시작하기 전에 갑자기 웬 전투 태세냐. 제발 참아다오.'

마음속으로 깊은 한숨을 내쉬며 알렉은 자신이 대체 어디에서 리키의 분노를 건드렸는지 머리를 감싸 쥐고 싶은 심정이었다.

약 3개월 전.

보스 카체로부터 아무도 따르지 않는 사나운 검은 눈동자를 지닌 슬럼 출신의 소년과 파트너가 되라는 말을 들었을 때, 알렉은 그 자리에서 한없이 무거운 한숨을 내쉬었다.

'하아아아아… 결국 내가 골칫덩이를 떠맡게 됐군.'

언젠가는 누군가가 그 녀석을 떠맡게 될 거라고는 생각했지만… 하필이면 그 누군가가 자신이 될 줄은 생각지 못했다.

아니….

굳이 말하자면 절대로 자신에게 그 역할이 돌아오진 않겠지 하고 속 편하게 생각하고 있었을 정도다.

리키가 '오물통의 쓰레기'라고 불리는 이방인이라면 행성 카린 출신인 알렉도 그와 비슷한 처지일지도 모른다.

정신감응력이 뛰어난 카린 성인은 힐러로서 우수한 종족이다. 그러나 그 능력 때문에 카린 성인과 접촉하면 자신의 마음을 밑바닥까지 엿볼지도 모른다는 두려움과 생리적인 혐오를 느끼는 자들도 많다.

특히 홍채가 세로로 길게 찢어진 진홍색 눈 때문에 출신을 감출 수도 없다.

평소 알렉도 개인적인 시간을 제외하고는 눈이 전혀 보이지 않는 차광 글라스를 반드시 착용했다.

자신의 정체를 알리고 싶지 않아서가 아니다.

『카린 성인의 붉은 눈은 재앙을 일으키는 사안(邪眼).』

『카린 성인이 빤히 쳐다보면 정기를 빼앗겨서 죽는다.』

오히려 여러 유언비어 때문에 벌어지는 쓸데없는 말썽을 피하기 위한 수단에 불과했다.

하지만 모든 비밀은 어디선가 새어나가 소문이 퍼지기 마련이다.

다행인지 불행인지 알렉은 자신을 멀리서 바라보는 시선 속에 담긴 수많은 감정의 소용돌이를 느끼지 못할 만큼 둔감하지도 않았고, 삐딱한 마음을 가지고 냉소적으로 세상을 버리기에는 아직 인생에 미련이 있었다.

게다가 주위의 시선이야 어쨌든 알렉은 일부러 그런 척하는 게 아니라 정말로 태연자약을 뛰어넘어 지나치게 가볍고 속 편하고 낙천적인 본인의 성격이 싫지 않았다.

모든 건 정해진 대로 굴러가기 마련이다. 그건 알렉의 지론이기도 했다.

하지만 그래도 이번만큼은 폭풍 같은 한숨이 흘러나왔다.

'왜? 어째서?'

하필이면 왜 자신이 그 애송이의 파트너가 되어야 하는 걸까.

쓸데없는 발버둥이라는 걸 알면서도 사자 갈기처럼 부스스한 적동색 머리를 긁적이며 은근슬쩍 거부권을 행사해 보았다.

"보스. 전 어린애 돌보기는 딱 질색입니다만."

아니나 다를까—.

"걱정 마라. 그 녀석은 평범한 애송이가 아니니까. 아마 따분하진 않을 거다."

카체는 단호하게 대답했다.

따분하지 않은 애송이라니… 엄청난 트러블메이커라는 말이나 다름없지 않은가. 기쁠 리가 없다.

알렉은 골치 아픈 일에 좋다고 자원해서 뛰어들 정도로 인생이 따분하지 않았다.

다른 녀석들은 남의 일이라고 생각하고 속 편하게 알렉에게 우스갯소리를 건넸다.

"야, 힘내라."

"아… 이제야 좀 안심하고 잠들 수 있겠네."

"사정없이 부려먹어라, 알렉."

"너무 귀여워해 주다가 망가뜨리진 말고."

그들은 마음대로 지껄여댔지만 사실 알렉은 리키뿐 아니라 누군가와 콤비를 짜게 될 거라고는 생각조차 해본 적이 없었다.

자신은 외톨이 늑대가 천성이라며 고고한 전사인 척할 생각은 없지만 굳이 나서서 폭탄을 끌어안고 싶지는 않았다.

자신과 리키는 개성이 상쇄되기는커녕 자칫하면 쓸데없이 배로 눈에 띄게 될지도 모른다. 그건 카체도 알고 있을 텐데.

'왜 이제 와서….'

한번 결정된 사항은 뒤집을 수 없다는 걸 알면서도 자꾸 주절주절 불만을 늘어놓고 싶었다.

그리고 알렉은 그 후 자신의 생각이 안일했다는 사실을 알게 되었다. 엄청난 트러블메이커 정도가 아니었다. 녀석은 그야말로 '태풍의 눈'이었다.

마켓에는 두 종류의 '운반책'이 있다. 미다스의 계급 제도에 의해 태어날 때부터 조직에 편입된 '메디스트(혈족)'와 별도로 고용된 '아토스(용병)'다.

'마켓의 충실한 심복'이라고 야유를 받을 만큼 상사의 명령에는 절대적으로 복종해야 한다는 규율을 철저하게 지키는 '메디스트'는 명령만 내리면 살인이든 뭐든 충실하게 해치운다. 그만큼 여차할 때 융통성이 부족하다는 결정적인 약점이 있다.

매뉴얼이 있는 일상적인 업무는 잘 해내지만 명령을 따르는 데 지나치게 익숙해서 스스로 생각하고 판단하여 행동하지 못 한다.

그와는 대비되는 존재가 바로 '아토스'로 그들을 옭아매는 것은 충절이 아닌 '계약'이며 마켓에 고용된 몸이다.

당연히 인종도 출신도 제각각. 대부분 자신의 재능과 배짱으로 여기까지 기어올라 왔다는 자부심을 갖고 있으며 외톨이 늑대 기질이 강하다.

대등하다고 인정한 인물에게는 이유 없이 이빨을 드러내지 않지만 유능한 만큼 자존심이 강하고 다루기 어렵다.

필연적으로 그들을 이끄는 보스도 나름대로 능력을 시험당하기 마련이다.

그들은 자신들의 보스가 '오물통의 쓰레기'라고 불리는 슬럼의 잡종 출신이라는 사실을 알고 난 후에도 어느 정도 호기심은 느낄지언정 편견으로 똘똘 뭉친 '메디스트'처럼 의미 없이 경멸의 시선을 보내거나 하지 않았다.

자신들의 보스가 얼마나 유능한 인간인지 그들은 알고 있었다. 결코 '메디스트' 놈들 따위가 우습게 볼 존재가 아니라는 사실 또한.

그렇기 때문에 '슬럼의 잡종 밑에서 일하는 개'라는 노골적인 험담에도 눈 하나 꿈쩍하지 않았다.

현명한 개는 쓸데없이 짖지 않는다. 조용히 이빨을 갈고 닦을 뿐이다. 그런 것도 이해하지 못하는 똥개로 자기 수준을 떨어뜨릴 필요는 없다.

때로는 현지조달 헌터 역할을 맡게 될 때도 있다. '운반책'으로서의 능력은 자신들이 훨씬 우월하다. 그 사실은 누가 봐도 일목요연하리라.

그런 카체가 갑자기 리키를 데려와서 '아토스' 멤버로 집어넣겠다고 했을 때에는 대체 무슨 농담인가 싶었다.

다들 한순간 어리둥절한 표정을 지었다. 그리고 모두가 일제히 쓴웃음을 지으며 어깨를 으쓱했다.

아니, 카체가 미쳤거나 헛소리로 그런 말을 할 리가 없다는 것쯤은 모두 알고 있었다. 그러나 아무리 봐도 풋내가 풀풀 나는 어린 소년이 힘겹고 험난한 마켓의 운반책 일을 해낼 수 있을 듯 보이진 않았다.

그러나 카체는 모두의 '의견'을 묻지 않았다. 이미 결정을 내린 후 통보만 했을 뿐이다.

그래서 알렉과 다른 운반책들은 모종의 이유로 그 소년이 처치곤란이라 '윗분들'이 자신의 보스에게 책임을 떠넘긴 건 아닐까 생각했다.

눈에 띄게 두드러지면 타인의 질시를 사게 된다. 그것이 세간의 상식이다.

지나치게 유능한 남자는 미움 받고 눈엣가시 취급당한다. 그자가 하필 슬럼 출신의 잡종이라면 질투는 쉽게 미움으로 변하기 마련이다.

아무리 계급제도의 계율이 엄격해도 인간의 욕심은 끝이 없다. 마음만 먹으면 빠져나갈 길은 얼마든지 있다.

그래서 보스는 누군가의 실수를 뒤처리하게 되어, 골치 아픈 일을 떠맡은 건 아닐까.

미다스 시민의 증거인 ID 증명은 태어나자마자 곧 귀에 박아 넣는 생체 칩이다. 그걸 빼내려면 귀를 잘라내는 수밖에 없다고 한다. 리키라는 이름의 소년에게는 바로 그 'PAM'이 없었다.

소년을 둘러싼 사정이 대체 무엇인지 나름대로 흥미도 관심도 있었지만 사생활까지 깊이 캐낼 생각은 없었다.

'계약'에는 상호 간의 신뢰와 적절한 보수가 불가결하지만 때로는 적당한 무관심도 필요할 때가 있다.

보지 않고, 듣지 않으며, 말하지 않는다.

돈으로 고용된 '아토스' 멤버들은 임기응변이나마 동료들과 나름대로 잘 어울려 지내는 기술을 알고 있었다.

그래도 지금껏 별 탈 없이 지내고 있는 상황에서 느닷없이 나타난 젊은 난입자의 존재에 그들은 솔직히… 당혹감을 느꼈다.

적당히 일을 시키며 철저하게 '손님' 취급하면 될까. 아니면 '아토스' 역사상 '최연소 일꾼'으로 부려먹을까.

카체는 "쓸 만한 일꾼이 되도록 혹독하게 단련시켜라"고는 하지 않았다.

"리키다. 오늘부터 너희들의 동료가 될 거다."

그저 그렇게 말했을 뿐이다. 새 멤버가 될 거라고 선언하면서도 운반책으로서 경험을 쌓게 할 마음은 없는 걸까. 아니면 뭔가 다른 생각이 있는 걸까.

신참의 일은 주로 잡다한 사무 업무뿐 카체는 그를 누군가의 보조로 들여보낼 생각조차 하지 않았다.

정말 카체답지 않다. 리키에 대한 카체의 태도는 그 한마디로 표현할 수 있었다.

어쨌든 그들은 사태를 적당히 방관하면서 어떤 경위인지는 모르겠지만 지금 이 상황을 정리하면 '억지로 떠맡은 골칫덩이를 적당히 던져두고 방치하는 중'이리라고 생각했다. 그렇다면 그에 걸맞게 취급하면 그만이다.

그러나 그런 그들의 생각은 건방질 만큼 강렬한 리키의 존재감으로 깨부숴지고 말았다.

확실히 연장자에 대한 예의는 전혀 없었지만 그는 오만하기만 하고 재수 없는 어린애가 아니었다.

카체의 속셈이 뭐든 그는 그 나름대로 하루라도 빨리 마켓에 적응하기 위해 필사적이었다. 주어진 일만으로는 만족하지 못하고 다음 일을 찾아 헤매는 탐욕스러운 향상심에는 눈을 크게 뜰 수 밖에 없었다.

그것은 그들이 오래전에 잃어버린 어떤 것—순수하고 두려움을 모르는 정열, 오로지 앞만 보며 돌진하는 젊음의 열기—일지도 모른다.

그는 자신이 모르는 지식을 얻기에 매우 열심이었다.

'물어보는 것은 한순간의 부끄러움, 무지는 평생의 부끄러움'이라고 주장하듯 아무나 상관없이 붙잡고 질문을 퍼부었다. 써먹을 수 있는 건 뭐든지 이용해서 밑거름으로 삼겠다는 태도였다. 터프한 근성에 감탄이 나올 정도였다.

처음에는 그런 그를 귀찮아하던 녀석들도 이대로 얌전히 숨죽이고 지낼 생각이 털끝만큼도 없어 보이는 탐욕스러움에 어이없어하고, 놀라다가 정신을 차려 보니 어느새 눈을 가늘게 뜨고 있었다.

현재에 안주하지 않고 자신의 미래는 자신의 힘으로 열어나간다. 그 마음가짐을 좋게 생각하는 사람은 있어도 바보 취급하는 사람은 아무도 없었다.

좌절하고 실패해도 쉽게 포기하고 팽개쳐버리지 않는다. 그렇게 하겠다는 의욕이 넘치는 녀석한테 아무 일도 시키지 않고 내버려

둘 수는 없었다.

이대로 방치된 채 끝날 것인가, 그러지 않을 것인가. 그건 남이 정해주는 게 아니라 본인이 결정할 일이다.

리키는 그런 생각이 들 만큼 놀라운 패기를 그들의 눈앞에서 보였다.

그 무렵에는 이미 '아토스'의 멤버들… 아니, 그들만이 아니라 '메디스트'를 비롯한 마켓의 모든 사람들이 리키의 출신을 알게 되었다.

그 때문에 자신을 보는 눈이 노골적으로 달라져도 리키는 전혀 변하지 않았다. 그야말로 아주 멋들어졌다.

'멍청한 놈들에게 신경 쓸 시간은 없다.'

입보다 태도가 더 많은 것을 말해줄 때가 있다.

리키는 쓸데없는 말썽을 피하는 게 아니었다. 입으로는 아무 말 하지 않아도 정면으로 싸움을 거는 거나 마찬가지였다.

세상살이에 익숙한 알렉의 눈에는 그런 점이 어린아이의 고집처럼 보이기도 했다. 하지만 그것이 언제나 꼬리표처럼 따라다니는 편견과 차별을 겪으며 살아왔을 리키의 양보할 수 없는 자존심일지도 모른다고 생각하면 그 고집을 "역시 어린애로군"이라는 한마디로 잘난 척 비웃을 수는 없었다.

고집이든 뭐든 '자신'이라는 핵심을 가진 사람은 역경에 강하다.

웬만한 일로는 흔들리지 않는 신념을 가졌다는 점에서 알렉은 전혀 닮은 데가 없는 카체와 리키의 기묘한 공통점을 발견한 듯한 기분이 들었다.

그러나 당연하지만 그런 녀석을 가만히 두고 보지 못하는 멍청한 놈들은 어디에나 있는 법이다.

일부 성질 급한 '메디스트'의 난폭한 무리들과 난투극이 벌어졌을 때 알렉을 비롯한 '아토스'의 멤버들은 묘하게 싸움에 익숙한—아니, 그렇게 표현하기에는 지나치게 강한 리키의 싸움 실력에 멍하니 입을 벌렸다.

폭발하기 직전, 리키의 얼굴….

눈꼬리가 살짝 치켜 올라간 검은 눈동자에 살기를 담아 상대를 노려볼 때의 오싹오싹한 요염함.

평소에는 무뚝뚝하기만 한 꼬맹이가 다른 인격으로 변모하는 모습을 지켜본 듯한 기분이었다.

대체 이 녀석의 정체는 뭘까. 저도 모르게 마른침을 삼킨 사람이 분명 알렉 혼자만은 아닐 것이다.

빠르고, 날카롭고, 유연하다.

때리고, 차고, 때려눕힌다.

신음하고, 으르렁거리고, 포효한다.

그곳에 흉포한 이빨을 숨긴 무서울 만큼 매혹적인 짐승이 자리하고 있었다.

비웃고 야유하면서 강 건너 불구경하듯 지켜보던 자들도 어느새가 숨을 죽인 채 침묵에 잠겼다.

당시의 상황을 당연하게 받아들였던 이는 분명 카체 한 사람뿐이었으리라.

그때 알렉은 카체가 자신들에게 아무 말도 하지 않은 것은 리키를 마켓에 데려다놓고 방치한 게 아니라 사실은 리키의 역량을 시험하려던 게 아니었을까. "사자는 절벽에서 새끼를 떨어뜨린다"는 말대로 일부러 아무 말 없이 던져놓은 게 아닐까 하는 생각마저 들었을 정도였다.

어쩌면 카체는 같은 처지의 리키를 주워 와서 장래 자신의 오른팔로 키울 생각은 아닐까.

그리고 마치 그 사건이 계기라도 된 것처럼 리키와 파트너가 되라는 말을 들은 알렉은 두 가지 의미에서 깊은 한숨을 내쉬었다.

'뭐야, 역시 그런 거였나?'

얼핏 자기 자신에게조차 냉정하기 그지없어 보이는 카체도 역시 마음속 어딘가에서 가족 같은 존재를 찾고 있었나 하고 생각하니 왠지 배신당한 듯한 기분마저 들었다.

그리고 그런 생각을 하며 어울리지도 않게 감상적이 된 자신이 어쩐지 지독히 우스꽝스럽게 느껴져서… 알렉은 주제넘은 질문이라는 걸 알면서도 묻지 않을 수 없었다.

"그건… 운반책으로서 기본을 확실하게 가르쳐 즉각 전력으로 써먹을 수 있도록 단련시키라는 말씀입니까?"

"아니. 그럴 필요는 없다. 나는 그 녀석을 프로 운반책으로 만들 생각은 없으니까."

그건 즉… 장래를 생각해서 여러 가지 경험을 쌓게 하고 싶다는 뜻인가.

기껏 발견한 다이아몬드 원석이라 한들 아름답게 갈고 닦기 전에 누군가 부숴버리면 아무 소용없다. 그런 카체의 마음이 훤히 들여다보이는 듯해서 무심코 입가에 미소가 떠올랐다.

"그럼… 앞으로 아무도 녀석의 성질을 건드리지 못하도록 옆에서 항상 지켜보란 말씀입니까?"

선글라스에 가려져서 표정을 전혀 읽을 수 없는 알렉의 빈정거림에도 카체는 안색 하나 변하지 않았다.

"그런 쓸데없는 짓은 안 해도 된다."

카체는 담담하면서도 단호하게 말했다.

"그 녀석은 아무래도 타고난 '바쥬라' 같으니까."

"바쥬라…?"

생소한 단어에 알렉이 되묻듯이 중얼거리자 카체는 두 개비째 담배에 불을 붙였다.

유능하기 그지없는 남자의 유일하게 나쁜 버릇. 카체가 피우는 담배에서는 카린 성인인 알렉이 아니면 맡을 수 없을 만큼 미량의 마약 냄새가 났다. 중독성도 없고 마약치고는 극상품이긴 하지만 역시 사람들 앞에서 피우기에 바람직한 물건은 못 된다. 그래도 피울 수밖에 없는 카체의 심정은 이해할 수 있다.

운반책을 총괄하기 위해서는 매일매일 격무에 시달려야 한다. 같은 마켓의 운반책이긴 하지만 '메디스트'와 '아토스'의 반목은 이미 천적에 가깝다. 거기다 리키라는 양날의 검까지 끌어안게 됐으니 위가 지끈거릴 만도 하다.

"신화에 나오는 칠흑의 짐승이지. 인간의 영혼을 사냥하는 무서운 마수지만 동시에 굉장히 아름다운 생물이기도 해서… 보석을 박아놓은 것처럼 빛나는 검은 눈동자에 매혹당하는 인간들이 끊이지 않았다더군."

카체가 무슨 말을 하려는지 알렉도 이해할 수 있었다.

"그러니까 본인에겐 전혀 그럴 마음이 없어도 어떻게든 억지로 이유를 붙여서 집적거리는 놈들이 끊이지 않을 거다, 그런 말씀입니까?"

굳이 말로 표현하자니 지나치게 노골적인 기분도 들었지만 확실히 리키가 가진 한 쌍의 흑요석은 신비로운 매혹으로 가득 차 있었다.

심연의 끝자락처럼 차가운 정적이라기보다, 격렬하게 끓어오르는 검은 마그마 같은 눈동자. 그 빛나는 눈동자를 나만의 것으로 만들 수 있다면 설령 살기를 머금은 날카로운 눈빛이라도 상관없다. 그렇게 생각하게 될지도 모른다.

실제로 알렉도 난투극을 지켜본 후로 그에게 매료당한 케이스였다. 그렇다고 리키를 보는 눈이 완전히 달라진 것은 아니지만 자제의 갑옷을 입고 단단히 자물쇠를 채워둬야겠다는 생각이 들 정도로는 변하고 말았다.

"슬럼은 남자들밖에 없는 일그러진 세계니까. 남들과 다른 녀석은 소외되거나 사냥당하거나 둘 중 하나지."

"그게 싫으면 때려눕힐 수밖에 없다 이겁니까?"

"싸움을 걸어오면 당연히 두 배로 갚아준다. 눈에는 눈, 이에는 이. 덤으로 뼈와 살까지…. 그게 슬럼의 상식이다."

체형에 어울리지 않게 강한 리키의 싸움 실력은 그렇게 해서 다져진 걸까. 그렇게 생각하니 알렉은 깊은 한숨을 쉬지 않을 수 없었다.

약육강식이 상식인 세계에서는 몸도 마음도 터프하지 않으면 살아남을 수 없다. 그 말이 결코 과장이 아니라는 것쯤은 카체를 보면 알 수 있다. 미다스의 톱클래스 호스트와 비교해도 손색없는 미모로는 꽤나 고생—아니, 살기 힘들었을 것이다.

'힘'의 논리가 공공연하게 통용되는 세계에서 아름다움이란 정복욕의 타깃에 불과하다.

싸울 것이냐, 굴복하고 아첨할 것이냐, 짓밟힐 것이냐.

카체가 어떤 경위로 마켓의 브로커라는 자리까지 기어올라 왔는지는 모르지만 뺨의 상처는 아마 그런 종류의 문제로 인해 생긴 게 아니겠느냐는 소문도 파다했다.

저 상처를 그대로 드러내놓고 다니는 것도 젊은 아이들에게 우습게 보이고 싶지 않다는 의지의 표명이라기보다 주위를 향한 위협이라는 수단의 자기방어일지 모른다.

물론 카체가 입을 다문 채 아무 말도 하지 않는 탓에 진실은 어디까지나 '소문'의 영역을 벗어나지 않았지만.

단순히 용모의 아름다움만을 따지자면 아직 애송이 티가 가시지 않아 풋내가 나는 리키보다 훨씬 아름다운 자는 얼마든지 있다.

하지만 카체가 리키를 '바쥬라'라는 희귀한 짐승에 비유한 것이 결코 과장이 아님을 알렉은 알 수 있었다.

분명 아무 손질도 하지 않았을 검은 머리는 싫어할 줄 알면서도 자꾸 감촉을 확인해보고 싶을 만큼 윤기가 흘렀다. 날카롭게 빛나는 칠흑의 눈동자는 흑요석보다 가치 있는 보석이다. 유연하고 호리호리한 몸매는 놀랄 만큼 늘씬해서 격렬한 성정과는 어울리지 않게 가느다란 허리에 무심코 눈길을 빼앗기는 부도덕한 자들도 분명 있을 것이다.

하지만 리키가 사람들의 눈길을 끄는 이유는 외모의 미추 때문이 아니라 보기 드문 존재감 때문이었다.

"장소가 바뀌어도 페로몬은 여전히 무의식적으로 흘러나오는 모양이더군…. 그런 걸 뿌리고 다니면서 자각이 없는 본인 입장에서는 정말 참을 수 없겠지만."

'페로몬'이라고 단언하는 카체의 말투가 어딘지 씁쓸했다.

그래도 '남자를 홀리는' 이라는 말을 붙이지 않은 것만도 다행인지 모른다.

성적 취향에 관계없이 리키는 남자를 도발한다. 녀석이 여자였다면 그 매력으로 '경국지색의 미녀'나 '마성의 여인'이라고 불렸을지도 모른다. 하지만 아무도 따르지 않는 들고양이처럼 털을 곤두세우고 있는 리키에게는 그런 말조차 불쾌할 것이 분명했다.

슬럼의 잡종이 신기한 게 아니다. 리키의 경우 몸 안에서 뿜어나오는 강렬한 존재감에 눈길을 빼앗겨 좋든 싫든 마음이 술렁거렸다.

마치 스스로도 생각해본 적 없는 '욕심'까지 가차 없이 끌어내버릴까 봐—무섭다.

그런 존재를 눈앞에서 직접 보기는 리키가 처음이었다. 알렉이… 아니, '아토스' 멤버들이 모두 일정 시기까지 리키와 거리를 두려고 한 것은 그 사실을 자각하고 경계했기 때문이었다.

누구나 자기 자신이 제일 소중하다. 그 속으로 뛰어든 후에도 자제심을 유지할 근성과 배짱이 없다면 철저하게 방관자가 될 수밖에 없다.

반쯤 자조하는 심정으로 그 사실을 실감한 사람은 알렉 혼자만이 아니었다.

"알렉. 너는 아무도 따르지 않는 짐승을 쇠사슬에 묶어서라도 길들이고 싶어 하는 게 만국 공통 남자들의 영원한 로망이라고 생각하나?"

미묘하게 굴절된 감정을 느닷없이 들춰내듯 카체가 그렇게 말했을 때 알렉은 한순간 눈을 크게 떴다.

혹시 이건 리키의 파트너로 일하게 될 자신에 대한 일종의 견제일까. 그런 억측마저 들었다.

"어느 시대건 지배욕이란 남자의 소망이라기보다는 몸에 밴 본성 같은 거니까요. 하지만 저는… 아무리 매력적인 생물이라도 물어뜯을 게 뻔한 맹수는 멀리서 바라보는 걸로 충분합니다. 굳이 손을 대고 싶진 않아요."

아마 카체가 이렇게 무난한 대답을 기대하진 않았겠지만 그 말은 틀림없이 알렉의 진심이었다.

카체가 장래 리키를 자신의 오른팔로 만들 생각이라면 더더욱 그렇다. 그뿐인가, 그럴 수만 있다면 파트너 얘기도 없었던 일로 하고 싶을 정도다.

알렉의 옛 모습을 알고 있는 과거의 동료들이 지금의 알렉을 보면 근성 없는 겁쟁이라고 한탄할지도 모르지만 알렉은 '아토스'라고 불리는 현재 자신의 처지에 아무런 불만도 없었다.

나는 언제나 나일 뿐. 그 자존심만 있으면 지금 딛고 서 있는 발의 위치에 따라 주위의 가치관이 얼마나 변하든 상관없다. 알렉은 그렇게 믿고 있었다.

그래서 알렉은 여전히 카체의 진의를 파악할 수 없었다. 그때 마지막으로 카체는 이런 폭탄 발언을 던졌다.

"알렉. 주위에서 뭐라고 생각하는지, 리키가 무슨 생각을 하는지는 모르겠지만 나는 리키가 크게 성장해서 화려하게 변신하길 바라지는 않아."

"그게… 대체 무슨…."

"그 녀석은 주어진 시련을 힘으로 찍어 누르고 다음 계단으로 뛰어 올라가는 타입이다. 튀어나온 못은 때려 박아야 하지만 될 수 있으면 적당히… 봐주면서 해라."

카체의 말은 지금까지 알렉이 머릿속에 떠올렸던 모든 생각을 송두리째 뒤엎을 정도의 위력을 지니고 있었다. 알렉은 저도 모르게 자세를 바로잡으며 그렇게 묻지 않을 수 없었다.

"보스는 장래를 위해 리키를 단련시키고 싶은 게… 아니었습니까?"

그 질문에 카체는 보기 드물게 한쪽 뺨을 일그러뜨렸다.

"리키가 눈치만 빠른 애송이였다면 나도 자네에게 두들기고 또 두들겨서라도 확실하게 단련시키라고 했을 거야. 하지만 그 녀석의 경우, 그렇게까지 놀랄 만큼 성장하면 솔직히 말해서… 훗날 반동이 두려우니까."

이건 또 대체 무슨 수수께끼일까. 알렉은 그렇게 생각했다.

"그러니까 녀석이 더 이상 지나치게 튀어 오르지 않도록 자네가 잘 붙잡아 줬으면 좋겠군."

슬럼이라는 밑바닥에서 리키를 끌어올려 마켓 안을 자유롭게 누빌 수 있도록 만들었지만 이 이상 두각을 나타내기를 바라지는 않는다.

그러니 네가 그 녀석을 찍어 누를 누름돌이 되어 줘라. 마치 그렇게 말하는 것 같아서 알렉은 아무 말도 할 수 없었다.

그리고 지금 느긋한 걸음걸이로 화물 함선을 향해 걸으며 알렉은 선글라스 너머 조금 앞에서 걸어가는 리키의 뒷모습을 응시했다.

리키 앞에서 선글라스를 벗고 싶어도 벗을 수 없게 된 것은 그날부터다. 알렉은 정신감응력자로서도 힐러로서도 그다지 뛰어난 능력자는 아니다.

아니, 그보다. 알렉의 경우 다른 카린 성인들과 능력의 방향이 매우 이질적이다.

이단이라고 해도 좋을 정도였다. 왜냐하면 알렉의 감응력은 '인간'이 아닌 기계, 그것도 컴퓨터로 대표되는 '전뇌기기'에 유감없이 발휘되기 때문이다.

그 때문에 알렉은 화물 함선을 자유자재로 조종하는 '운반책'인 동시에 마켓 굴지의 '해커'이기도 했다.

그래서 그날 카린 성인의 특성을 전혀 모르는 리키가 선글라스를 벗어보라고 말했을 때, 놀라긴 했지만 완강하게 거절할 생각은 없었다. 알렉에게 선글라스는 쓸데없는 소란을 피하기 위한 장식품에 지나지 않았으니까.

리키와 특별히 친밀해지고 싶지는 않았지만 파트너로서 신뢰를 쌓고 싶기도 했다. 그저 리키의 표정이 너무 진지해서 조금 장난기가 발동한 것뿐이었다.

그러나 그때 알렉은 감응할 리 없는데도 '인간'과 감응해버렸다. 아니, 그뿐인가. 리키의 '기억' 속으로 끌려 들어갈 뻔했다.

'진홍색 눈동자'.

'야위고 가냘픈 소년'.

'병실 침대'.

그리고 들릴 리 없는 가냘픈 오열까지 더해져 머릿속을 세차게 뒤흔들었다. 무기질적이었던 감응 세계에 느닷없이 흘러넘치는 생생한 감정. 그리고 작열감.

눈을 커다랗게 뜬 채 깜빡임조차 없이 자신을 응시하는 리키의 검은 눈동자가 왠지 아프게 느껴졌다. 뒤얽힌 시선에 사로잡혀 시야가 점차 좁아지는 듯한 착각에 알렉은 그답지 않게 동요했다.

뒤얽힌 리키의 시선을 끊어버리기 위해 어색하게 고개를 돌리며 떨리는 손으로 선글라스를 썼다. 이윽고 시야가 평소와 똑같은 색으로 물들었다. 알렉은 두근두근 멈추지 않고 뛰는 고동 소리를 온몸으로 들으며 익숙한 일상으로 돌아온 안도감에 몇 번이나 바싹 마른 입술을 핥았다.

생각지도 못한 실수였고 뜻밖의 추태였다. 또한 지금까지 느껴본 적 없는 전율이기도 했다.

알렉은 아이덴티티를 필사적으로 그러모으며 흘낏 시선을 돌려 리키를 바라보았다.

리키는 반쯤 방심한 상태로 허공을 응시하고 있었다. 물기 어린 눈을 닦을 생각도 않고 지금까지 본 적 없는 앳된 얼굴로.

그래서 알렉은… 기묘한 불편함에 시달리면서도 그 자리에서 한걸음도 움직이지 못했다. 말도 걸 수 없었다.

그 후로 알렉은 선글라스를 쓰지 않고는 리키 앞에 설 수 없게 되었다.

그리고 그것은 뜻밖에도 카체의 의도대로 폭주하기 쉬운 리키를 억누르는 누름돌 역할을 훌륭하게 해내는 결과를 낳았다.

비록 알렉이 남몰래 내뱉은 무거운 한숨에 희미한 자조와 자제가 담겨있다 해도….

12장

그날.

에어리어-8 'SASAN(사산)'의 제3지하 돔에서는 경매가 개최될 예정이었다.

보통 경매는 거대한 컨벤션 센터가 있는 에어리어-9 'MISTRAL PARK(미스트랄 파크)'에서 열린다. 그러나 이번에는 블랙마켓 주최로 일반 공개에서는 다루지 않는 물건을 중점적으로 판매하는 시크릿 경매가 열리기 때문에 준비 단계부터 24시간 체재로 엄중한 경비가 실시되고 있으며 관계자 외에는 출입이 엄격하게 제한되어 있었다.

제5터미널 지하 20층.

한산한 구내. 행성 델비아에서 사들인 화물을 화물 함선째 H—085 격납고에 들여놓은 후 리키는 무심코 하늘을 올려다보며 깊게 한숨을 쉬었다.

델비아에서 물건을 받을 때까지 매우 순조롭던 스케줄이 갑작스러운 자기폭풍에 휘말려 스페이스 포트에서 3일이나 발이 묶이는 바람에 대폭 틀어지고 말았다.

알렉과 리키는 플라스마가 번쩍이며 미쳐 날뛰는 하늘을 올려다보았다.

"이거 꿈이지?"

"…이럴 수가."

"이런 게 어디 있어?"

"…장난으로도 도저히 못 웃겠군."

반쯤 멍하니 내뱉는 중얼거림이 유달리 허무했다.

생각지도 못한 시간 낭비가 인위적인 실수가 아닌, 변경 지역에서 흔한 천재지변 때문인 이상 누군가에게 항의를 할 수도 없었다. 결국 리키와 알렉은 그저 날씨가 회복되기를 초조하게 기다려야 했다.

그 때문에 화물 반입은 경매 당일, 그것도 마감 시간에 아슬아슬하게 세이프. 정말 끔찍한 상황이었다. 그나마 이번 회장이 관광객 전용 에어포트가 완비된 '사산'이 아니었다면 지금쯤 어떻게 되었을지 모른다.

'…젠장. 시간에 맞추지 못했으면 어떻게 해야 했나.'

시크릿 경매라는 일대 이벤트가 얽힌 일이라 더더욱 그랬다.

이토록 절박하게 몰린 상황은 리키로서도 첫 경험이었다.

"뭐든 경험이라고 생각해라"가 입버릇인 파트너 알렉은 곧 태평한 얼굴로 이렇게 말했다.

"이럴 때 조바심 내 봤자 아무 소용없어."

뭔가 하고 싶어도 할 수 있는 일이 없어서 그저 초조하게 창밖을 노려보며 시간을 때우는 게 고작이었다. 그런 경험이라면 두 번 다시 하고 싶지 않다.

어쨌든 알렉에게 나머지 자잘한 체크를 맡기고 리키는 실질적인 경매 회장이 될 부스에서 최종 조율을 하고 있을 카체에게 휴대폰으로 보고했다.

카체는 피로를 감추지 못하는 리키에게 "수고했다"며 노고를 치하했다. 그리고 변함없이 포커페이스로 용건을 전했다.

'이제부터는 자유롭게 행동해도 좋다. 하지만 너희들에게 건네준 패스로는 회장에 들어갈 수 없다. 잊지 마라.'

말을 마치고 카체는 곧 스위치를 꺼버렸다. 이것저것 참견할 틈도 없었다.

기왕이면 이 기회에 시크릿 경매를 구경해보고 싶었던 리키는 소망이 허무하게 꺾이자 저도 모르게 혀를 찼다.

미스트랄 파크에서 개최되는 평범한 경매와 어떻게 다른지 무척 흥미가 있었지만 아무래도 말단 운반책에게는 지나치게 큰 바람이었나보다.

'할 수 없지.'

그렇다고 조바심 낼 필요는 없다.

'앞으로 기회는 얼마든지 있을 테니까.'

어쨌든 이걸로 리키의 임무가 겨우 끝난 셈이다. 누가 뭐래도 임무를 무사히 완수한 안도감은 매우 크다.

그래도 리키의 얼굴이 별로 밝지 못한 것은 예기치 못한 기상악화로 스케줄이 대폭 틀어져서 안절부절못했던 여행의 피로가 단숨에 밀려온 탓이 아니었다.

요즘 주어지는 일이 변경을 돌아다니는 간단한 운송뿐이라 리키는 내심 불만이었다. 그렇게 투덜거리자 알렉이 따끔하게 말했다.

"그런 소릴 하려면 10년은 멀었어. 신참은 무슨 일이든 착실하게 차근차근… 그게 기본 중의 기본이잖아."

하지만 리키는 이미 변경을 돌아다니는 일을 그만두고 싶어서 견딜 수 없었다.

화물 함선을 타고 정해진 루트를 돌며 화물을 회수하고 운반한다. 그런 따분하고 단조로운 업무는 '메디스트'에게 맡겨도 충분하지 않은가.

'내가… 실수라도 했나?'

저도 모르게 고개를 갸웃거릴 만큼 요즘 리키와 알렉 콤비는 계속 변경행이었다.

덕분에 가이와도 점점 소원해지고 있었다.

확실히 슬럼이라는 폐쇄된 공간밖에 몰랐던 리키에게 화물 함선을 타고 우주 공간을 여행하는 감동과 흥분은 말로 표현할 수 없는 것이었다.

낯선 행성에서 다양한 인종을 만나고, 낯선 언어를 들었다. 둘러보는 모든 곳이 신기함으로 가득 차 있었다.

그러나 그런 들뜬 기분도 처음 잠깐뿐.

"하여간 너란 녀석은 귀여운 구석이 없는 건지 의외로 거물인 건지…. 보통은 좀 더… 잔뜩 흥분하고 들떠서 일이 손에 잡히지도 않는 게 신참의 올바른 자세 아니냐."

알렉이 그렇게 반쯤 농담으로 어이없어할 만큼 곧 익숙해지고 말았다.

생활환경이 격변한다는 의미에서는 '가디언'으로 옮겨졌을 때와 마찬가지지만 그때와는 나이도, 마음가짐도, 목적의식도 전혀 다르다.

그래서일까. 하나를 이루면 그다음이 욕심난다.

그동안 억압당했던 만큼 족쇄가 사라지자 폭발해버린 걸까. 아니면 이제부터는 시간조차 낭비하고 싶지 않다는 마음이 지나치게 강한 걸까.

"조급하게 굴지 마. 한꺼번에 전부 쑤셔 넣는다고 좋은 게 아니야. 뭐든 적당히 해. 그게 최고라니까."

알렉은 진지한 얼굴로 충고를 덧붙였다.

"언젠가 전력으로 달려야 할 때가 올 거다. 벌써부터 그래서야 그때가 되면 버티지 못할걸."

알렉이 무슨 말을 하고 싶은지는 잘 알고 있다. 지금은 조급한 마음을 억누르고 경험을 쌓는 게 중요하다. 그래도 시간만 잡아먹고 별다른 재미도 없는 화물 운반보다는 긴장감 있는 일을 하고 싶었다.

딱히 '바이슨' 시절의 거친 열정이 그리운 건 아니지만 몸에 밴 감각이 역시 어딘가에 남아있는지도 모른다. 가만히 그런 생각에 잠겨 있는데 문득 누군가가 등 뒤에서 어깨를 두드렸다.

"리키, 기다렸지. 많이 늦었지만 가서 밥이라도 먹자."

순간 기다렸다는 듯이 꼬르륵거리며 배가 울렸다.

그러고 보니 에어포트에서 이곳에 올 때까지 시간에 쫓겨 휴대식밖에 먹지 못했다.

무슨 일이 있어도 정해진 시간 내로 화물을 반입한다. 그것만 생각하며 잔뜩 긴장해 있느라 깨닫지 못했지만 배가 고프다는 사실을 자각하자 피로감도 한층 심해졌다.

그건 알렉도 마찬가지인지 평소 태평하기 짝이 없는 그의 입에서도 무겁고 힘없는 목소리가 흘러나왔다.

"역시 게이트 앞에서 전속력으로 달린 건 너무 힘들었어."

모든 게 끝나고 나니 육체보다 정신이 지독하게 피곤했다. 짐을 전부 옮겨 텅 빈 작업 차량에 올라탄 두 사람은 조용한 구내 반입구로 향했다.

'휴우… 밥 먹고 나서 일단 실컷 자야지….'

지금은 슬럼으로 돌아가서 가이의 침대로 기어들기조차 너무나 귀찮았다. 팔다리를 나른하게 늘어뜨리고 등받이에 깊숙이 몸을 파묻은 채 리키는 멍하니 허공을 바라보았다.

문득 누군가가 시야 끝을 스치고 지나갔다. 리키는 별 생각 없이 시선을 보냈다.

자신들이 마지막이고 이제 아무도 없는 줄 알았는데 그렇지 않았던 모양이다.

남자 셋.

'흐응—. 우리 말고도 아슬아슬하게 화물을 반입한 운 나쁜 녀석들이 있나 보지?'

하지만 아무래도… 그게 아닌 모양이다.

'H—010'이라고 표시된 문 앞에 있는 카트는 자신들이 탄 차량과 같은 작업용이 아니다. 말끔하고 세련되었으니 아마 반입된 물건의 소유주 측 관계자일지도 모른다.

'분명히 제일 키 큰 저 녀석이 제일 높은 사람일 거야.'

멀리서도 주문 제작한 맞춤 의복이라는 사실을 알 수 있는 청흑색 상하의. 곧 열릴 경매를 위한 정장일까. 늘씬하고 균형 잡힌 뒷모습만으로도 충분히 위엄이 느껴졌다.

존재감 있는 인간은 어디에 있어도 눈에 띄기 마련이다.

하지만 뒷모습만으로 존재감을 피력할 수 있는 남자는 극히 드물다.

시대의 총아라거나 하는 사실은 둘째치고 좋은 의미로든 나쁜 의미로든 '선택받은 인간'이란 분명히 존재한다. 운반책으로 일하며 다양한 사람들을 만나게 된 요즈음 리키도 그 사실을 깨닫게 되었다.

리키의 예상을 배반하지 않고 나머지 두 남자는 뒷모습밖에 보이지 않는 남자에게 깊이 머리를 숙였다.

'오오… 굉장하다. 엄청난 거물인가 보군.'

어쩌면 저 남자가 오너일지도 모른다.

그런데 일부러 이런 곳까지 행차하신 걸 보면 어지간히 가치 있는 물건인 모양이다.

이윽고 용건을 모두 마쳤는지 장신의 남자가 발걸음을 돌렸다.

바로 그 순간 피로와 허기로 축 늘어졌던 리키의 몸이 움찔… 굳어버렸다.

'설… 마….'

경악으로 커다래진 눈이 혼자 카트에 올라타는 남자의 얼굴에 못 박혔다.

요 몇 달 동안 잊으려고 아무리 애를 써도 잊을 수 없었던 얼굴이 그곳에 있었다.

머리카락은 지극히 평범하고 짧은 갈색이었지만 청흑색 옷보다 더욱 짙은 차광 글라스 아래로 엿보이는 서늘한 미모를, 리키가 결코 잘못 볼 리 없었다.

'왜?'

—그런 의문도.

'어째서?'

—그런 의아함도 아니었다.

몸 안에서 단숨에 목구멍까지 치밀어 오른 것은 뭐라 형용할 수 없이 타오르는 듯한 격정이었다.

'저… 자식….'

이를 악물고 중얼거리며 리키는 알렉의 팔을 움켜잡았다.

"뭐야? 왜 그래?"

"멈춰."

"…뭐?"

"세워 줘. 잠깐 볼일이 생각났어."

"볼일… 이라고?"

알렉이 의아한 얼굴로 눈썹을 찡그렸지만 리키는 아랑곳하지 않고 작업 차량에서 뛰어내렸다.

"야, 리키!"

당황하며 큰 소리로 외치는 알렉의 목소리에 뒤도 돌아보지 않고 맹렬하게 달리는 리키의 발걸음은 멈출 줄 몰랐다.

리키는 달렸다.

저 멀리 보이는 카트를 놓치지 않도록 그저 앞만 바라보며.

카트를 따라잡아서, 그래서 뭘 어떻게 할 거지? 그런 생각까지는 머릿속에 없었다.

그런 걸 생각하기보다 먼저 몸이 움직였다.

그저… 다만 자신을 엉망진창으로 희롱해놓고 '펫 주화'를 던져서 자존심을 송두리째 짓밟아버린, 이름 모를 남자의 뒤를 쫓을 수밖에 없었다.

그래도 굳이 이유를 갖다 붙이자면 타나그라의 블론디가 왜 변장까지 해가면서 블랙마켓 경매에 나타났는지, 대체 어디로 갈 생각인지 알고 싶었던 걸지도 모른다.

카트는 오른쪽으로 돌고, 왼쪽으로 꺾어져 화물 반입구와는 전혀 다른 경로를 지나 어느 문 앞에서 멈췄다.

물론 리키는 이런 곳에 이런 출입구가 있다는 사실조차 몰랐다.

카트에서 내린 남자는 가슴주머니에서 카드를 꺼내 인식코드 슬롯에 통과시킨 후 문을 열고 안으로 사라졌다.

리키는 혀를 찼다. 그대로 문 앞까지 단숨에 달려가긴 했지만 엄청나게 강화된 경비 체재 속에서 자신이 가진 패스카드로 과연 이 문을 열 수 있을까. 도무지 자신이 없었다.

만에 하나 경보 시스템이 작동하면 어떻게 하지? 그래서 순식간에 구속되면? 기껏 움켜쥔 일자리도 모두 잃게 되면—어떻게 하지?

하지만 이대로 가만히 있을 수는 없었다. 리키는 눈을 질끈 감고 카드를 슬롯에 꽂았다.

그러자 문이 허무하게 열렸다. 리키의 기우를 비웃듯이.

리키는 천천히 열리는 문이 답답한 듯 문틈으로 몸을 쑤셔 넣었다. 이대로 가다간 남자를 놓칠지도 모른다. 그런 생각에 불안해졌지만 다행히도 문 안쪽은 일직선으로 뻗은 통로였다. 낯익은 남자의 뒷모습이 시야에 포착되었을 때는 저도 모르게 안도의 한숨이 흘러나왔다.

남자는 유연한 걸음걸이로 걸었다. 그 뒷모습을 놓치지 않기 위해 리키는 빠른 걸음으로 뒤를 쫓았다.

하지만 남자의 뒷모습을 쫓는 데만 신경을 곤두세우고 있던 리키는 조금씩 변해가는 바닥의 색도, 등 뒤에서 소리 없이 차단벽이 내려오고 그 옆의 벽이 열리며 다른 통로로 바뀌는 상황도 전혀 눈치채지 못했다.

그렇게 얼마나 걸었을까.

남자가 흐트러짐 없는 걸음걸이로 오른쪽 모퉁이를 돌았다. 그리고 그 직후 리키의 시야에서 사라져 버렸다.

'아…?'

갑작스러운 상실감에 리키는 한동안 멍하니 서 있었다.

'뭐지?'

'…어째서?'

지금까지 팽팽하게 당겨져 있던 긴장의 실이 느닷없이 뚝 끊겨 버린 듯 아픔마저 느껴졌다. 어색하게 주위를 둘러볼 것까지도 없이 눈앞에는 검은 강철처럼 묵직한 문 하나만이 서 있었다.

리키는 눈도 깜빡이지 않고 그 문을 응시했다. 그곳 외에 남자가 갈 곳은 없었지만 어째서인지 발걸음이 떨어지지 않았다. 강철문이 특이한 존재감으로 리키 앞을 가로막고 있는 게 아니었다.

마치 뭔가가….

'가면 안 돼!'

누군가 그렇게 소리치며 리키의 팔을 잡아끄는 듯했다.

이런 감각은 처음 겪어보는 것이 아니다. 아니… 익숙하다고 해야 하나. 슬럼에서 '바이슨'을 이끌 때 몇 번이나 느껴본 감각이다. 리키밖에 모르는 일종의 '예감' 같은 것.

한순간의 번뜩임이 아니다. 명확한 지침 같은 것도 아니다.

그 감각은 언제나 느끼는 것이 아니라 별안간 찾아온다.

지금처럼 느닷없이 팔을 잡아당기는 것처럼 느껴질 때도 있고 목덜미가 묘하게 따끔거릴 때도 있다.

말로 조리있게 설명하기가 어려워서 가이에게조차 털어놓지 않았다.

아마 원래부터 그런 능력이 있었던 건 아니었으리라. 그래도 리키는 눈에 보이는 것만이 전부가 아니라는 사실을 알고 있었다.

'가디언' 시절 같은 블록에 리키보다 한 살 어린 소년이 있었다.

그는 몇 가지 질환을 앓고 있는 허약 체질의 자폐아로 실제 나이보다 훨씬 어려 보였다.

그래서였을까.

실제로는 보이지 않는 것들이 보이고 다른 아이들이 듣지 못하는 목소리를 들었다고 한다. 마더를 비롯한 어른들은 그가 병 때문에 환각을 보거나 환청을 듣는 거라고 했지만 그것만으로는 설명할 수 없는 신비한 일을, 리키는 직접 체험한 적이 있다.

현실과 망상, 꿈으로 이어지는 계단, 환각과 환혹 틈새의 애매한 일상, 시간의 상실 그리고 사라지지 않는 아픔.

지금 생각해보면 리키를 '부적'이라고 부르며 한시도 떼어놓지 않으려고 했던 아이레도 뭔가가 보이는 타입이었을지도 모른다.

그러니까 분명 슬럼의 유일한 '낙원'이라고 불리는 '가디언'에는 뭔가가 있을 것이다. 그것이 아이들을 위한 수호천사인지, 아니면 추악한 마물인지는 리키도 알 수 없다.

그 아이와 관련된 사건 이후, 그런 류의 감각을 인식할 수 있게 되었다. …그렇게 생각하는 게 결코 단순한 착각은 아닐 것이다. 어쩌면 그가 리키 안에 있는 '뭔가'의 스위치를 억지로 눌러버렸는지도 모른다.

하지만 그 사실을 털어놓으면 가이가 크게 걱정하며 과보호를 할 것 같아서 리키는 아무에게도, 아무것도 이야기하지 않았다.

'가디언'에서 슬럼으로 떠날 때 그리고 운반책을 하게 됐을 때 역시 리키는 그 예감을 거스른 적이 단 한 번도 없었다.

하지만… 지금 리키는 처음으로 그런 자신의 약한 마음을 떨쳐버리듯 똑바로 문을 바라보았다.

여기까지 와놓고 뭘 망설이는 걸까. 망설이면 망설일수록 남자의 뒷모습이 멀어진다.

'그런데 이거… 정말 열릴까?'

그 문은 그런 의심이 들 만큼 너무나도 고풍스러웠다.

두 개의 머리를 가진 뱀이 모가지를 치켜든 채 머리 위 높이에서 리키를 노려보고 있었다. 눈에 커다란 루비를 박아넣은 듯한 황금색 뱀이었다.

게다가 문에는 손잡이 하나만 달려있을 뿐 출입을 관리하고 확인하는 카드 체크 장치조차 없었다.

어쩌면 보다 엄중하게 홍채인식 따위를 거쳐야 되는 건 아닐까. 저 황금 뱀에 그런 기능이 있지 않을까. 그런 생각마저 들었다.

'설마 뱀 눈에서 갑자기 레이저 광선이… 발사되진 않겠지.'

아까부터 지겹도록 느껴지는 이질감은 혹시 그 때문일까….

그러나 결국 불안보다 호기심이… 아니, 물러날 수 없다는 결의가 더욱 컸다. 지금 물러나면 나중에 계속 후회하게 될 것만 같은 기분이 들었다.

물러나고 후회하느냐. 아니면 그때 그만둘 걸 그랬다고 앞으로 나아간 걸 후회하느냐. 어차피 어느 쪽을 선택해도 후회하게 된다면 결과가 어떻든 해보고 나서 후회하는 게 나을 것 같았다.

리키는 커다랗게 숨을 들이마신 후 마음을 굳게 먹고 손잡이를 돌렸다. 그리고 당겼다.

그 순간 남자와 처음 만났던 그날 밤의 기억이 문득 뇌리를 스치고 지나갔다. 그때도 지금처럼 리키는 마음을 굳게 먹고 '미노스'의 문을 열었다. 그리고 가차 없이 자존심을 짓밟혔다.

그럼—이 도박은?

한순간 머릿속을 스치고 지나간 의문도 방 안으로 한 걸음 들어선 순간 물거품처럼 사라졌다.

그곳은 신비롭고 푸르게 가라앉은 어둠이었다. 하늘도 없고 땅도 없이 그저 눈에 보이는 거라곤 오직 끝없이 창백한 광경이 전부인 침묵의 세계였다. 반짝이는 별빛이 없는 만큼 밤의 어둠보다 더욱 깊어, 아득한 고독으로 가득 찬 이차원(異次元)처럼 느껴지기도 했다.

'뭐… 지, 여긴….'

리키는 잠시 넋을 잃고 그 자리에 우두커니 서 있었다. 남자의 모습은 흔적조차 보이지 않았다. 그 남자가 정말 여기로 들어온 걸까.

그때 시야 한구석에서 별안간 뭔가가 튀어 오른 듯한 느낌에 리키는 흠칫… 정신을 차렸다. 그러나 허둥지둥 그곳으로 시선을 보내도 창백한 심연에는 흔들리는 그림자조차 없었다.

"기분 탓인… 가."

리키는 혼잣말을 중얼거리며 숨을 삼켰다. 그래도 단숨에 높아지는 고동을 자각해야만 했다.

'뭐야, 나답지 않게….'

좀 전의 감각이 아직도 꼬리를 끌고 있는 걸까. 눈 딱 감고 뛰어들어놓고 아직까지 잔뜩 긴장해있는 자신을 비웃는 것처럼 리키가 입가를 살짝 끌어올렸다.

'뭘 겁내는 거야. 이 꼴로는 또 그 자식한테 바보 취급당하고 말 거야.'

그리고 끈적끈적하게 달라붙는 불쾌한 감각을 떨쳐버리기 위해 가볍게 고개를 저으며 발밑으로 시선을 떨궜다. 순간 리키는 시선이 얼어붙는 기분을 맛보았다.

거대한 바다의 어두운 심연을 연상시키는 발밑에서 기이한 생물이 리키를 올려다보고 있었다. 동공이 없는, 아니, 안와에 황금을 흘려 넣은 듯이 흐릿한 빛이 눈도 깜빡이지 않고 뚫어지게 리키를 바라보고 있었다.

착각이 아니다. 육안으로 기능하는 걸까, 그렇지 않은 걸까. 도무지 짐작조차 가지 않는 금빛 눈동자는 분명 리키를 바라보고 있었다.

그 순간.

'두근!'

머릿속을 휘젓듯이 한층 커다란 고동이 울려 퍼졌다. 시선을 피하고 싶건만 피할 수 없었다. 마치 뒤얽힌 시선이 서로를 그 자리에 못 박아버린 듯했다.

짙은 초록색 머리카락은 바람도 없는데 일렁일렁 흔들렸으며 피부색은 시리도록 창백했다. 아니, 그 소름끼치는 창백함이 온몸을 뒤덮은 은빛 비늘 때문임을 깨달았을 때 리키는 이 방이 거대한 수조라는 사실을 겨우 알아차렸다.

인간이지만 인간이 아닌 자가 그곳에 있었다.

반인반어(半人半魚)의 키메라.

그렇다고 발밑의 생물을 전설의 '인어'라고 부르며 사랑스럽게 생각하기에는 귀까지 찢어진 입 안으로 엿보이는 날카로운 이빨과 물갈퀴가 달린 갈고리 같은 세 개의 손가락 등 겉모습이 너무나도 이질적이라 리키는 도저히 생리적으로 받아들일 수 없었다.

굳어버린 입술은 아무 말도 토해내지 못하고 꼴사납게 경직된 다리는 부들부들 떨렸다.

이마에도… 손바닥에도 식은땀이 축축하게 배어 있었다. 그래도 숨통을 조이던 쇠사슬이 가까스로 끊어진 순간 리키는 고꾸라지듯 앞으로 달려나갔다.

그러나 아무리 눈을 크게 뜨고 찾아봐도 출구 같은 것은 아무데도 보이지 않았다.

"……!"

'어째서?'

말도 안 돼—.

'대체 왜!'

욱신욱신 사정없이 관자놀이를 두들기는 것이 자신의 고동이라는 사실을 깨달은 순간, 리키의 입술은 점점 더 색을 잃고 창백해졌다. 그곳에서 우왕좌왕하는 동안 인간이 아닌 생물이 투명한 벽 너머에서 천천히 다가왔다. 마치 사냥감을 쫓는 것처럼.

그리고 리키는 조금 전 자신이 들어왔던 문조차 어느새 사라져 버렸다는 사실을 깨닫고 몸속 깊은 곳까지 얼어붙는 듯한 감각에 멍하니 걸음을 멈췄다.

그때 어디선가 낮은 웃음소리가 들려왔다.

"…아…."

누군가가 느닷없이 자신의 심장을 움켜쥔 듯한 착각에 하반신이 부들부들 경련을 일으켰다.

뚜벅, 뚜벅, 뚜벅….

세차게 뛰는 리키의 심장을 찌르고 짓밟듯이 발소리는 천천히 다가왔다. 그렇게 리키의 숨통을 조이고 창백한 어둠을 뒤흔들며 나타난 존재가 커다랗게 부릅뜬 리키의 눈 속에서 문득 차갑고 아름답게 웃었다.

"……!"

소리 없는 경악과 영문을 알 수 없는 안도감. 두 감정이 뒤섞여 만들어낸 격정에 머릿속까지 어질어질 흔들렸다. 리키는 소리 없이 숨을 삼켰다.

리키의 다리가 휘청 꺾였다. 그리고 마치 그것이 신호라도 되는 양 부드러운 불빛이 실내를 가득 채웠다.

그러자 리키를 쫓아오던 생물은 밝은 빛에 거부 반응을 일으키듯 꼬리를 튕기며 재빨리 어디론가 사라졌다.

"손을 빌려줄까?"

남자가 웃음을 참는 듯한 목소리로 말했다. 잊으려야 잊을 수 없는, 독특하고 깊이 있는 쿨 보이스. 곧이어 저주의 독이 담긴 듯한 리키의 사나운 눈빛을 보고 그는 노골적으로 쿡쿡 웃음을 터뜨렸다.

"참, 남에게 빚을 지는 건 딱 질색이라고 했었지."

'…이 자식….'

입안 가득 흘러넘치는 씁쓸함에 이를 악물며 리키는 팔다리로 엎드려서 바닥을 짚고 몸을 일으키려 했다.

'…젠… 장….'

하필이면 이 남자 앞에서 이런 추태를 보이다니, 치욕으로 목이 타들어가는 것 같았다. 꼴사납기 그지없는 상황에 뇌혈관마저 터져버릴 지경이었다.

하지만 그렇게라도 하지 않으면 몸에 힘이 들어가지 않았다. 그렇게 간신히 일어서긴 했지만 무릎의 떨림이 쉽게 멈추지 않았다.

"뜻밖이군. 이런 장소에서 또다시 너를 만나게 될 줄은 몰랐는데."

남자는 노골적으로 시치미를 떼면서 말했다. 그리고 한쪽 뺨을 뒤틀며 냉소를 지었다.

"왜 그러지? 자극이 너무 강해서 목소리도 안 나오나?"

"뭐… 야, 저건…."

말꼬리가 기묘하게 떨렸지만 이쯤 되면 어차피 수치심이고 뭐고 없다. 희롱당하고 굴욕을 맛보고, 수치스러운 모습이며 약한 모습까지 모두 파헤쳐졌다. 그러니 뻔뻔하게 굴 수밖에 없다.

"실험용 샘플이다. 물론 개량해서 군용화하려면 좀 더 시간이 걸릴 모양이지만."

"그런 걸… 아무렇게나 말해 줘도 돼? 내가 밖에서 떠들어대면 연방의 높으신 분들이 눈을 뒤집고 덤벼들 텐데."

"호오, 회복이 빠르군. 도저히 실금 직전까지 갔던 남자의 말이라고는 생각할 수 없는데."

남자는 허세에 상대조차 하지 않고 리키의 자존심을 짓밟아버렸다. 굴욕감에 리키는 남자를 사나운 눈빛으로 노려보았다.

"그렇게 당장이라도 물어뜯을 것 같은 눈으로 노려보지 마라.

또 울리고 싶어지니까….”

남자의 냉소는 점점 더 깊어졌다. 놀리고 있다고 생각하니 조금 진과는 다른 의미로 머릿속이 타들어가는 듯한 기분이 들었다.

“콧대가 센 건 여전하군.”

“출구는?”

“없다.”

리키는 눈을 부릅떴다.

그날 밤 미노스에서 일방적으로 희롱당했던 울분이 단숨에 불꽃을 일으켰다.

그러나 리키는 끓어오르는 분노를 억지로 삼켰다. 지금 폭발해봤자 남자에게 놀림만 당할 것 같아서였다.

“난 이런 곳에서 당신과 농담 따먹기나 할 기분이 아니야. 출구는 어디지?”

“아무리 위협해봤자 상황은 아무것도 달라지지 않는다. 그렇지 않나, 리키?”

남자의 입에서 의미심장하게 흘러나온 이름에 리키는 눈을 크게 떴다.

‘왜… 이 녀석이 내 이름을….’

그런 리키의 의문을 꿰뚫어보았다는 듯이 남자가 조용한 어조로 말했다.

“카체가 가르쳐 주지 않던가? 지나친 호기심은 화를 부를 수도 있다고….”

‘카… 체?’

리키는 끓어올랐던 분노가 단숨에 얼어붙는 것을 느꼈다.

'어… 째서?'

왜, 어째서 남자의 입에서 '카체'라는 이름이 나오는 걸까.

"그나마 그 녀석은 운 좋게 자만하던 얼굴 하나로 끝났지만."

리키는 또다시 눈을 크게 떴다. 카체의 뺨에 새겨진 상흔이 설마 이 남자와 관련되어 있을 줄은 생각조차 못 했는데.

"슬럼의 잡종치고 녀석은 놀라울 정도로 똑똑했지. 나를 제법 즐겁게 해준 걸 보면 말이야. 덕분에 생체실험 연구실에 던져 넣어서 몸을 갈기갈기 찢는 길 말고 달리 써먹을 방도가 있었지. 과연 너는 어떨까?"

오만하다고 하기에는 지나칠 만큼 냉혹한 말이었다.

"당신… 대체 누구, 야?"

리키는 저도 모르게 입가를 떨었다.

"이아손 밍크. 뭐든 보통 사람 이상이라는 게 특징인 평범한 블론디다."

'거짓말하지 마!'

그렇게 외치고 싶은 마음을 꾹 참으며 리키는 천천히 뒤로 물러섰다.

이 녀석은—뭐지? 이 녀석은—누구지? 이런 자가 평범한 블론디일 리 없다.

'어떻게 하지.'

'위험해.'

'최악이다.'

머릿속에서 그런 말들이 시커먼 소용돌이를 일으켰다.

한 걸음, 두 걸음….

그러나 세 걸음까지는 갈 수 없었다.

이아손이 강한 힘으로 리키의 팔을 움켜잡고 그대로 힘껏 끌어당긴 것이다. 얼굴은 물론 리키의 온몸이 굳어버리고 말았다.

"잠시 못 본 사이에 제법 괜찮은 얼굴로 변했군."

이아손은 그런 리키의 턱을 움켜잡고 강제로 치켜든 후 단단히 눈높이를 고정했다.

"마켓에서는 '다크 리키'라는 이름으로 불린다지…? 카체가 그러더군. 널 보고 있으면 옛 상처가 욱신거려서 견딜 수 없다고. 그 녀석도 아직 멀었어."

그 말을 가슴속으로 곱씹듯이 되새기며 리키는 아무 말도 하지 못했다. 폐쇄감에 신음할 수밖에 없는 슬럼의 잡종에게 느닷없이 굴러든 운반책이라는 행운.

만약 그것이 단순한 우연이 아니었다면?

혹시 자신은 카체의 함정에 빠진 게 아닐까. 그렇게 생각하니 서늘한 무언가가 등줄기를 타고 기어올라 오는 듯한 오한을 느끼지 않을 수 없었다.

그러나 대체 무엇 때문에?

슬럼 출신의 블랙마켓 브로커 카체와 타나그라의 블론디 이아손이 대체 어떤 관계로 얽혀있는지… 아무리 생각해도 리키는 이해할 수 없었다.

그들이 판 함정일까? 어째서?

먼저 싸움을 걸고 도발한 건 물론 자신이지만 일방적으로 희롱당하고 짓밟히기도 했다. 그런데 어째서? 자신이 모르는 사이에 대체 무슨 일이 일어난 걸까?

그렇게 생각하니 분노가 끓어오르는 걸 뛰어넘어 지금까지 자신을 지탱해왔던 것들조차 우르르 무너져 내리는 듯한 기분이 들어서….

한순간 리키의 눈앞이 새카맣게 물들었다.

"나를… 어쩔… 셈이지?"

"너는… 어떻게 해주길 바라지?"

커다랗게 부릅뜬 시야 속에서 이아손이 차갑게 웃었다.

순간 리키는 등줄기를 타고 서서히 기어오르는 오한을 느껴야만 했다.

13장

리키는 여기가 어디인지 짐작조차 할 수 없었다.

창문도 없고 사방이 상아색 벽으로 둘러싸인 방. 그 안에 놓여 있는 것은 간이침대와 의자, 테이블뿐이다.

유일한 출입구인 듯한 문은 밖에서 잠겨있는지 발로 차고 두드려도 꿈쩍하지 않았다.

마치 깨끗한 감옥 같았다.

창백한 심해를 연상시키던 곳에서 여기까지 강제로 옮겨진 모양이다. —아마도.

그때 그곳에서.

부질없는 발버둥인 줄 알면서도 이아손에게 무모하게 달려들었다가 명치에 강렬한 일격을 맞았다. 그 후로 리키의 의식은 새카만 어둠에 잠겼다.

그리고 정신을 차리고 보니 침대 위에 축 늘어져 있었다. 그 과정에서 주머니 속의 소지품을 모두 몰수당한 모양이다. 카체에게 받은 ID카드며 문제의 동전이 달린 키홀더, 만약의 사태를 위해 부츠에 넣어뒀던 접이식 만능 나이프까지.

—모두 다.

마치 모든 걸 빼앗기고 몸뚱이 하나만 이곳에 갇힌 것 같아서 마음이 진정되지 않았다. 아니, 그야말로 최악의 기분이었다.

'대체 무슨 생각이야, 그 자식.'

이런 영문을 알 수 없는 곳에 자신을 처박아놓고 대체 뭘 어쩔 셈일까. 도무지 이아손의 진의를 파악할 수 없었다. 생각해야 할 것은 그밖에도 산더미처럼 많건만 제일 먼저 무슨 생각부터 해야 할지 그마저도 알 수 없었다.

'빌어먹을….'

으드득 이를 갈며 리키는 힘껏 의자를 걷어찼다.

에어리어-8 'SASAN(사산)'.

제3 돔 타운.

아무 문제 없이 평화롭고 성대하게 막을 내린 시크릿 경매의 여운에 잠기듯 이아손 밍크는 여느 때처럼 최상층 집무실에서 우아하게 휴식을 즐기고 있었다.

전신이 푹 잠길 듯한 소파에 느긋하게 기대어 앉아서 이아손은 긴 다리를 아무렇게나 꼬고 벽에 설치된 스크린 패널을 바라보았다.

그 속에 초조한 듯 입술을 일그러뜨린 리키가 있었다. 손에 들고 있는 리모컨으로 스위치를 전환하자 곧 리키의 표정이 낱낱이 클로즈업되었다.

아무 손질도 하지 않았을 터인 검은 머리는 아무렇게나 자른 듯했지만 촉촉하게 윤기가 흘렀다.

한 쌍의 흑요석 같은 눈동자는 초조함을 감추지 못하고 있었고 사납게 치켜 올라간 눈꼬리에는 거친 격정이 달라붙어 있었다.

일자로 굳게 다문 입술에서 분한 듯이 으드득 이를 가는 소리마저 들려왔다.

조교며 교육을 전혀 받지 않은, 거칠고 천박하고 지저분한 들고양이.

그러나 아무 시술도 받지 않은 무구한 몸에서 흘러넘치는 생명의 빛은 눈이 부실 정도였다.

더블 링의 화려한 네온 아래에서 처음 만났을 때는 무지하고 오만하고 배출할 곳 없는 격정을 주체하지 못하는 시건방진 애송이에 불과했다.

아첨하는 법은커녕 이빨을 드러내며 으르렁거릴 줄밖에 모르는 슬럼의 잡종.

그 자리에서 경찰에 넘기지 않고 눈감아준 것은 단순한 변덕이었다.

한눈에 어떤 곳인지 알만한 곳으로 자신을 끌고 가서 분수도 모르고 도발하는 애송이의 콧대를 꺾어주고 싶어졌던 것도 그저 즉흥적인 기분에 불과했다.

흥정도 못 하고 위협만 되풀이하던, 상대가 블론디라는 걸 알면서도 결코 시선을 피하지 않는 드높은 자긍심.

그래서 실컷 희롱하고 팽개쳤다.

그곳을 떠날 때 아우로라 코인을 던져준 것은 단순한 변덕이었다.

제법 재미있는 여흥이었지만 어차피 여흥은 여흥. 억지로 떠안은 입막음 값의 거스름돈으로는 펫 주화가 어울린다고 생각했기 때문이다.

펫 주화는 시장에서 통화 가치가 없는 '메달'이지만 아우로라 코인은 그 이상의 부가가치가 있다. 웬만한 카드를 훔치는 것보다 그 주화 하나가 큰돈이 될 가능성이 있을 정도다.

과연 그 진정한 가치를 슬럼의 잡종이 깨달을지 조금 흥미가 생겼다.

그래서 카체에게 찾으라고 명령했다. 슬럼에서 아우로라 코인이 나타나면 곧장 보고하라고.

그러나 곧바로 나타날 줄 알았는데 뜻밖에 나타나지 않았다. 이아손은 조금 실망했다.

그리고 그 이상으로 관심이 생겼다.

이름도 모르는 슬럼의 잡종이 그 동전을 돈으로 바꾸지 않은 이유가 무엇인지. 동시에 자존심이 산산이 조각난 애송이가 그 후 어떻게 지내고 있는지도.

카체는 동전에 대해서는 아무 말도 하지 않고 순순히 지시를 따랐다.

그러나 슬럼의 동포, 그것도 아직 풋내나는 애송이를 자신의 수족으로 부리라는 지시에는 난색을 표했다.

물론 카체의 기분이 어쨌든 이아손은 명령을 철회할 생각이 조금도 없었다.

과연 쓸 만한 물건이 될까. 아닐까. 그것은 이아손에게 '도박'이 아니라 단순한 '흥밋거리'에 불과했다.

'다크 리키… 라. 과연. 적당한 먹이를 주면 들고양이도 제법 그럴듯하게 변하는군.'

요 몇 달 동안 리키는 몰라볼 만큼 변했다. 물론 그것은 외모뿐만이 아니라 내면에 봉인되어있던 자질 때문이기도 했지만.

'하지만 아직 부족해.'

또 그렇게 생각할 정도로 흥미를 유발했는지도 모른다.

또다시 스위치를 누르자 스크린 속에서 리키가 힘껏 의자를 걷어차고 있었다. 이아손은 무심코 미소를 지었다.

'그래야 조교할 보람이 있지.'

그때 느닷없이 등 뒤에서 힐난하는 듯한 목소리가 들렸다.

"이봐, 이아손. 제정신인가?"

타나그라의 엘리트치고는 드물게도 어딘가 야성적인 미모를 지닌 라울 암이 어두운 표정으로 말했다.

"굳이 고르고 골라서 저런 최악의 쓰레기에게 손을 댈 필요는 없잖아? 아무 교육도 받지 못한 '수컷'을 에오스에 데려오다니. 분명히 온갖 소란의 씨앗이 될 거다."

"그래도 자존심만 세고 머리 나쁜 섹스 돌보다는 낫지. 어때? 저 시건방진 태도. 거칠고 품위 없고 지저분하고… 길들이는 보람이 있을 것 같지 않나? 가끔은 특이한 펫을 길러보는 것도 하나의 여흥이잖아?"

"물론 뭘 기르건 자네 마음이지만… 저런 걸 펫으로 삼다니 이아손 밍크의 이름이 울겠군."

"그럴까. 조교하기에 따라서는 제법 재미있는 펫이 될 것 같은데…."

"자신만만한 건 좋은데 만약 쓸 만한 물건이 되지 않으면 어쩔 거지?"

"그때는… 뇌를 살짝 손봐서 말 잘 듣는 섹스 돌로 만든 다음 블랙마켓에 넘기면 돼. 이아손 밍크가 소유했던 펫이라면 나름대로 부가가치도 붙을 테니까. 아니면 게스트 전용 우리 안에 가둬놓고 키워볼까. 써먹을 길은 얼마든지 많아."

이아손은 태연하게 말하며 또다시 스크린을 바라보았다.

슬럼의 잡종을 펫으로 삼는다. 그 변덕과도 같은 발상이 이윽고 블론디의 자긍심을 뒤흔드는 저주가 되리라고… 이때 이아손은 상상조차 하지 못했다.

후기

안녕하세요.

음… 갑자기 이렇게 되고 말았습니다(웃음).

깜짝, 화들짝, 세상에나~!

아마 놀라신 분도 많지 않을까요? 『아이노쿠사비』입니다.

여러 가지 사정으로 오랫동안 절판됐던(…아마도) 모 출판사 문고판의 1권&2권 합본 버전을 Chara문고에서 선보이게 됐습니다. 고맙습니다… 정말 고맙습니다…. 설마 토쿠마쇼텐 출판사에서 『아이노쿠사비』 후기를 쓰게 될 줄이야(웃음). 인생, 무슨 일이 일어날지 모르는 거네요. 앞으로도 계속 출판됩니다.

혹시 『아이노쿠사비』를 처음 읽으시는 분도 계실지 모르지만, 넵. 잘 부탁드립니다♡ 아아, 이제 마음껏 마지막 권(대폭 가필 수정한)까지 달릴 수 있을 것 같네요.

이번에 새롭게 개점한(웃음) 『아이노쿠사비』는 나가토 사이치 님께서 일러스트를 맡아주셨습니다. 너무너무 멋있는 이아손 님과 건방진 리키가 현기증이 날 만큼 멋집니다. 나가토 님, 마지막 권까지 잘 부탁드립니다.

그건 그렇고. 이번에는 하나 더 보고드릴 게 있습니다.

노, 놀랍게도~ 아이노쿠사비 월드가 새롭게 애니메이션 DVD

로 발매됩니다!

처음 AIC(애니메이션 인터내셔널 컴퍼니)분께 그 이야기를 들었을 때, 제일 먼저 튀어나온 말은 "네? 왜 이제 와서… 진짜요?"였습니다. 하하하…. 전작 전2편짜리 OVA는 개인적으로 하나의 완성형이라고 생각하니까요. 그 당시에는 "JUNE(쥬네)는 무모한 챌린저"라고 생각했습니다만. 이번 감상은 "AIC는 엄청난 겜블러"네요(웃음).

음, 하지만 AIC의 리메이크 의욕은 이글이글 뜨겁습니다. 저를 포함해서 모 호텔 라운지에서 『아이노쿠사비』를 뜨겁게 이야기하는 일당의 뜨거운 아우라는 정말 민폐였을지도 모릅니다(웃음). 켄미디어까지 합세한 지금은 의욕도 정열도 더욱 이글이글합니다. 한번 이야기를 시작하면 멈추지 않는 덕후 근성이 뜨겁게 불타오르곤 하죠!

아무튼 전작 OVA 제작 스태프들이 그대로 참여하여 뉴 『아이노쿠사비』 월드를 열심히 제작 중입니다. 아… 물론 저도 각본담당으로 참가합니다. 애니메이션 『아이노쿠사비』와 관련된 자세한 사항은 켄미디어의 공식 HP를 살펴봐주시기 바랍니다.

그런 이유로 2009년은 저에게 새로운 도전의 해가 되었답니다. 열심히 힘내겠습니다—♡

2009년 3월 요시하라 리에코

아이노쿠사비 1

초판 1쇄 발행 2016년 10월 30일

글 요시하라 리에코
그림 나가토 사이치

발행인 원종우
발행처 이미지프레임
주소 (13812) 경기도 과천시 용마로 2, 2층
영업부 02 3667 2653 **편집부** 02 3667 2654 **팩스** 02 3667 2655
메일 mm@imageframe.kr **웹** mmnovel.com

ISBN 978-89-6052-035-6 03830
978-89-6052-035-6 (세트)

AI NO KUSABI 1